rororo

Jarkko Sipilä, geboren 1964 in Helsinki, arbeitet seit vielen Jahren als Polizeireporter und hat bereits mehrere Thriller veröffentlicht. Außerdem schreibt der in seiner Heimat sehr erfolgreiche Autor Drehbücher. Nach «Die weiße Nacht des Todes» (rororo 24394) liefert der vorliegende Band einen weiteren Fall für Kommissar Takamäki und sein Ermittlerteam.

Jarkko Sipilä

# Im Dämmer des Zweifels

Kommissar Takamäki ermittelt

Deutsch von Gabriele Schrey-Vasara

Rowohlt Taschenbuch Verlag

Die Originalausgabe erschien 2001 unter dem Titel
«Kosketuslaukaus» bei Gummerus Publishers, Helsinki.

Deutsche Erstausgabe
Veröffentlicht im Rowohlt Taschenbuch Verlag,
Reinbek bei Hamburg, Dezember 2007

Redaktion Stefan Moster
Umschlaggestaltung any.way, Wiebke Jakobs
(Foto: plainpicture/Johnér)
Satz Galliard PostScript bei
Pinkuin Satz und Datentechnik, Berlin
Druck und Bindung Clausen & Bosse, Leck
Printed in Germany
ISBN 978 3 499 24673 9

# I | Mittwochabend

Routinemäßige Verkehrskontrolle in Helsinki, an der üblichen Stelle: Am Ende der Mannerheimintie im Stadtteil Ruskeasuo, kurz vor der Auffahrt zur Autobahn nach Hämeenlinna. Jaakko Tuulos, Hauptmeister bei der Helsinkier Verkehrspolizei, hatte schon wer weiß wie oft hier gestanden und Autofahrer ins Röhrchen pusten lassen.

Der zweiundvierzigjährige Tuulos war seit fast zwanzig Jahren bei der Polizei und hatte längst aufgehört, die Kontrolleinsätze zu zählen. Das Schema war immer gleich: Drei oder vier Streifen kontrollierten Wagen und Fahrer, und fünfhundert Meter weiter stand ein unmarkiertes Polizeifahrzeug bereit, um diejenigen zu stoppen, die am Kontrollpunkt nicht angehalten hatten. Langweilige Routine.

Die Ampel vor dem Kontrollpunkt sprang auf Grün, vom Stadtzentrum her kamen zwei Wagen, ein weißer Saab und ein weinroter Alfa Romeo. Beide wurden angehalten, die Fahrer mussten pusten. «Null Komma null. Danke und gute Fahrt.»

Für die Jagd auf Alkoholsünder war der Mittwochabend nicht die beste Zeit – freitags und samstags war die Ausbeute viel größer. Aber vor einer Woche war wieder eine Schar Grünschnäbel von der Polizeischule zum Praktikum eingetroffen, und die mussten irgendwie beschäftigt werden. Unter den zehn Uniformierten, die an diesem Abend die Kontrolle durchführten, waren sechs Praktikanten.

Tuulos überlegte, ob er mit seinem Trupp schon jetzt zum nächsten Kontrollpunkt weiterziehen sollte, beschloss dann aber, sich an den ursprünglichen Plan zu halten. Für diese

Entscheidung gab es nur einen Grund: Der im Computer gespeicherte Operationsplan war leichter in einen Bericht umzuwandeln, wenn man sich exakt an die vorgesehenen Uhrzeiten hielt. Zum nächsten Kontrollpunkt an der Paciuksenkatu, wo es laut Plan um 21.50 Uhr weitergehen sollte, brauchte man circa fünf Minuten. Jetzt war es 21.25 Uhr, also mussten sie noch gut eine Viertelstunde hier ausharren.

Von der Ampel her kamen drei Wagen. Alle Fahrer waren nüchtern.

Tuulos' Streifenkollege Pekka Mäkynen war für das Anhalten der Wagen zuständig. Er stand mitten auf der Fahrbahn, schwenkte eine rote Kelle und dirigierte die Fahrer an die Bordsteinkante. Seine Aufgabe war an sich nicht gefährlich, setzte aber Erfahrung voraus. Einem Polizeischüler konnte man sie nicht anvertrauen. Mäkynen winkte maximal fünf Wagen zur Seite, und die in fünf Meter Abstand platzierten Praktikanten ließen die Fahrer pusten. Auch Tuulos beteiligte sich an der Arbeit, denn es wäre noch langweiliger gewesen, im Streifenwagen zu sitzen und zuzuschauen. Obendrein war das Wetter für Mitte Oktober ganz passabel. Es regnete nicht, und der Polizeioverall hielt Wind und Kälte ab.

Wieder sprang die Ampel um, diesmal kamen fünf Wagen. Mäkynen winkte einen heraus. Es war ein roter Nissan Primera, dessen Fahrer zweifellos nicht zum ersten Mal kontrolliert wurde, denn er fuhr ganz vor bis zum Kontrollpunkt. Dann kamen ein blauer BMW und ein weißer Hiace-Kleintransporter und schließlich ein alter roter Volvo Kombi. Den fünften, ein Taxi, winkte Mäkynen durch. Taxifahrer wurden so selten mit Promille am Steuer erwischt, dass es sich nicht lohnte, sie zu kontrollieren.

Der Volvo hielt vor Tuulos, der Fahrer, ein etwa vierzigjähriger Mann mit Brille und Schnurrbart, kurbelte das Seitenfenster herunter. Guten Abend. Einmal pusten bitte. Eine glatte Null. Gute Fahrt. Tuulos trat einen Schritt zurück, und der Volvo fuhr weiter, wie der Primera vor ihm. Dagegen blieb der Kleintransporter stehen. Kopfschüttelnd ging Tuulos auf den Wagen zu und fragte sich, wie ein Praktikant bei einer so simplen Aufgabe Mist bauen konnte.

Der Praktikant, ein kräftiger Bursche aus Ostfinnland – sein Name war Tuulos entfallen –, überprüfte gerade im Licht der Taschenlampe die Fahrzeugpapiere. War er übereifrig oder stimmte tatsächlich etwas nicht? Obwohl sich die Straßenlampen in der Windschutzscheibe spiegelten, sah Tuulos, dass auf der Vorderbank zwei Männer saßen. Aber im Laderaum konnten natürlich noch mehr Leute sein. So zynisch und gelangweilt Tuulos war, er hatte in seinen bald zwanzig Jahren bei der Helsinkier Polizei auch gelernt, vorsichtig zu sein. Die Stadt hatte sich verändert, selbst bei Routinekontrollen konnte alles Mögliche passieren. Seine Hand fuhr automatisch zu der Pistole an seiner Hüfte, als wollte er sich vergewissern, dass sie noch da war. Auch Mäkynen hatte gemerkt, dass sich etwas tat, und winkte die nächsten Wagen durch.

Die Männer im Hiace saßen stumm da. Der Fahrer sah den Praktikanten an, während der etwas größere Mann auf dem Beifahrersitz stur nach vorn starrte. Keine Anzugtypen, sondern genau die Art von Männern, die man in einem Kleintransporter mit der Aufschrift einer kleinen Baufirma erwartete.

«Guten Abend», grüßte Tuulos den Fahrer. Um die dreißig, nicht besonders aggressiv, schätzte er. Den Pupillen nach absolut nüchtern. Tuulos sah den Praktikanten an. «Was gibt's?»

«Null Promille, aber der TÜV ist überfällig», sagte der Polizeischüler.

«Die Karre gehört der Firma. Nich mein Job, die zum TÜV zu bringen», brummte der Fahrer.

Tuulos kannte die Situation. Die neuen Regeln, die seit einem Jahr galten, waren verworren, und vor allem bei kleinen Firmen kam es oft vor, dass die jährliche Inspektion vergessen wurde. Er hatte sich gerade entschlossen, den Fahrer mit einer Verwarnung wegzuschicken, doch in dem Moment fragte der Praktikant nach dem Führerschein.

Wortlos reichte ihm der Fahrer den alten rosa Lappen. Der Praktikant gab Tuulos ein Zeichen, die beiden Männer im Auge zu behalten, während er selbst sich auf die Papiere konzentrierte. Dann trat er ein paar Schritte zurück, warf einen Blick auf das Nummernschild und sprach in sein Funkgerät. Aus den Augenwinkeln sah Tuulos, dass auch die anderen Beamten den Vorgang beobachteten. Die beiden Männer im Hiace hatten das ebenfalls bemerkt, blieben aber weiterhin ruhig sitzen.

Der Praktikant kam zurück und richtete seine Taschenlampe auf das Gesicht des Fahrers.

«Aussteigen!», befahl er so streng, wie er es auf der Polizeischule gelernt hatte. Die rechte Hand lag auf der Waffe.

Tuulos war verwundert, trat aber zwei Schritt zurück, um nicht direkt vor dem Wagen zu stehen, falls der Fahrer einen Fluchtversuch machte. Mäkynen hatte seinen Posten auf der Kreuzung verlassen und stand nun hinter dem Wagen. Vier weitere Polizisten warteten einsatzbereit am Straßenrand. Eine klare Übermacht.

«Aussteigen!», befahl der Nachwuchspolizist eine Spur schärfer. Die Pistole ließ er allerdings noch im Halfter.

Die beiden Männer fügten sich. Der Mann vom Beifahrersitz war viel größer und kräftiger, als er im Sitzen gewirkt hatte. Eindeutig ein Bodybuilder, dachte Tuulos. Der Fahrer dagegen hatte Normalgröße.

Tuulos hätte gern gewusst, was der Polizeianwärter über Funk erfahren hatte, doch jetzt war nicht der richtige Moment, danach zu fragen. Der Anwärter befahl den Männern, sich auf die Straße zu legen. Ohne zu protestieren, knieten die beiden sich hin und legten sich dann flach auf den Bauch. Die Polizisten drehten ihnen die Arme auf den Rücken und ließen die Handschellen einrasten, wobei Tuulos im Stillen fluchte, weil er die Aktion des Praktikanten für völlig überzogen hielt – bis er im Gürtel des Hünen die 9-Millimeter-Pistole entdeckte. Auch der Fahrer war bewaffnet.

Tuulos gab Mäkynen einen Wink, die auf der Straße liegenden Männer im Auge zu behalten, und warf einen Blick in die Fahrerkabine. Sie wirkte so schmuddelig wie der ganze Wagen. Der Laderaum war von hier aus nicht einzusehen.

Tuulos ging um den Wagen herum und öffnete die Hecktür. Starker Alkoholgeruch stieg ihm in die Nase. Mitten auf der Ladefläche lag ein großer schwarzer Müllsack – genau genommen waren es zwei oder drei, mit Klebeband zusammengeklebt. Die restliche Ladung war nicht ungewöhnlich: ein Werkzeugkasten und ähnliches Zeug. Interessant war nur der Müllsack. Tuulos nahm das Taschenmesser vom Gürtel und schlitzte ihn vorsichtig auf. Ein schwarzer Halbschuh kam zum Vorschein. Als Tuulos merkte, dass ein Fuß in dem Schuh steckte, hielt er inne. Er sah eine schwarze Socke und ein graues Hosenbein. Vorsichtig hob er das Hosenbein an und legte zwei Finger auf die Haut über der Socke. Sie fühlte sich kalt an, und es war kein Pulsschlag zu spüren.

Tuulos sah auf die Uhr: 21.35. Er alarmierte über Funk die Mordkommission und ärgerte sich, weil ihm der Name des Polizeianwärters noch immer nicht eingefallen war.

# 2

Das orangegelbe Licht des Abschleppwagens blinkte mit dem blauen der Polizeifahrzeuge um die Wette. Langsam wurde der Hiace von der Winde auf die Transportfläche gezogen. Die Leiche lag noch immer im Laderaum, es war praktisch alles so wie in dem Moment, als Tuulos den Toten gefunden hatte. Der Notarzt hatte die schwarze Plastikhülle nur so weit geöffnet wie nötig, um festzustellen, dass das Opfer wirklich tot war und dass es sich um einen Mann handelte. Nun wurde der Wagen samt Inhalt zur kriminaltechnischen Untersuchung gebracht.

Kriminalkommissar Kari Takamäki fror nicht. Sein schwarzer halblanger Mantel war zwar nicht besonders dick, aber Takamäki hatte einen zweiten Pullover untergezogen. Mit Bleistift notierte er sich die grundlegenden Fakten: Fundort der Leiche, Fundzeit, Kennzeichen des Kleintransporters …

Alle Kommissare der Helsinkier Polizei mussten reihum Bereitschaftsdienst versehen, aber an diesem Abend war zufällig einmal der richtige Mann am richtigen Ort. Wenn in einem Kleintransporter eine Leiche gefunden wird, trifft es sich natürlich gut, wenn gerade jemand von der Mordkommission Bereitschaft hat.

Takamäki war einundvierzig Jahre alt, wirkte aber jünger. Er führte ein ganz normales Leben – er wohnte in einem Reihenhaus in Espoo, hatte eine Frau und zwei Söhne, acht und zehn Jahre alt. Mitunter kam ihm sein Leben fast zu normal vor. In Filmen und Büchern gerieten Kommissare andauernd in Schwierigkeiten und Krisen, sie soffen und ließen sich scheiden, wurden beschossen und schossen selbst. Takamäki hatte in seiner zwanzigjährigen Laufbahn bei der Polizei noch kein einziges Mal von der Waffe Gebrauch machen müssen.

Er trat näher an den Abschleppwagen heran. In Gedanken ging er die vier kritischen W-Fragen durch: Was? Jemand war getötet worden. Dieser Jemand war ein Mann, mehr wusste man noch nicht. Wo? Die Leiche hatte in dem Kleintransporter gelegen, aber der Tatort war unbekannt. Wann? Die Tatzeit lag ebenfalls im Dunkeln. Warum? Nicht die Spur einer Ahnung.

Die Frage nach dem Täter war vielleicht nicht ganz so schwierig, immerhin waren zwei Männer unter Mordverdacht festgenommen worden. Die Gesamtlage musste man jedoch, gelinde gesagt, als undurchsichtig bezeichnen.

Takamäki war fünfzehn Minuten nach Tuulos' Meldung am Ort des Geschehens eingetroffen. Nun war er ganz allein für den Fall zuständig. Niemand handelte ohne seine Erlaubnis.

Der Fahrer des Abschleppwagens zerrte den letzten Gurt fest. Der Kleintransporter stand sorgfältig gesichert auf der Ladefläche.

«Wenn du fertig bist, fahr gleich los», sagte Takamäki. Der Fahrer nickte.

Der Hiace durfte auf keinen Fall zum Polizeipräsidium gefahren werden, um die Spuren nicht zu kontaminieren. In diesem Stadium musste man besonders sorgfältig sein, denn die Indizien und die Umstände, unter denen man sie gefunden hatte, würden später vor Gericht womöglich tagelang analysiert werden.

Takamäki reagierte seit Jahren nicht mehr sonderlich emotional auf Kapitalverbrechen. Nur Kindsmorde erschütterten ihn noch immer, aber die kamen zum Glück äußerst selten vor. Trotz des verschwommenen Gesamtbildes wirkte der aktuelle Fall nicht übermäßig problematisch – zumindest im Prinzip. Takamäki vermutete, dass es sich um eine Auseinandersetzung unter Berufsverbrechern handelte. Das hätte er allerdings niemals laut gesagt. Vorläufig stand ja nicht einmal fest, ob überhaupt ein Verbrechen vorlag oder ob der Mann im Laderaum eines natürlichen Todes gestorben war. Letzteres glaubte Takamäki freilich nicht. Der Mann war getötet worden, weil er zum Beispiel beim Drogenhandel in die eigene Tasche gewirtschaftet hatte. Die Leiche hatte im Meer versenkt, verbrannt, verscharrt oder zerstückelt werden sollen. So musste es sein, alles wies darauf hin.

Die beiden Verdächtigen waren bereits nach Pasila ins Polizeipräsidium gebracht worden, wo sie sofort verhört werden sollten. Womöglich wurde der Fall schnell aufgeklärt, falls nämlich einer der beiden redete. Wenn nicht, würde man im Hiace Indizien finden. Die Kriminaltechniker vollbrachten heutzutage Wunder. Eilig hatte man es auch nicht: Die Leiche lief nicht davon, und die Verdächtigen saßen hinter Gittern.

Takamäki hatte entschieden, die kriminaltechnischen Untersuchungen anlaufen zu lassen, statt zuerst die Identität des Opfers festzustellen. Unter anderen Umständen hätte er die umgekehrte Reihenfolge gewählt, aber wenn es sich tatsächlich um einen Auftragsmord im Unterweltmilieu handelte, würden die Täter nicht reden. Dann waren Fasern, Blutspuren und sonstige Indizien umso wichtiger.

Er sah sich um. Die Verkehrspolizisten lenkten die aus der Innenstadt kommenden Fahrzeuge routiniert vorbei. An der Bushaltestelle standen ein paar Neugierige, und der Klopsbrater der Imbissstube spähte zum Fenster heraus. Sonst war niemand zu sehen.

«Es waren doch keine Fotografen hier, bevor ich gekommen bin?», wandte er sich an Tuulos.

«Nein. Die Kriminaltechniker sind ungefähr zur gleichen Zeit angekommen.»

«Pressefotografen, meinte ich.»

«Ach so. Nein, ich hab keine gesehen.»

Takamäki war zufrieden. Wenn die Boulevardzeitungen von dem Fall Wind bekommen hätten, wären die Fotografen längst da gewesen. Inzwischen hatte er die Notrufzentrale, bei der die Polizeireporter regelmäßig nachfragten, strikt angewiesen, kein Wort über das Verbrechen zu verlieren. Sollte jemand fragen, was in Ruskeasuo los war, würde er die Auskunft bekommen, dort finde eine Verkehrskontrolle statt. Die Nachrichtensperre gab der Polizei wenigstens die Nacht über Ruhe zum Arbeiten.

Der Fall war nämlich schlagzeilenträchtig. «Leichenfund bei Verkehrskontrolle». Takamäki hatte aber klare Prinzipien: Die Öffentlichkeit wurde informiert, wenn man ihre Hilfe brauchte, ansonsten hielt man den Mund. Natürlich konnte immer etwas durchsickern, die Reporter hatten ihre eigenen Kanäle. Im Moment sah es jedoch gut aus: keine Pressefritzen, folglich keine Notwendigkeit, Informationen preiszugeben.

Der Abschleppwagen setzte sich, von zwei Polizeifahrzeugen begleitet, in Bewegung. Takamäki sah auf die Uhr: 22.24. In einer guten halben Stunde würde man wahrscheinlich wissen, wer der Tote war. Wenn er allerdings keine Papiere bei sich hatte und seine Fingerabdrücke nicht registriert waren, konnte es Tage dauern, ihn zu identifizieren. Aber der Kommissar hätte darauf wetten mögen, dass die

Fingerabdrücke des Opfers im Polizeiregister gespeichert waren.

Für 23.00 Uhr hatte er eine Besprechung angesetzt. Ob sie pünktlich anfing, würde davon abhängen, wie sich die Verdächtigen verhielten. Wenn sie redeten, würde man die Verhöre nicht unterbrechen.

Plötzlich merkte Takamäki, dass ihm kalt wurde. Mütze, Handschuhe und dicke Socken wären für einen Abend Mitte Oktober doch besser gewesen.

Bevor er zum Präsidium fuhr, sprach er noch mit dem Polizeischüler, den Tuulos ihm als Anwärter Eronen vorstellte. Der junge Mann erklärte, ihm sei aufgefallen, dass der Wagen nicht beim TÜV gewesen war. Als er daraufhin das Kennzeichen an die Zentrale durchgegeben hatte, stellte sich heraus, dass der Hiace einige Stunden zuvor als gestohlen gemeldet worden war. Klar, für den Leichentransport geklaut, dachte Takamäki.

# 3

Der Kommissar wärmte seine klammen Finger an der Kaffeetasse. Er saß im Besprechungsraum des Dezernats für Gewaltverbrechen im zweiten Stock des Polizeipräsidiums im Stadtteil Pasila. Neonröhren tauchten den Raum in kaltes Licht. Am großen Tisch fanden etwa zwanzig Leute Platz, doch außer Takamäki waren nur zwei Ermittler des Gewaltdezernats und ein Spezialist für organisiertes Verbrechen anwesend.

Zu seiner Überraschung stellte Takamäki fest, dass der Kaffee ziemlich gut schmeckte. Prompt zweifelte er an der Zuverlässigkeit seiner Geschmacksnerven. Bei der Polizei gab es überall auf der Welt nur miserablen Kaffee. Polizeikaffee, das wusste jeder, wurde aus den Resten in den Tankstellencafés zusammengeschüttet, aufgekocht, stehengelassen und dann lauwarm serviert.

«Brr, was für ein Gesöff», stöhnte er, und die drei anderen Männer lachten. Die beiden Ermittler aus seinem Dezernat waren so korrekt gekleidet wie Takamäki selbst, der unter seinem blauen Pullover ein graues Hemd trug. Der dritte Mann, Suhonen, passte nicht ins Bild. Er trug schmutzige Jeans und ein schwarzes T-Shirt, seine Lederjacke hatte er über den Stuhl gehängt. Die dunklen Haare hingen ihm bis auf den Rücken.

Suhonen arbeitete in der Kontrolleinheit Berufs- und Gewohnheitskriminalität, kurz Begeka, die dem Rauschgiftdezernat unterstellt war. Die offizielle Bezeichnung lautete neuerdings Operative Feldzentrale der Kriminalermittlung, aber Begeka klang besser als Opfezkri. So oder so, ein gutbürgerlicher Kleidungsstil passte einfach nicht zu dem Milieu, in dem Suhonen und seine Kollegen sich bewegten.

Es war bereits einige Minuten nach 23 Uhr, man hatte Verspätung. Kriminalhauptmeister Tuomisto wartete nämlich immer noch bei dem Kleintransporter. Der herbeigerufene Rechtsmediziner hatte den Plastiksack – oder, wie er sich ausdrückte, die Wundertüte – noch nicht geöffnet. Erst nach seiner vorläufigen Untersuchung würde die Leiche zur Obduktion ins rechtsmedizinische Institut gebracht werden.

Es lohnte sich nicht, mit der Besprechung anzufangen, bevor die Todesursache bekannt war – und der Name des Opfers. Also hieß es warten. Ab und zu versuchte einer, ein Gespräch über Eishockey oder Pferdewetten in Gang zu bringen, aber es blieb bei dem Versuch. Takamäki sah auf die Uhr: 23.24. «Okay, offenbar dauert es noch. Am besten fassen wir inzwischen mal ...» Im selben Moment spielte sein Handy die ersten Takte der ehemaligen sowjetischen und heutigen russischen Nationalhymne.

«Hallo», meldete er sich und nickte seinen Ermittlern zu. Alle wussten, dass der Anruf von Kriminalhauptmeister Tuomisto kam. Takamäki hörte sich seinen Bericht mit ernster Miene an.

«Ist das absolut sicher?», fragte er und sah an die gelbgraue Decke. «Okay ... Dann machen wir uns also an die Arbeit ... Hör mal, mach dem Rechtsmediziner Dampf. Ich will den vorläufigen Bericht über Todesursache und sonstige Verletzungen bis morgen schriftlich ... Ja, bis morgen früh. Sag ihm, er soll einen Kollegen dazuholen, denn von den Verdächtigen müssen auch gleich Proben genommen werden ... Ist mir wurscht. Wenn die Doktoren motzen, erinnerst du sie daran, wer das Opfer ist ... Ist ja nicht unser

Geld, die Rechnung geht an die Steuerzahler … Ja, in Ordnung», bestätigte Takamäki und beendete das Gespräch.

Er rieb sich die Stirn, fluchte ausgiebig, seufzte dann und erklärte: «So, Leute. Es handelt sich um Mord. Kopfschuss. Ein einziger, von hinten und aus nächster Nähe. Dem Augenschein nach mit einer schweren Handfeuerwaffe. Fast aufgesetzt, und die Kugel steckt noch im Kopf.» Er holte tief Luft. «Und das Opfer ist Teuvo Hassinen, der Generalsekretär des Parlaments.»

In jeder anderen Situation hätte Takamäki lachen müssen, weil die drei Ermittler wie aus einem Mund «Scheiße» riefen. Aber diesmal setzte er selbst noch einen Fluch obendrauf.

Die Identität des Opfers machte den Fall brisant. Takamäki war nun erst recht zufrieden, dass die Medien noch nichts von der Sache wussten. Ein politischer Mord? So etwas hatte es in Finnland nicht mehr gegeben, seit 1922 der damalige Innenminister Heikki Ritavuori vor seiner Haustür erschossen worden war. Der Schütze, ein rechtsextremer Fanatiker, war damals sofort geschnappt worden.

Jetzt war es Fakt, dass der höchste Beamte des Parlaments – und zugleich des ganzen Staates – durch Genickschuss exekutiert worden war und seine Leiche in einem Kleintransporter gelegen hatte. Warum? Takamäki seufzte schwer.

Zu allem Überfluss war Hassinen keineswegs ein farbloser Beamter gewesen. Er war zum Generalsekretär gewählt worden, als sein Vorgänger überraschend ein hohes Amt im Europäischen Parlament übernommen hatte. Wie sein Vorgänger war auch Hassinen ein waschechter Politiker. Und Sozialdemokrat. Wenn die Sozialdemokraten jemanden für ein bestimmtes Amt auserkoren hatten, dann bekam dieser

Jemand das Amt. So war es vor einem halben Jahr auch bei Hassinen gelaufen.

Sogenannte ehrliche Arbeit hatte Teuvo Hassinen sein Lebtag nicht geleistet. Er war ein lupenreines Produkt des politischen Hühnerstalls. Vertrauensmann der Parteiführung, sachkundiger Referent, ein Mann für die grobe Arbeit an der Basis. So hatten die Zeitungskolumnisten ihn charakterisiert, als seine bevorstehende Ernennung zum Generalsekretär publik geworden war. Im gegnerischen politischen Lager galt Hassinen als ungehobelter Protz.

«Das Opfer ist also nicht irgendwer», wandte sich Takamäki an seine Männer. «Das gibt ein höllisches Spektakel, aber wir wollen den politischen Aspekt erst mal beiseiteschieben. Was haben wir sonst?»

Hauptmeister Jaakko Nykänen meldete sich zu Wort. Er hatte den Fahrer des Hiace aufs Polizeipräsidium begleitet. «Der Fahrer heißt Tuomo Ström. Zweiunddreißig Jahre. Vorstrafen wegen Rauschgift- und Gewaltdelikten», begann er und strich sich über den prachtvollen Schnurrbart. «Die Angaben haben wir anhand seiner Fingerabdrücke bekommen. Der Mann selbst ist stumm wie ein Fisch. Nicht mal seinen Namen hat er genannt.»

«Mit dem ist meiner wenigstens herausgerückt», sagte sein Kollege, der den Beifahrer aufs Revier gebracht hatte. «Er nennt sich Riku Maserati. Früher Riku Nyyssönen. Alter: dreißig und Muskeln für zwei. Seinen Nachnamen hat er vor zwei Jahren gewechselt, weiß der Pitt warum. Rauschgift- und Gewaltdelikte auch bei ihm. Ansonsten no comments, genau wie sein Kumpan.»

Die Namen waren allen vier Ermittlern bekannt. Begeka-Mann Suhonen wusste zu berichten, dass Ström in dem Duo das Gehirn lieferte und Maserati die Muskeln. Ström gehörte zur mittleren Kaste der Unterwelt. Er hatte es verstanden, sich in verschiedenen Drogenbanden so geschickt zu verhalten, dass er bei jeder Runde ein wenig höher stieg und seinen Kumpel mitzog.

Suhonen erzählte weiter, dass das Duo in Järvenpää, einer Kleinstadt in der Nähe von Helsinki, mit einigen anderen ein Fitnessstudio betrieb, in dem der Hormonhandel blühte. Für Auftragskiller hielt er sie keinesfalls. Ihr Spezialgebiet war Einschüchterung – wenn jemand seine Schulden nicht bezahlte, sprachen Ström und Maserati bei ihm vor, schlitzten ihm die Reifen auf oder hackten ihm die Hand ab. Allerdings fingen auch Mörder klein an, und Karriere wollte schließlich jeder machen.

Der schnauzbärtige Nykänen steuerte eine Information über den Kleintransporter bei: Der Hiace war nachmittags gegen zwei Uhr an einer Baustelle in Töölö gestohlen worden und danach acht Stunden verschwunden gewesen.

«Okay, Leute, das ist ein wichtiger Fall, also müssen wir doppelt sorgfältig arbeiten», sagte Takamäki und verteilte die Aufgaben. Er selbst und Nykänen würden die beiden Verdächtigen weiter vernehmen. Suhonen sollte sich in der Stadt umhören und Informationen über Ström und Maserati sammeln, über ihre Wohnungen, Bekannten, Autos und so weiter.

Auch Grenzschutz und Zoll mussten über das außergewöhnliche Kapitalverbrechen informiert werden. Zwar konnte man niemanden zur Fahndung ausschreiben, aber dank verschärfter Grenzkontrolle erhielt man genauere Angaben über die Personen, die das Land verließen. Außerdem würden die Polizeistationen in ganz Südfinnland gebeten werden, alles zu melden, was aus dem Rahmen fiel. Die Einsatzschwelle wurde gesenkt.

«Denkt daran: Keine Hypothesen, sondern Fakten», wiederholte Takamäki seinen Lieblingsspruch. «Eins dürft ihr allerdings glauben: dass ich verdammt gern wüsste, wer den Generalsekretär des Parlaments umbringen wollte. Und warum ...»

Den vierten Mann beauftragte Takamäki, zunächst ein halbes Dutzend Ermittler aufs Präsidium zu beordern. Danach sollte er die Datenbanken nach Informationen über Hassinen, Ström und Maserati durchforsten. Kontakte, Verbindungen, Bekannte, Adressen, alles war von Bedeutung.

Anschließend rief Takamäki seinen Vorgesetzten Karhuvuori an. Der Chef war mit allen Wassern gewaschen, aber der Name des Opfers haute selbst ihn um. Takamäki zählte sechs saftige Flüche und dachte bei sich, dass im Lauf der Nacht noch einige dazukommen würden. Er wusste, dass sein Chef die Leitung der Polizeiabteilung im Innenministerium von dem Mord in Kenntnis setzen würde und dass die Nachricht auf diesem Weg an die führenden Politiker des Landes weitergeleitet wurde. Das war nicht unbedingt von Vorteil, aber unumgänglich. Das Innenministerium würde auch die SUPO, die Sicherheitspolizei, informieren.

Als alle Telefonate erledigt waren, war es bereits nach Mitternacht. Takamäki nahm an, dass die Morgenzeitungen die Information nicht mehr rechtzeitig bekommen würden. Selbst wenn irgendein Politiker dem Reporter seines Vertrauens einen Tipp gab, würde keine Zeitung es wagen, ohne polizeiliche Bestätigung über den Fall zu berichten, und Takamäki hatte seinem Chef klargemacht, dass vorläufig Stillschweigen gewahrt werden musste.

Trotzdem würde sich die Nachricht wie ein Lauffeuer verbreiten – vor allem unter den Politikern. Möglicherweise brachte das Fernsehen am Morgen etwas über den Fall, und spätestens am Vormittag würde die Medienhölle losbrechen. Bis dahin musste die Polizei genügend Fakten beisammenhaben, um die Medien nutzen zu können: Verdächtige, Augenzeugen – was auch immer.

Na ja, Augenzeugen für die Tat gab es vermutlich nicht, und ein weißer Hiace mit dem Namen einer Baufirma war sicher keinem aufgefallen. Helsinki war eine Großstadt, in der niemand allzu sehr darauf achtete, was um ihn herum passierte.

Bis zum Morgen haben wir noch eine Menge Zeit, dachte Takamäki auf dem Weg zu den Vernehmungsräumen, in denen Ström und Maserati saßen. Er beschloss, sich Maserati als Ersten vorzuknöpfen.

# 4

Riku Maserati hockte auf einem Stuhl im Vernehmungsraum. Er trug einen grünen Overall, der ihm trotz seiner Muskeln zu weit war, denn im Polizeigefängnis gab es die Anzüge auch in Übergrößen. Seine eigenen Kleider hatte er bei der Einlieferung abgeben müssen; sie waren zur Untersuchung ins Labor gebracht worden.

Der kleine Vernehmungsraum, in dem nur ein Tisch und vier Stühle standen, war grau und fensterlos. Die Klimaanlage surrte laut, denn in diesen Räumen hielt man sich selten an das Rauchverbot.

Außer Takamäki, Nykänen und Maserati war ein Aufseher des Polizeigefängnisses anwesend. Er trug die Haare so kurz wie Maserati, war aber deutlich kleiner; vielleicht hielt er deshalb die Gassprühdose griffbereit. Takamäki war ihm schon öfter begegnet und wusste, dass er sich mindestens zweimal erfolglos für die Polizeischule beworben hatte. Auf Takamäkis Nicken verließ der Aufseher den Raum.

«Takamäki und Nykänen», stellte der Kommissar sich selbst und seinen Mitarbeiter vor. Maserati sah die beiden an, zeigte aber sonst keine Reaktion.

Die Polizisten nahmen ihm gegenüber Platz. Nykänen holte den Recorder aus der Schublade und drückte auf den Aufnahmeknopf.

«0.12 Uhr. Anwesend Kriminalkommissar Takamäki und Kriminalhauptmeister Nykänen. Aufnahme einer ersten Befragung», sprach Takamäki auf Band.

Maserati schwieg.

Die Kriminalisten wussten schon jetzt, dass die Befragung

nicht leicht werden würde. Dieser Mann brannte keineswegs darauf, zu erzählen, wie und warum er getötet hatte.

«Als Erstes brauchen wir die Personalangaben», fuhr Takamäki fort. Es war abgesprochen, dass Nykänen zumindest vorläufig im Hintergrund blieb und dem Kommissar das Reden überließ.

«Nun sag schon, wie du heißt! Nyyssönen, Lamborghini, Maserati oder Ferrari?»

«Ihr Ärsche habt doch meine Fingerabdrücke. Wenn ihr nicht wisst, wie ich heiße, seid ihr selber schuld», gab der Ganove zurück.

«Hör mal, McLaren, wir sind nicht immer auf dem Laufenden», hakte Takamäki nach. Die Sache mit dem Namen war dem Kerl offenbar peinlich.

«Ich heiße Maserati.»

«Wie der Sportwagen.»

«Genau. Vorname Riku.»

«Wohnsitz?»

«Ohne festen.»

«Red keinen Quatsch.»

«Ich wollte eben keinen Kredit aufnehmen. Die Zinsen sind so hoch.»

«Und wo hast du zuletzt gewohnt?»

«Im Strand Intercontinental natürlich», grinste Maserati.

«Letzte Nacht?», fragte Takamäki und nahm sich vor, die Aussage zu überprüfen. Immerhin prahlte der Kerl damit, in einem der teuersten Hotels von Helsinki übernachtet zu haben. «Die Zimmernummer weißt du nicht zufällig?»

Maserati zuckte die Achseln. «Fragt doch im Hotel!»

Darauf kannst du dich verlassen, dachte Takamäki. «Maserati, ist dir klar, warum du hier bist?»

«Nee. Ich hab nix getan.»

«Gar nichts?»

«Nein.»

«Immerhin hast du in einem Wagen gesessen, in dem eine Leiche lag.»

«Was?»

Takamäki sah Maserati in die Augen, bis der den Blick abwandte. «Ein Kadaver. Ein Toter.»

«Verarsch mich nicht, Mann. Was soll der Scheiß? Das ist nicht wahr, verdammt nochmal!», ereiferte sich Maserati und strich sich über den Kopf.

Takamäki sah ihm an, dass er log. Menschen, die logen, berührten nachweislich häufiger den Kopf als solche, die die Wahrheit sagten. Auch der Abbruch des Blickkontakts war ein ziemlich sicheres Zeichen. «Nun sag schon, was dahintersteckt», sagte er in etwas schärferem Ton.

Der Bodybuilder schwieg und starrte an die Decke. Takamäki versuchte vergeblich, ihn durch Schweigen unter Druck zu setzen. Er kam zu dem Schluss, dass er vorläufig nichts ausrichten konnte. Maserati war in seinem Leben schon so oft verhört worden, dass ihn die Situation nicht mehr einschüchterte. Mit Finten kam man im Moment auch nicht weiter. «Du bist unter Mordverdacht verhaftet. Möchtest du etwas dazu sagen?»

«Leck mich!»

«Die Befragung ist beendet. 0.25 Uhr», sagte Takamäki und schaltete den Recorder aus.

Ström gab sich noch verschlossener. Er bestätigte lediglich seinen Namen, dann verlangte er einen Anwalt. Unter diesen Umständen war es sinnlos, die Befragung fortzusetzen. Bevor er den Vernehmungsraum verließ, fragte Takamäki beiläufig, welches Zimmer Ström im Strand Intercontinental bewohnt hatte. Die Reaktion des Mannes zeigte, dass sein Kumpel in diesem Punkt offenbar die Wahrheit gesagt hatte.

«Wenigstens etwas», seufzte Takamäki, als er mit Nykänen ins Dezernat zurückging. Die bisher nur vorläufig festgenommenen Verdächtigen waren nun offiziell verhaftet, was bedeutete, dass man sie vier Tage festhalten konnte, bevor man vor Gericht Untersuchungshaft beantragte.

Nykänen erbot sich, die Strafanzeige in den Computer einzugeben, aber Takamäki wehrte ab. «Das mach ich selbst. Du gehst ins Interconti und stellst die Zimmernummern fest. Nimm dir zwei Streifenbeamte mit. Sie sollen dableiben und die Zimmer bewachen.»

«Im Hotel?»

«Ja. Die Spurensicherung hat im Moment keine Leute frei, um die Zimmer zu untersuchen. Das muss bis morgen warten.»

«Wie weit darf ich die Chefs der Streifenpolizei einweihen? Die mögen solche Aufträge nicht.»

«Wenn deine Autorität nicht reicht, sag ihnen, sie sollen mich anrufen. Heute Nacht habe ich das Sagen über alle Polizeikräfte der Stadt.»

Nykänen nickte. «Gut. Versuchen wir, das oder die Zimmer ausfindig zu machen.»

«Aber bitte ohne Skandal», lächelte Takamäki.

Beide erinnerten sich an einen Fall, in dem ein Mordverdächtiger ebenfalls im Hotel gewohnt hatte. Das Zimmer war allerdings schon an einen neuen Gast vergeben worden, an einen Parlamentsabgeordneten, der sich dort mit einer russischen Prostituierten vergnügte und es gar nicht lustig fand, von der Polizei aufgescheucht zu werden.

Auf dem Flur wartete der Rechtsmediziner Tommola. «Na, wie viele Schimpfwörter hast du gezählt?», fragte er.

«Bei zehn hab ich aufgehört», erwiderte Takamäki.

«Scheiße, was für ein beschissener Scheißfall», schnaubte der Arzt.

Takamäki musste lachen und schloss daraus, dass er dringend einen Kaffee brauchte. Wenn Rechtsmediziner einen zum Lachen brachten, wurde es ernst. Vor knapp drei Jahren war er zur Adventsfeier der Pathologen eingeladen gewesen, ein Erlebnis, von dem er sich noch immer nicht erholt hatte. Und dabei arbeitete er immerhin bei der Mordkommission.

Der Rechtsmediziner versprach, von den beiden Verdächtigen Blut- und Urinproben zu nehmen, um festzustellen, ob sie unter Alkohol- oder Drogeneinfluss standen, und sie gleichzeitig auf Kampfspuren zu untersuchen.

In diesem Stadium mussten so viele Untersuchungen gemacht werden wie nur möglich. Vor Gericht zählten Aussagen nicht mehr so viel wie früher. Entscheidend waren die kriminaltechnischen Ergebnisse.

Im Zuge dieser Entwicklung waren ganz neue wissenschaftliche Disziplinen entstanden, die unglaublich viele Informationen lieferten. Die forensische Archäologie konnte das Alter von Knochen feststellen, die seit langem unter der Erde gelegen hatten. Die forensische Insektenkunde wiederum bestimmte anhand der Maden in einer verwesenden Leiche die Todeszeit.

Beides war diesmal nicht nötig – die Leiche war frisch, frischer als sein täglicher Joghurt, wie der Rechtsmediziner angemerkt hatte.

Besondere Hoffnung setzte Takamäki auf die Blutfleckenuntersuchung, bei der man an den Händen, im Gesicht und an den Kleidern der Verdächtigen und des Opfers nach Blutspritzern suchte. Blutgruppe und DNA gaben Aufschluss darüber, um wessen Blut es sich handelte. Doch das war nicht alles. An den Blutspritzern konnte man auch den Tathergang ablesen. Je größer die Wucht des Angriffs war, desto kleiner waren die Blutstropfen. Bei Schusswunden maßen die Spritzer weniger als einen Millimeter, in manchen Fällen sogar nur 0,01 Millimeter.

Wenn das Opfer, wie im aktuellen Fall, durch Kopfschuss getötet wurde, ohne dass die Kugel austrat, entstanden ganz spezifische Spuren. Dabei drang das Projektil nämlich mit höchster Geschwindigkeit durch Haut und Schädelknochen und verursachte hohen Druck und Brüche. Der Druck entlud sich durch das Einschussloch. In Sekundenbruchteilen fuhr die Druckwelle über die blutende Kopfhaut und versprühte feinste Tröpfchen. Falls man auf der Haut oder an der Kleidung der Verdächtigen solche winzigen Blutspritzer entdeckte, hatte man ein gewichtiges Indiz.

Dazu kamen die Schmauchspuren. Nach denen würde ein Kriminaltechniker suchen, sobald der Rechtsmediziner mit Ström und Maserati fertig war. Die Prozedur war einfach: Man zog ein Klebeband über den Zeigefinger, den Daumenansatz und die Haut unter der Nase. Im Labor ließ sich dann feststellen, ob der Verdächtige in den letzten vierundzwanzig Stunden geschossen hatte.

Die Testergebnisse würden spätestens in zwei Tagen vorliegen – wahrscheinlich sogar früher.

# 5

Der Präsident der staatlichen Sicherheitspolizei erwachte beim ersten Ton seines Handys und sah intuitiv auf den Wecker. Die rote Digitalanzeige stand auf 0.12 Uhr.

«Hallo», meldete er sich.

«Niskanen hier, guten Morgen.»

Der Chef erkannte die Stimme seines Abteilungsleiters. «Es ist mitten in der Nacht.»

«Die Nacht ist vorbei.»

«Was gibt's?»

«Ein Politiker ist erschossen worden und …»

«Wer und wo?», unterbrach ihn der Chef.

«Hassinen, hier in Helsinki. Man hat seine Leiche in einem Kleintransporter gefunden.»

«Verdammte Scheiße!»

«Das kann man wohl sagen. Ich habe den Sicherheitsplan anlaufen lassen, wie vorgesehen», erklärte Niskanen. Bei diesem Plan für Ausnahmesituationen ging es darum, den Personenschutz hochrangiger Politiker zu verstärken. Womöglich war der Mord an Hassinen nur der Auftakt zu weiteren Anschlägen mit dem Ziel, die Staatsführung lahmzulegen.

«Weiß man schon etwas über das Motiv oder den Schützen?»

«Das Motiv ist unbekannt, aber zwei Männer sind verhaftet worden. Ob sie die Täter sind, weiß man noch nicht, sie hatten aber Hassinens Leiche in ihrem Wagen.»

«Finnen?»

«Ja.»

«Hassinen war doch derjenige, der …»

«Genau», fiel ihm Niskanen ins Wort. Am Handy musste man vorsichtig sein.

«Was macht unser Nachbar im Osten?»

«Verhält sich ruhig.»

«Ist die Kripo von unserer Seite informiert worden?»

«Nein.»

«Gut. Ich bin in zehn Minuten da.»

«Ich warte hier.» Damit beendete Niskanen das Gespräch.

Es war fast zwei Uhr. In seinem Dienstzimmer kam Takamäki endlich dazu, in Ruhe nachzudenken.

Vor einer Stunde hatte Nykänen aus dem Strand Intercontinental angerufen. Der Hinweis, der Maserati entschlüpft war, stimmte: Die beiden Männer hatten ein Doppelzimmer in dem Luxushotel bewohnt und die Anmeldung obendrein mit ihren richtigen Namen ausgefüllt. Die neunhundert Finnmark für das Zimmer hatten sie bar bezahlt.

Nykänen hatte sich das Zimmer angesehen, aber bei oberflächlicher Betrachtung nichts Wesentliches entdeckt. Er war im Hotel geblieben, um sich die Gästeliste der vergangenen Nacht anzusehen.

Takamäki saß auf seinem Bürostuhl und starrte auf das Foto an der Wand. Es war vor vier Jahren in den USA gemacht worden, wo er mit zwei anderen finnischen Kriminalbeamten an einem zweimonatigen Kurs des FBI teilgenommen hatte. Allmählich wurden auch in Finnland kriminaltechnische Geräte angeschafft, die für die amerikanischen Kollegen längst Alltag waren.

Der Computer surrte, aber ansonsten war es still. Zwischen den Lamellen der Jalousie drang das fahle Licht der

Straßenlampen herein. Je länger der Kommissar über den Fall nachdachte, desto mehr interessierte er ihn.

Takamäki hielt nicht viel von Politikern. Die Geschichten, die man im Dienst zu hören bekam, konnten einen zum Zyniker werden lassen. Die Polizisten hielten sich an die Dienstvorschrift, während die Politiker mogelten, was das Zeug hielt. Prinzipiell mochten Polizisten Politiker nicht, und umgekehrt verhielt es sich genauso. Grundlage dieser gegenseitigen Abneigung waren die Ermittlungen gegen korrupte Politiker, die in den letzten Jahrzehnten geführt worden waren.

Natürlich gab es auch bei der Polizei Chefs und Ermittler, auf die sich die Politiker verlassen konnten, weil sie mehr vernebelten als aufklärten. Bei Trunkenheit am Steuer kam ein Politiker nicht ungeschoren davon, bei einem Milliardenbetrug schon eher.

In Takamäkis Augen waren die meisten Politiker Parasiten, denen es nur darum ging, für sich selbst und ihre Spezis möglichst viel herauszuschlagen – selbst über die Parteigrenzen hinweg. Folgerichtig ging er seit einigen Jahren nicht mehr zur Wahlurne.

Jetzt aber brauchte er Hintergrundinformationen über Teuvo Hassinen. Im Internet wurde er rasch fündig. Hassinen war in Turku geboren, aber schon als junger Mann nach Helsinki gezogen und dann in der Parteizentrale der Sozialdemokraten Schritt für Schritt aufgestiegen. Nachdem er mehreren sozialdemokratischen Ministern als persönlicher Referent gedient hatte, war er ein Jahr lang Arbeitsminister gewesen und dann in die Parteiführung zurückgekehrt, bis er überraschend zum Generalsekretär des Parlaments ernannt wurde.

Im Zusammenhang mit seiner Ernennung hatte es, wie

Takamäki in den elektronischen Pressearchiven las, eine Debatte über die Rolle des Generalsekretärs gegeben, der an sich nur der Vorgesetzte der dreihundertzwanzig Parlamentsbeamten war, aber trotzdem unangemessene Macht über die Abgeordneten hatte. Wie in vielen Ministerien war auch im Parlament die wahre Macht allmählich auf die Beamten übergegangen. Sie waren es, die die Tagesordnung der Sitzungen vorbereiteten – und je kniffliger die Fragen waren, die behandelt werden sollten, desto längere Tagesordnungen stellten sie auf. Ein einfacher Trick. Die Papierstapel wurden dadurch so dick, dass die Abgeordneten keine Zeit hatten herauszufinden, worum es bei ihren Beschlüssen eigentlich ging.

Und nachdem die Macht auf die Beamten übergegangen war, drängten die Politiker auf die Beamtensessel. Dafür bot Hassinen das beste Beispiel. Im Parteibüro hatte er gelernt, Macht auszuüben und sie skrupellos einzusetzen. Er befehligte die Parlamentsbeamten und entschied in der Praxis, wer welche Aufgabe erhielt, wer Karriere machte, wen er begünstigen und an wem er sich rächen wollte.

Dieses Spiel brachte ihm zwar keine Popularität ein, aber so hart ging es in der Politik wohl doch nicht zu, dass ihn deswegen jemand exekutiert hätte, dachte Takamäki. Bei dem Kurs des FBI in Washington, den er besucht hatte, war es unter anderem um Profilierung gegangen. Da das Verhalten eines Menschen etwas über seine Persönlichkeit aussagte, konnte man anhand der Spuren am Tatort Rückschlüsse auf den Charakter des Täters ziehen. Am besten eignete sich diese Methode bei Serienmorden und -vergewaltigungen, doch sie ließ sich auch bei Einzeltaten anwenden. Diesmal gab es allerdings keinen Tatort, sondern nur die Leiche. Der Kopfschuss zeugte jedenfalls von Kaltblütigkeit. Folglich lag der Gedanke nahe, dass es sich bei dem Täter um einen Berufsverbrecher handelte.

Aber welchen Grund konnte es geben, den Generalsekretär des Parlaments zu töten? Der Ermordete gehörte zur Elite Finnlands, während die Männer, die seine Leiche transportiert hatten, hartgesottene Berufsverbrecher waren. Wo lag der Punkt, an dem sich diese beiden Welten trafen? Je länger Takamäki darüber nachdachte, desto überzeugter war er, dass hinter Ström und Maserati noch jemand stehen musste. Der eigentliche Dunkelmann. Ein politischer Gegner etwa? Nein, verdammt, das kann nicht sein, dachte Takamäki. Es musste sich um etwas Privates handeln. War Hassinen vielleicht drogensüchtig gewesen?

Keine Spekulationen, ermahnte der Kommissar sich selbst und entschloss sich, den notwendigen Papierkrieg zu erledigen. Er speiste die Anzeige gegen Ström und Maserati ins Register ein und füllte das Formular für den Pathologen aus. Dann setzte er einen Antrag auf rückwirkende Datenfreigabe für Ströms und Maseratis Mobiltelefone auf, der am nächsten Tag dem Gericht vorgelegt werden sollte. Auch für Hassinens Festanschlüsse zu Hause und im Dienst sowie für sein Handy beantragte er Datenfreigabe, dazu die Aufhebung des Bankgeheimnisses, denn er wollte wissen, wann und wo Hassinen seine Kreditkarte benutzt oder Geld abgehoben hatte.

Kurz nach drei war Takamäki mit sämtlichen Formularen fertig und beschloss, sich im Mannschaftsraum ein paar Stunden aufs Ohr zu hauen. Der nächste Tag würde lang werden.

# 6

Zur gleichen Zeit, als Takamäki sich auf der Pritsche ausstreckte, saß Begeka-Mann Suhonen in seinem grünen Opel Vectra auf dem Parkplatz vor der Helsinkier Eishalle. Eigentlich war es nicht Suhonens Wagen, aber der Polizei gehörte er auch nicht.

Über das öffentliche KFZ-Register konnten Kriminelle allzu leicht feststellen, auf wen ein Fahrzeug zugelassen war – Anruf oder SMS genügte. Wenn man erfuhr, dass es dem Innenministerium gehörte und die Kripo als Fahrzeughalter firmierte, war nicht schwer zu erraten, dass da ein Polizist am Steuer saß. Aber Suhonens Wagen war auf eine Leasing-Firma in Espoo zugelassen.

Diese grauen Wagen verwendete die Polizei seit Jahren. Und die Grauzone beschränkte sich nicht auf Autos. In den Taschen seiner Lederjacke hatte Suhonen zwei Handys. Das eine war ein sogenanntes Polizeitelefon, dessen Nummer bei der Kripozentrale gespeichert war. Das andere war ein graues Gerät, für das Suhonen am Kiosk anonyme SIM-Karten kaufte, sodass niemand die Nummer zu ihm zurückverfolgen konnte.

Es war 3.20 Uhr. Suhonen stieg aus, um seine müden Glieder zu recken. Gleichzeitig leerte er hinter den Büschen seine Blase. Er hatte einige Stunden lang vergeblich versucht, etwas über Ströms und Maseratis Aktivitäten herauszufinden, aber die Informanten wussten nichts oder wollten nichts sagen. Allerdings verriet die ungewöhnliche Schweigsamkeit, dass die beiden Männer ein heißes Eisen waren.

Kolja, einer der Informanten, hatte immerhin versprochen, sich mit Suhonen zu treffen, und zwar um 3.30 Uhr im Tankstellencafé am ehemaligen Tiergarten.

Kolja saß bereits an einem der Tische und rührte nervös in seiner Kaffeetasse, als Suhonen eintrat. In der SB-Cafeteria herrschte eine schläfrige Stimmung, die wenigen Leute, die um diese Zeit dort hockten, stierten müde vor sich hin. Suhonen holte Kaffee, zahlte den Wucherpreis und setzte sich zu seinem V-Mann.

«Na, Alter?», begrüßte er ihn. Kolja war um die vierzig und trug eine schwarze Lederjacke und Jeans. Eine Kappe mit dem Schriftzug Chicago Bulls verdeckte einen Teil der halblangen dunklen Haare und, wie Suhonen wusste, eine Narbe auf dem Scheitel. Vor einem Jahr hatte jemand Kolja mit einem Bierkrug auf den Schädel geschlagen.

Kolja handelte mit Diebesgut, hauptsächlich mit Autoradios. Suhonen wusste davon, schritt aber nicht ein. Wegen einer solchen Bagatelle ließ man einen guten Informanten nicht auffliegen.

«Du bist unter die Taxifahrer gegangen, wie man hört.»

«Stimmt. Irgendwie muss man ja sein Geld verdienen.»

«Sicher», lachte Suhonen.

«Im Ernst, Mann. Ich bin sauber.»

Suhonen hätte beinahe gefragt, was Kolja für seine Sauberkeit aufgegeben hatte: Aufputschmittel, Schnaps oder die Hehlerei. Doch er begnügte sich mit einem Nicken.

«Taxifahren is nicht mal so schlecht», fügte Kolja hinzu. «Reich wirste damit nich, aber es langt.»

Vorbestrafte bekamen keinen Taxischein. Waren die Vorschriften gelockert worden, oder arbeitete Kolja schwarz? Egal, dachte Suhonen. «Du hast gesagt, du wüsstest was über Ström und Maserati.»

Kolja sah sich automatisch um. Diese Bewegung hatte Suhonen hundertmal gesehen. Eigentlich verständlich. Letzten Endes setzten die Informanten ihr Leben aufs Spiel.

«B», sagte Kolja.

«Bergroth?»

Kolja nickte.

«Für den arbeiten die beiden?» Suhonen war ehrlich überrascht. Das war etwas Neues. Bergroth war einer der ganz großen Bosse in der Helsinkier Unterwelt. Er hatte früher Hyyppönen geheißen, dann Aallas, aber nach seinem letzten Knastaufenthalt hatte er sich den Namen Bergroth zugelegt. «Stimmt das wirklich?»

Kolja nickte wieder.

Suhonen schlürfte seinen heißen Kaffee. «Wo ist B momentan aktiv?»

«Hier in der Gegend natürlich», schnaubte Kolja.

«Klar.» Suhonen ärgerte sich über seine dumme Frage. «Womit dealt er?», fuhr er fort und bereute auch diese Frage sofort. Wieder hatte er seine Unwissenheit verraten. Dabei war es absolut wichtig, den Informanten den Eindruck zu vermitteln, dass sie lediglich ergänzten, was die Polizei längst wusste. Es war nicht gut, wenn ein Spitzel das Gefühl hatte, andere zu verpfeifen – ganz und gar nicht gut. Das hinterließ einen miesen Nachgeschmack und führte dazu, dass der Spitzel sich bedroht fühlte. In diesem speziellen Fall wäre die Furcht nicht einmal unbegründet – mit Bergroth war nicht zu spaßen.

«Immer noch im Schnapshandel?», versuchte Suhonen seinen Patzer auszubügeln.

Kolja war bereits auf der Hut, nickte aber.

«Und Ström und Maserati waren seine Kuriere?»

Kolja zuckte zusammen. «Waren? Was ist passiert?»

Der dritte Fehler in einer halben Minute. Suhonen verfluchte seine Nachlässigkeit. «Nichts weiter. Die beiden sind mit Drogen erwischt worden», versuchte er die Situation zu retten.

«Amphetamin?»

Suhonen schwieg.

«Schon gut», sagte Kolja. «Mit Drogen handelt B auch, aber hauptsächlich mit Fusel. Weniger Risiko, mehr Abnehmer – und mehr Kohle.»

Suhonen wusste, dass Kolja recht hatte. Schnaps trank jeder, außerdem hielten die meisten Leute den Schwarzhandel nicht für illegal, sondern eher für spannend.

«Der Schnaps wird auf Baustellen verhökert. Ein Wahnsinnsgeschäft. B hat praktisch jede zweite Baustelle in der Hand. Ström und Maserati sind seine Fahrer, aber er hat noch andere. Sie machen immer vor dem Wochenende die Runde. Dann blüht nämlich das Geschäft.»

«Noch was?», fragte Suhonen.

«Angeblich gibt's in Bs Organisation Zoff, ich weiß aber nicht, ob das stimmt», sagte Kolja und sah auf die Uhr. «Zwanzig vor vier. Ich muss los. Die Kneipen machen gleich zu, und bei den letzten Fuhren kriegt man das beste Trinkgeld.»

Suhonen wusste, worauf Kolja hinauswollte. Er holte ein Bündel aus der Tasche und schob es seinem Informanten unauffällig zu. Fünf zusammengerollte Hundertmarkscheine. Die übliche Taxe.

# 7 | Donnerstagmorgen

Im Besprechungsraum, der in der Nacht fast leer gewesen war, drängten sich an die dreißig Polizeibeamten, Männer und Frauen, alle in Zivil. Es war acht Uhr, und der Tag kam Takamäki schon jetzt lang vor.

Das schrille Piepen der Armbanduhr hatte ihn um halb sieben geweckt. Er hatte sich am Automaten in der Kantine ein Schinkenbrötchen für fünfzehn und einen Kaffee für fünf Finnmark geholt. Vor einigen Jahren hatte die Helsinkier Kripo noch ein paar Tausender im Budget gehabt, mit denen man bei besonderen Fällen für Kaffee, Limonade und Brötchen sorgen konnte, doch die Zeiten waren vorbei.

Kurz vor sieben hatte Takamäki seine Frau Kaarina angerufen und ihr gesagt, dass er durcharbeiten musste. Er hatte wie zum Trost versprochen, in den Abendnachrichten zu lächeln. Kaarina wusste, dass er vor der Fernsehkamera nie lächelte, aber der Satz gab ihr zu verstehen, dass es um einen wichtigen Fall ging.

Um sieben Uhr hatten die Ermittler, die während der Nacht gearbeitet hatten, dem Kommissar Bericht erstattet, und danach hatte er den Fall noch einmal mit Nykänen besprochen. Als Karhuvuori, der Chef des Gewaltdezernats, um halb acht eingetroffen war, hatte Takamäki ihm die Ereignisse erläutert. Hassinens Leiche war in der Nacht ins rechtsmedizinische Institut gebracht worden. Kriminalhauptmeister Tuomisto war mitgefahren und übermittelte um Viertel vor acht den inoffiziellen Befund der Autopsie.

Normalerweise fand die Morgenbesprechung in Karhuvuoris Dienstzimmer statt, und anwesend waren außer dem Dezernatsleiter nur der Kommissar, der in der Nacht Bereitschaftsdienst gehabt hatte, und die wenigen, die zu Beginn ihrer Tagesschicht Zeit hatten. In der Regel enthielt der Nachtrapport keine besonderen Vorfälle. Allenfalls war der Bereitschaftsdienst von der Feuerwehr oder dem Notarzt alarmiert worden, um einen Selbstmord zu registrieren. Mitunter fielen ein paar schwere Körperverletzungen an, aber Kapitalverbrechen waren eher selten. In Helsinki wurden jährlich nur etwa zwanzig Menschen ermordet – höchstens alle zwei Wochen einer.

Karhuvuori hatte Takamäki alle Personalressourcen zugesagt, die er brauchte. In der Praxis waren diese Leute nun komplett im Besprechungsraum versammelt.

Hauptsächlich handelte es sich natürlich um die Ermittler der Dezernate Gewalt, Rauschgift und Diebstahl, aber auch kooperierende Institutionen waren vertreten: die Zentralkripo, die Sicherheitspolizei, das Innenministerium und die Polizeikräfte der Nachbarstädte Espoo und Vantaa.

Takamäki berichtete zunächst über die Verkehrskontrolle und die Festnahme der beiden Männer im Hiace. «Das einzige greifbare Indiz ist momentan die Tatsache, dass Ström und Maserati die Leiche transportiert haben – wissentlich oder unwissentlich. Bei der ersten Befragung haben sich beide ausgeschwiegen.»

Er machte eine kurze Pause, bevor er fortfuhr: «Wir suchen also nach Antworten auf folgende Fragen: Wo wurde Hassinen getötet? Wer hat ihn erschossen? Warum? Und vor allem: Handelt es sich um einen Auftragsmord? Gibt es Verbindungen zu Hassinens beruflicher Tätigkeit?»

Takamäki ließ den Blick über die Runde schweifen. «Irgendwelche Ideen?»

Im Besprechungsraum herrschte Schweigen.

«Der Pathologe ist anhand der Rektaltemperatur, der Leichenstarre und der Leichenflecken zu dem Ergebnis gekommen, dass Hassinen im Lauf des gestrigen Tages erschossen wurde. Genauer lässt sich die Tatzeit nicht bestimmen, weil wir nicht wissen, bei welcher Temperatur die Leiche aufbewahrt wurde. Der Kleintransporter wurde gegen 14 Uhr vor einem Haus in der Museokatu gestohlen, also ganz in der Nähe des Parlaments. Möglicherweise war das in etwa die Tatzeit.»

«Was ist mit den Angehörigen?», fragte Karhuvuori.

«Hassinens Frau ist benachrichtigt worden, wir haben auch einen Pfarrer zu ihr geschickt. Hassinen hatte eine erwachsene Tochter, die wir aber noch nicht erreicht haben. Seine Eltern sind seit Jahren tot.»

Der Chef nickte.

«Ström und Maserati hatten Handys bei sich», fuhr Takamäki fort. «Für beide Anschlüsse wird heute Datenfreigabe beantragt, ebenso für Hassinens Telefone. Vielleicht bringt uns das weiter. Im Moment ist das alles. Irgendwelche Kommentare?»

Da niemand sich meldete, verteilte er die Aufgaben. Gruppe eins sollte unter Leitung von Tuomisto feststellen, was Ström und Maserati in letzter Zeit getrieben hatten. Gruppe zwei würde sich mit Hassinens Aktivitäten befassen. Diese Gruppe wollte Takamäki persönlich leiten, zumindest vorläufig. Einer der Kommissare des Gewaltdezernats übernahm die anfallende Bürokratie einschließlich der Anträge auf Datenfreigabe. Ein weiterer Kommissar sollte sich darum kümmern, dass Hinweise aus der Bevölkerung reibungslos angenommen und weitergeleitet wurden. Seinem engsten Mitarbeiter Nykänen gab Takamäki den Auftrag, Hassinens Frau zu vernehmen.

«Um zehn gebe ich im Medienraum eine Pressekonferenz», erklärte Takamäki zum Schluss und sah Karhuvuori an. «Du bist sicher dabei?»

Karhuvuori nickte. «Ich frage auch den Polizeipräsidenten und die Kripochefs, ob sie teilnehmen wollen.»

«Gut», sagte Takamäki. «Also, Leute, haltet die Ohren offen. Wenn ihr vor der Pressekonferenz auf etwas stoßt, erstattet mir Bericht. Ansonsten treffen wir uns um sechzehn Uhr wieder hier und sehen uns an, was wir bis dahin haben.»

Die Versammlung löste sich auf. Die beiden Gruppen berieten jede für sich über die Aufgabenverteilung. Aus seiner Gruppe schickte Takamäki Kriminalhauptmeister Kannas und einen zweiten Mann ins Parlament. Sie sollten Hassinens Dienstzimmer durchsuchen und sich nach seinem Tagesablauf erkundigen. Zwei Polizisten begannen, den Besprechungsraum mit Computern, Drucker und sonstiger Technik als Einsatzzentrale auszustatten.

Die restlichen Beamten erhielten die Aufgabe, weitere Informationen über Hassinen zu sammeln: politischer Hintergrund, Karriere, Streitigkeiten, Parteigenossen, Feinde, Privatleben – Hobbys, Geliebte und dergleichen.

In seinem Dienstzimmer, zwanzig Meter vom Besprechungsraum, setzte sich Takamäki an den Computer und schrieb eine Pressemitteilung unter der knappen Überschrift MITTEILUNG DER POLIZEI. Auch der eigentliche Text war kurz: «Die Kriminalpolizei Helsinki ermittelt in einem Kapitalverbrechen, das am gestrigen Mittwoch aufgedeckt wurde. Bei einer routinemäßigen Verkehrskontrolle an der Mannerheimintie wurde um 21.30 Uhr im Laderaum eines Kleintransporters die Leiche eines Mannes gefunden. Bei dem Fahrzeug handelt es sich um einen weißen Toyota

Hiace, der am Mittwochnachmittag vor dem Haus Museokatu 20 in Helsinki gestohlen wurde. Zwei Männer wurden unter Mordverdacht verhaftet. Bei dem Toten handelt es sich um den Generalsekretär des Parlaments, Teuvo Hassinen. Eine Pressekonferenz findet heute um 10.00 Uhr im Presseraum des Polizeipräsidiums in Pasila statt.

Kriminalkommissar Kari Takamäki, Ermittlungsleiter.»

Takamäki las den Text durch und fügte das Kennzeichen des Kleintransporters sowie die Bitte um zweckdienliche Hinweise mit der entsprechenden Telefonnummer ein. Dann speiste er die Mitteilung ins Intranet der Polizei ein, druckte sie aus, unterschrieb sie und drückte den offiziellen Stempel des Polizeipräsidiums darauf.

Er ging ins Zimmer der Sekretärin der Mordkommission und bat sie, das Blatt an die Medien zu faxen. Sie nahm es entgegen, las es durch und schickte es in die Welt hinaus.

Takamäki sah auf die Uhr: 8.45. Er schaltete das Handy aus und beschloss, zu duschen und ein frisches Hemd anzuziehen.

# 8

Die Ampel an der Pitkäsilta-Brücke, die den Stadtteil Hakaniemi mit der Innenstadt verband, sprang auf Grün. Das Taxi fuhr ruckend an. Der Fahrer warf im Rückspiegel einen Blick auf den etwa vierzigjährigen Mann im korrekten Anzug, der zu dösen schien. Der Verkehr war zähflüssig wie jeden Morgen, obwohl die eigentliche Stoßzeit vorbei war. Der Lokalsender brachte Popmusik.

Der Mann im Anzug hieß Kurt Grönlund, und er war müde. Er hatte eine anstrengende Nacht hinter sich, geschäftliche Verhandlungen, zu denen neben dem Business auch Whisky und Frauen gehört hatten. Genau genommen waren Whisky und Frauen auch Grönlunds Business. Die Verhandlungen hatten in zwei Zimmern im Strand Intercontinental stattgefunden, und nun war Grönlund auf dem Weg in sein Büro in der Korkeavuorenkatu.

Als der Fahrer scharf bremste, weil sich ein Bus vor das Taxi geschoben hatte, schrak Grönlund auf. Er stellte fest, dass er hundemüde war, und nahm sich vor, endlich etwas für seine Kondition zu tun. Direkt fett war er zwar noch nicht, aber um die Taille hatte er schon einige Kilos angesetzt, und Nächte wie die vergangene, in denen er nur ein paar Stunden Schlaf bekam, steckte er nicht mehr so leicht weg.

Wenigstens war der Kunde mit den «Verhandlungen» zufrieden gewesen und hatte sich lobend über die rothaarige Sabina geäußert. Grönlund war sich ziemlich sicher, dass der Kunde und sein Klient miteinander ins Geschäft kommen würden. Worüber dieser Kunde und das Unternehmen, das seine Dienste in Anspruch nahm, verhandelten, war ihm egal. Ihn interessierte nur, dass der Vertrag zustande kam, denn dafür erhielt er einen Bonus von 50 000 Finnmark.

Viele große Firmen wandten sich an Grönlunds Büro, Idol Consulting, wenn sie bei Verhandlungen Hilfe brauchten. Kein Unternehmen konnte Schmiergelder über die eigene Buchführung laufenlassen, aber Zahlungen an eine Unternehmensberatung waren unverfänglich.

Idol Consulting war nur eine von Grönlunds Firmen, er hatte noch andere in der Schublade. Der Geldverkehr wirkte legal, denn seine Mädchen rechneten über die jeweils für sie gegründeten Firmen ab. So sah der Sexhandel auch in der Buchführung des Consultingbüros legal aus.

Grönlund hätte auch als echter Unternehmensberater arbeiten können, denn er war immerhin Rechtsanwalt. Allerdings hätten sich wohl nicht viele Unternehmen von einem Juristen beraten lassen, der wegen Konkursbetrug zu zweieinhalb Jahren Haft verurteilt worden war. Grönlund beharrte zwar darauf, an allem sei nur die Rezession schuld gewesen und er habe nur Eigentum retten wollen, doch das Gericht war anderer Meinung gewesen, und der Oberste Gerichtshof hatte seinen Revisionsantrag abgeschmettert.

Als Ersttäter hatte Grönlund nur gut ein Jahr seiner Strafe absitzen müssen. Im Gefängnis hatte er sich das Kontaktnetz aufgebaut, das für seine derzeitige Tätigkeit lebensnotwendig war. Die Haftstrafe hatte ihn seine Familie gekostet: Seine Frau hatte ihn verlassen und die Kinder mitgenommen. Im Nachhinein weinte Grönlund seiner Frau keine Träne nach, nur die Kinder vermisste er gelegentlich – ungefähr ein- oder zweimal im Jahr.

Die Erkennungsmelodie der Nachrichten ertönte. Der Taxifahrer drehte das Radio lauter, denn die meisten Fahrgäste wollten die Nachrichten hören.

«Es ist zehn Uhr. Hier die Nachrichten», begann eine leicht näselnde Frauenstimme. «Die Helsinkier Kriminalpolizei untersucht den gestern ans Licht gekommenen Mord an Teuvo Hassinen, dem Generalsekretär des Parlaments ...»

«Lauter!», rief Grönlund. Der Fahrer kam seinem Wunsch sofort nach.

«Die Leiche des Generalsekretärs wurde gestern bei einer Verkehrskontrolle an der Mannerheimintie in Helsinki in einem Kleintransporter gefunden. Über den Tathergang lässt die Polizei nichts verlauten», fuhr die Nachrichtensprecherin fort.

Grönlund trat der Schweiß auf die Stirn. «Ich habe es mir anders überlegt. Vergessen Sie die Korkeavuorenkatu, wir fahren nach Westend, Liinasaarenväylä 3.» Der Taxifahrer nickte und machte sich auf den Weg ins Espooer Westend.

Grönlund sah vorsichtshalber nach, ob sein Handy eingeschaltet war. Es war an, aber Anrufe waren nicht eingegangen. Er fluchte innerlich. Hassinen umgebracht, verdammt! Das war nicht vorgesehen gewesen.

Zwanzig Minuten später hielt das Taxi vor Grönlunds prächtiger Villa. Grönlund zahlte bar, wie er es fast immer tat, um keine Spuren zu hinterlassen, stieg aus und holte sein Handy hervor. Er buchte einen Platz in der Maschine nach Frankfurt, die um 12.15 Uhr abflog. Ihm blieb eine Stunde, bevor er am Flughafen sein musste. Zeit genug.

# 9

Takamäki lenkte den weinroten Golf der Kripo am massiven Gebäude der Sibelius-Akademie vorbei auf eine kurze Straße, die von der Pohjoinen Rautatiekatu abzweigte und nach hundert Metern hinter dem Parlamentsgebäude endete. Dort befand sich ein Eingang, den normalerweise nur Minister und Fernsehteams benutzten.

Takamäki hätte sich nicht unbedingt selbst ins Parlamentsgebäude zu bemühen brauchen. Im Gegensatz zu früher kam es selten vor, dass Kommissare Laufarbeit erledigten, doch der Anruf von Kriminalhauptmeister Kannas hatte ihn neugierig gemacht.

Es war kurz nach elf Uhr. Auf der Pressekonferenz vor einer Stunde war es lebhaft zugegangen, es hatte Fragen gehagelt. Beide Fernsehanstalten hatten die Veranstaltung in einer Sondersendung live übertragen. Auf die meisten Fragen hatte Takamäki erwidert: «Ich weiß es nicht», oder: «Dazu kann ich derzeit keinen Kommentar abgeben.» Er hatte kaum Informationen herausgegeben, die nicht bereits in der Pressemitteilung standen. Viele Reporter wussten, dass es in diesem frühen Stadium sinnlos war, nach dem Motiv zu fragen, doch sie taten es trotzdem. Takamäki hatte ehrlich geantwortet: «Ich weiß es nicht.»

Auch über die Tötungsart schwieg sich Takamäki vorläufig aus, obwohl er annahm, dass die Reporter sie spätestens zu den Abendnachrichten über ihre eigenen Kanäle ausfindig machen würden. Vor der Pressekonferenz hatte er überlegt, ob er die Namen und Fotos der Verhafteten publik machen sollte, sich dann aber dagegen entschieden. Er hielt es für besser, dass die Polizei zunächst versuchte, mit ihren eigenen Methoden Aufschluss über Ströms und Maseratis Aktivitäten zu gewinnen. Erst wenn dabei nichts herauskam, wollte er die Öffentlichkeit um Hinweise bitten.

Kurz vor der Pressekonferenz hatte er durch den Anruf seines Ermittlers Kannas von dem mutmaßlichen Tatort erfahren. Diese Information, die er gegenüber den Medienvertretern ebenfalls verschwiegen hatte, war der Grund, weshalb das mitten in der Stadt gelegene, wuchtige Parlamentsgebäude jetzt polizeilich abgeriegelt war.

Takamäki parkte am Hintereingang, wo bereits drei Streifenwagen und ein Kleintransporter der Spurensicherung standen. Er stieg aus, nahm das Funkgerät aus der Halterung und befestigte es am Gürtel.

Der uniformierte Polizist, der am Hintereingang Wache hielt, erkannte den Kommissar und ließ ihn passieren. Unmittelbar hinter der Tür führte eine Treppe eine halbe Etage höher zur Pförtnerloge. Sie war unbesetzt, denn auf Takamäkis Anordnung waren alle, die nicht unmittelbar gebraucht wurden, nach Hause geschickt worden.

Takamäki hatte von Kannas eine genaue Wegbeschreibung bekommen. Er verschmähte den Aufzug und nahm auf der nächsten Treppe zwei Stufen auf einmal. Im zweiten Stock erstreckten sich zwei lange Flure – der eine führte geradeaus, der andere nach rechts.

Das Herz des 20 000 Quadratmeter großen Parlamentsgebäudes war der Plenarsaal. Rund um diesen riesigen Saal zogen sich auf fünf Etagen Flure, in denen die Räume der Beamten, Fraktionen und Ausschüsse lagen. Die Arbeitszimmer der Abgeordneten befanden sich im Seitenflügel.

Kannas stand in dem nach rechts abgehenden, grüngestrichenen Korridor. Er war eins neunzig groß und robust gebaut; bei den Kraftsportmeisterschaften der Kripo belegte er Jahr für Jahr einen der vordersten Plätze. Er begrüßte Takamäki und meldete: «Das Gebäude ist abgeriegelt und evakuiert. Ein Teil der Eingänge wird von den Parlamentspförtnern bewacht, weil wir nicht genügend Leute haben.»

Während er den Kommissar zum Dienstzimmer des Generalsekretärs führte, berichtete er weiter: «Wir waren kurz vor neun Uhr hier. Das Zimmer war abgeschlossen, aber der Sicherheitschef hat einen Schlüssel.»

Takamäki nickte. Er kannte den Sicherheitschef des Parlaments, Ilari Aarnio, denn der Mann war früher Hauptkommissar bei der Schutzpolizei gewesen. Die meisten Sicherheitschefs in Finnland waren ehemalige Polizisten oder Offiziere.

«Als die Tür aufging, war auf den ersten Blick zu erkennen, dass etwas nicht stimmte.»

Vor dem Zimmer des Generalsekretärs standen Metallkisten der Spurensicherung, auf denen weiße Schutzanzüge lagen, wie auch Kannas einen trug. Neben diesen Requisiten wartete Sicherheitschef Aarnio.

«Tag, Ilari», sagte Takamäki.

«Grüß dich», antwortete Aarnio.

«Eine schlimme Geschichte.»

«Kann man wohl sagen.»

Takamäki nahm einen der weißen Overalls und zog ihn an. Ohne diese Vorsichtsmaßnahme durfte er das Zimmer nicht betreten, um den eventuellen Tatort nicht zu kontaminieren.

«Wie lange wird das Gebäude gesperrt sein, was meinst du?», fragte der Sicherheitschef.

«Schwer zu sagen. Bis wir alles untersucht haben.»

«Du weißt doch, dass jetzt die hektischste Zeit des Jahres ist. Der Haushalt muss verabschiedet werden …»

Nichts hätte Takamäki weniger interessieren können. Er hatte ein Kapitalverbrechen aufzuklären, alles andere war zweitrangig, selbst der Staatshaushalt. Trotzdem sagte er beruhigend: «Es wird höchstens ein paar Tage dauern.» Er wollte Aarnio nicht verärgern, denn er würde seine Hilfe brauchen.

«Die Parlamentspräsidentin möchte übrigens mit dir reden, wenn du Zeit hast.»

«Aha. Worüber denn?»

«Sie fürchtet, dass dieser Vorfall dem Image des Parlaments schaden könnte.»

«Hä?»

«Sie möchte mit dir besprechen, wie die Sache zu behandeln ist, damit das Renommee des Hauses nicht noch mehr geschädigt wird.»

«Sag der Al… der Dame, dass ich im Moment viel zu tun habe. Vielleicht etwas später», sagte Takamäki und wusste, dass das Treffen nie stattfinden würde. Er war mit dem Overall fertig und zog Plastikslipper über die Schuhe. «Warte hier», wies er Aarnio an.

Vom Flur gab es auch einen direkten Zugang zum Arbeitszimmer des Generalsekretärs, doch Kannas und Takamäki nahmen den Weg durch das Büro seiner Sekretärin. Es wirkte wie ein normales – wenn auch ziemlich geräumiges – Büro. Schreibtisch, Stuhl, Computer und Regale. Auf dem Schreibtisch Fotos, hinter dem Computer ein Fenster. Auf der Fensterbank stand eine Grünpflanze. Süßlicher Parfümgeruch lag in der Luft.

Eine Tür an der rechten Wand führte ins Dienstzimmer des Generalsekretärs. Takamäki und Kannas traten an die geöffnete Tür. Drinnen krochen zwei Ermittler auf allen vieren über den Boden, ein dritter führte Protokoll.

Der Raum war beeindruckend, nicht nur wegen seiner Größe von etwa sechs mal acht Metern. In Türnähe standen ein massives Sofa, ein Tisch und zwei Sessel. Weiter hinten befand sich ein Schreibtisch aus Edelholz, dahinter ein Bücherregal, an zwei Wänden hingen Kunstwerke. Außerdem hatte dieses Zimmer gleich drei große Fenster.

Der erste Eindruck bestätigte Takamäkis Vermutung, dass der Täter ein Berufsverbrecher und die Tat geplant war. Nach einem Totschlag im Affekt hätte der Raum anders ausgesehen. Umgekippte Möbel, Blutflecken … Allerdings stand ja noch nicht mit letzter Sicherheit fest, dass Hassinens Dienstzimmer wirklich der Tatort war.

Der protokollführende Ermittler bemerkte die Ankömmlinge und begrüßte Takamäki.

«Na?», fragte der Kommissar.

«Womit soll ich anfangen?»

«Mit dem Wichtigsten natürlich», sagte Takamäki, obwohl er genau wusste, dass die Kriminaltechniker sich das Wichtigste immer bis zum Schluss aufsparten.

«Der Raum ist beinahe pieksauber. Wenn die Parlamentsputzfrauen so gründlich arbeiten, können wir ihnen eine Empfehlung ausstellen. Sogar die Aschenbecher sind leer, obwohl der Mann Kettenraucher gewesen sein soll.»

Takamäki nickte geduldig. Sein Gegenüber würde bald zur Sache kommen.

«Interessant ist natürlich, dass der Teppich verschwunden ist. Und vom Computer sind nur der Monitor und die Tastatur vorhanden. Außerdem fehlen im Regal – vorausgesetzt, es war voll – zwei Ordner. Was sich daraus schließen lässt, ist eine andere Geschichte.»

«Klar», sagte Takamäki.

«Interessant ist auch, dass auf dem Tisch ein Kugelschreiber der französischen Sureté liegt, nur weiß ich nicht, ob das etwas zu bedeuten hat.»

Takamäki nickte wieder. Er wusste, dass der Höhepunkt noch nicht erreicht war.

«Den vielleicht interessantesten Fund haben wir an der Unterseite des Couchtischs gemacht. Sieben Blutstropfen – ohne jeden Zweifel Spritzer. DNA und Blutgruppe noch unbekannt, aber die Proben sind schon im Labor der Zentralkripo. Ich dachte mir, dass es eilig ist.»

Spekulationen waren nicht erwünscht, aber alles deutete darauf hin, dass im Zimmer des Generalsekretärs gestern etwas Außergewöhnliches passiert war.

«Darf ich es mir mal ansehen?», fragte Takamäki.

«Natürlich», sagte der Kriminaltechniker.

Takamäki ging neben dem Tisch in die Hocke und schaute sich die Unterseite der Platte an. Die eingetrockneten Blutstropfen waren abgeschabt worden, aber die Fundstellen waren mit Bleistift markiert. Man sah, dass an der Stelle, wo der Teppich hätte liegen sollen, etwas passiert war.

«Den vorläufigen Bericht bekommst du am Nachmittag. Wir gehen noch mit dem Staubsauger ran und suchen nach Fasern. Anschließend probieren wir es mit der Lampe», erklärte der Kriminaltechniker.

Takamäkis Funkgerät piepte. «Kommissar Takamäki, hören Sie?»

«Ich höre.»

«Am Seiteneingang ist eine leicht hysterische Frau, die darauf besteht, eingelassen zu werden.»

«Und?»

«Sie sagt, sie sei Hassinens Sekretärin.»

«Aha. Einen Moment bitte.» Takamäki wandte sich an Kannas: «Wo könnten wir …»

«Sag ihm, er soll sie ins Parlamentscafé bringen.»

Takamäki gab die Anweisung weiter und sah den Kriminaltechniker fragend an. «Sonst noch was?»

«Das Labor hat die Resultate für morgen, spätestens übermorgen versprochen. An deiner Stelle würde ich aber keine Wunder erwarten.»

«Vom Couchtisch abgesehen», warf Takamäki ein.

Der Kriminaltechniker grinste.

Auf dem Flur zog Takamäki den Schutzanzug aus und fragte den noch immer geduldig wartenden Sicherheitschef: «Wie heißt Hassinens Sekretärin?»

Aarnio hatte den Namen sofort parat: «Iines Kukkamäki.»

«Und?»

«Knapp fünfzig. Seit vierzehn Jahren im Haus, kennt natürlich alle. Sehr kompetent – sonst wäre sie ja nicht Sekretärin des Chefs geworden.»

«Aha. Und wie gut ist diese Kukkamäki über die Termine ihres Chefs informiert?»

«Bestens natürlich. Allerdings ist der Terminplan größtenteils von Woche zu Woche gleich. Sitzungen von Arbeitsgruppen und Ausschüssen. Die wichtigste Aufgabe des Generalsekretärs besteht darin, gemeinsam mit der Parlamentspräsidentin und ihrem Vize die Plenarsitzungen zu leiten. In dieser Woche hatten wir am Dienstag und am Mittwoch Plenum, heute sollte auch eins sein.»

«Und wie war das Verhältnis zwischen Hassinen und seiner Sekretärin?»

«Soweit ich weiß, ganz korrekt … Von einem Techtelmechtel habe ich jedenfalls nichts gehört. Ich glaube, die Kukkamäki ist verheiratet, ganz sicher bin ich mir aber nicht. Über Hassinen erzählt man sich so einiges ...»

«Was denn?»

«Na ja, in der Parlamentssauna hört man ständig solche Geschichten – allerdings meistens über Abgeordnete, und außerdem sind sie bestimmt übertrieben. Irgendwer hat mal gesagt, zwischen Hassinen und seiner Frau liefe es nicht so gut. Keine Scheidungsabsichten, aber ... na ja, du weißt schon», meinte Aarnio.

«Erinnerst du dich, von wem du das gehört hast?»

Aarnio dachte eine Weile nach. «Nein. Sicher nicht aus erster Hand. Aber Eheprobleme haben doch bestimmt nichts mit dem Mord zu tun?»

Takamäki zuckte die Achseln. «Wer weiß. Aber noch eine Frage: Wieso liegt ein Stift des französischen Sicherheitsdienstes beim Generalsekretär auf dem Schreibtisch?»

Aarnio lachte auf. «Die Franzosen stecken nicht hinter dem Mord.»

«Nein?»

«Nein. Den Sureté-Stift hat Hassinen von seinem Vorgänger geerbt, der ihn bei einer gemeinsamen Operation des französischen und des finnischen Sicherheitsdienstes geschenkt bekommen hatte. Mit dem Stift ist vor ein paar Jahren übrigens unsere neue Verfassung unterschrieben worden.»

«Aha», brummte Takamäki. «Als Nächstes brauche ich eine Liste aller Angestellten und Abgeordneten, die gestern im Haus waren. Und zweitens eine Liste aller Fremden.»

«Okay. Wegen der Reparaturarbeiten waren das ziemlich viele.»

«Der Wasserschaden?»

Aarnio nickte. Vor zwei Monaten war im zweiten Stock ein Wasserrohr geplatzt, und man hatte den ganzen Flur aufreißen müssen. Die Arbeiter waren immer noch nicht fertig. «Kann sein, dass sich nicht exakt feststellen lässt, welche von den Bauarbeitern gestern tatsächlich hier waren, aber die Liste aller autorisierten Personen kann ich dir geben. Außerdem waren gestern zwei Delegationen da, die Namen sind auch registriert. Ob es sonst noch Besucher gab, müsste ich nachsehen.»

«Und dann hätte ich gern noch eine Liste aller Besucher, die der Generalsekretär in den letzten vier Wochen empfangen hat.»

Aarnio machte sich Notizen.

«Ich nehme an, die Aufnahmen eurer Überwachungskameras werden gespeichert?»

Der Sicherheitschef nickte.

«Gut. Die Videobänder brauchen wir auch.»

«Es dauert mindestens zwei Stunden, alles zusammenzutragen.»

«Hast du was Besseres zu tun?», lächelte Takamäki.

«Das nicht. Ist es dir recht, wenn ich ein paar Beamte herbitte, um mir zu helfen?»

«Klar. Übrigens, wann hast du selbst Hassinen zum letzten Mal gesehen?»

Aarnio überlegte. «Gestern, gegen Mittag. Er kam mir auf dem Gang zur Cafeteria entgegen. Kurz danach bin ich nach Tali gefahren. Da habe ich mittwochs meine Trainerstunde.»

«Tennis?»

«Ja. Anschließend bin ich nach Hause gefahren.»

Eine Frau und ein uniformierter Polizist standen wartend im leeren Parlamentscafé, als Takamäki und Kannas eintraten. Normalerweise herrschte hier – im eigentlichen Nervenzentrum des politischen Lebens – immer Betrieb.

Takamäki winkte die beiden an einen der Tische. Kannas ging Kaffee holen. Er hatte das Küchenpersonal gebeten, ein paar Thermoskannen bereitzustellen, bevor er die Leute nach Hause geschickt hatte. Aus der Vitrine nahm er drei Hefeteilchen – auf Kosten des Hauses.

Inzwischen machte sich Takamäki bekannt. «Kommissar Kari Takamäki von der Kripo Helsinki.»

«Iines Kukkamäki», stellte sich die Frau vor. Ihr Händedruck war kraftlos.

Der Uniformierte, der sie begleitet hatte, zog sich zurück.

Takamäki erkannte das Parfüm aus dem Büro wieder. Iines Kukkamäki war zierlicher, als er aufgrund der Duftnote vermutet hätte. Mit ihren kurzen dunklen Haaren und dem dunkelblauen Kostüm war sie der Inbegriff der kompetenten, aber farblosen Sekretärin. Man sah an ihren Augen, dass sie geweint hatte, doch jetzt schien sie sich unter Kontrolle zu haben.

«Wie geht es Ihnen?», erkundigte sich Takamäki.

Die Frau lächelte verhalten. «In Anbetracht der Umstände einigermaßen.»

Sie holte ein Taschentuch aus der Handtasche und wischte sich über das Gesicht.

«Dies ist keine Vernehmung, wir versuchen lediglich, uns ein Bild von den gestrigen Ereignissen zu machen. Sie können ganz frei sprechen. Es ist sehr wichtig, dass Sie versuchen, sich so genau wie nur möglich zu erinnern, was in den letzten Tagen und vor allem gestern geschehen ist.»

Die Frau nickte.

«Waren Sie gestern im Büro?»

«Ja. Ich fange immer kurz vor acht an und arbeite bis sechzehn Uhr.»

«Gestern auch?»

«Ja, allerdings bin ich kurz vor zwei zum Friseur gegangen. Das hatte ich mit Teuvo abgesprochen. Er hatte nichts dagegen, denn ab zwei Uhr war er ohnehin in der Plenarsitzung.»

Kannas kam mit einem vollbeladenen Tablett an den Tisch und verteilte Tassen und Kuchenteller. «Bitte schön.»

«Kriminalhauptmeister Kannas», stellte Takamäki seinen Kollegen vor. Kannas setzte sich und holte Notizblock und Stift hervor.

«Machen wir weiter», sagte Takamäki. «Wie sah der Tagesablauf des Generalsekretärs gestern aus?»

«Soweit ich mich erinnere, kam er gegen neun Uhr zur Arbeit. Dann fing gleich die Sitzung des Verwaltungsausschusses an. Danach ist er in die Sauna gegangen und nach dem Mittagessen in sein Büro zurückgekommen.»

Schwerarbeit, dachte Takamäki. «Um welche Zeit war das?»

«Gegen zwölf, glaube ich.»

«Waren Sie da nicht selbst zum Essen?»

«Nein. Ich hatte schon gegessen, im Parlamentsrestaurant. Das ist eine Etage unter dem Café.»

«Und wo hat Herr Hassinen gegessen?»

«Das weiß ich nicht. Vermutlich auch hier im Restaurant. Jedenfalls hatte er keine Verabredung zum Mittagessen, oder sagen wir, keine, von der ich wusste.»

«Wussten Sie im Allgemeinen, wo sich Ihr Chef befand?»

«Ja, obwohl er mir natürlich keine Rechenschaft schuldig

war. Es ist Ihnen ja sicher bekannt, dass der Generalsekretär der Vorgesetzte aller Parlamentsangestellten ist, eine sehr wichtige Position. Sein Arbeitstag war meistens ausgesprochen hektisch.»

So hektisch, dass er am Vormittag Zeit hatte, in die Sauna zu gehen, dachte Takamäki. «Und nach zwölf Uhr?»

«Gegen eins bekam er Besuch, mit dem er sich noch unterhalten hat, als ich ging.»

«Wer war das?»

«Ich weiß es nicht. Im Terminkalender stand nur Besuch.»

«Jedenfalls niemand aus dem Parlament?»

«Nein. Hier im Haus kenne ich jeden.»

«Mann oder Frau?»

«Ein Mann.»

«Alter?»

Iines Kukkamäki überlegte. «Vielleicht um die vierzig.»

«Wie sah er aus?»

«Gepflegt. Anzug und Aktentasche.»

«Würden Sie ihn auf einem Foto wiedererkennen?»

«Bestimmt.»

«Hatte Herr Hassinen häufig solche Privatbesuche?»

«Ich weiß nicht, ob es tatsächlich ein Privatbesuch war. Es kann ebenso gut ein Beamter aus irgendeinem Ministerium gewesen sein.»

«War aus seinem Zimmer irgendetwas zu hören? Rufe, ein Streit oder dergleichen?»

«Nein. Im Übrigen lausche ich nicht», erwiderte die Frau ein wenig pikiert.

«Natürlich nicht», beschwichtigte Takamäki. «Wurden alle Verabredungen des Generalsekretärs in seinen Terminkalender eingetragen?»

«Das weiß ich nicht. Sicher die allermeisten.»

«Hatte er nach der Plenarsitzung noch Verabredungen?»

«Soweit ich mich erinnere, nein.»

«Hätten Sie es gewusst, wenn er einen Termin gehabt hätte?»

«Wahrscheinlich.»

«Aber nicht mit Sicherheit?», hakte Takamäki nach.

«Nein.»

«Hatte der Generalsekretär am Abend Termine?»

«Gestern?»

«Ja.»

«Nein … nein, er hatte keine. Keine offiziellen. Heute hat er – oder hätte er – ein Essen in der Schwedischen Botschaft. Am besten ließe sich das alles klären, wenn ich den Terminkalender aus meinem Büro holen könnte.»

Takamäki überlegte kurz. «Wurde das Zimmer des Generalsekretärs gestern geputzt?»

«Am Vormittag, ja. Irene, also die Putzfrau, die für unseren Flur zuständig ist, kommt meistens gegen zehn Uhr.»

«Und das war eine normale Büroreinigung?»

«Ja.»

«Hmm», machte Takamäki. «Hat Herr Hassinen in seinem Zimmer geraucht?»

«Ja. Ziemlich viel sogar. Manchmal war das Zimmer so verqualmt, dass ich lüften musste.»

«Die Frage erscheint Ihnen vielleicht seltsam, aber erinnern Sie sich, ob er gestern geraucht hat, nachdem die Putzfrau da gewesen war?»

Die Sekretärin überlegte einen Moment und zuckte die Achseln. «Mit Sicherheit weiß ich es nicht, aber normalerweise hielt er es nicht länger als eine Viertelstunde ohne Zigarette aus», sagte sie missbilligend.

«Fällt Ihnen sonst noch etwas ein? War der Generalsekretär in letzter Zeit irgendwie nervös? Hat er ungewöhnliche Anrufe bekommen? Oder war irgendetwas anders als sonst?»

Die Frau runzelte nachdenklich die Stirn. «Nein, meiner Meinung nach war da nichts. Man sah ihm an, dass ihm die Arbeit gefiel. Er hatte ja einen sehr angesehenen Posten, und … und …» Sie schluckte. «So etwas kann doch nicht passieren», stieß sie hervor und brach in Tränen aus.

Kannas steckte Stift und Notizblock ein. Takamäki bedankte sich bei der Sekretärin und sprach ihr sein Beileid aus. Er gab ihr seine Visitenkarte, bat sie, ihn anzurufen, wenn ihr noch etwas einfallen sollte, und erklärte ihr, dass sie in einigen Tagen noch einmal offiziell als Zeugin befragt werden würde.

Dann winkte Kannas den Uniformierten herbei. «Begleite Frau Kukkamäki bitte zum Ausgang und kümmere dich darum, dass jemand sie nach Hause bringt.»

«Mein aufrichtiges Beileid», sagte Kriminalhauptmeister Nykänen zu Kaarina Hassinen. Die Witwe des Generalsekretärs saß still und mit gefalteten Händen an dem großen gustavianischen Esstisch ihrer Wohnung im Stadtteil Töölö, neben ihr die Krisenhelferin der Gemeinde, eine blässliche Frau um die vierzig. Eine Pastorin, vermutete Nykänen.

Auf dem Tisch standen einige Blumensträuße mit Kondolenzkarten.

«Es tut mir leid, Sie jetzt damit zu belästigen, aber es gibt da einige Punkte, die wir unbedingt klären müssen.»

Kaarina Hassinen gab sich einen Ruck. «Möchten Sie Kaffee?»

Nykänen nahm dankend an, obwohl er keinen Kaffeedurst

hatte. Die Pastorin sagte, sie würde den Kaffee aufgießen, und ging in die Küche.

«Also, in erster Linie geht es um die letzten Tage», begann Nykänen. «Wann haben Sie Ihren Mann zum letzten Mal gesehen?»

«Gestern früh. Er saß genau da, wo Sie jetzt sitzen, und las Zeitung, als ich zur Arbeit ging.»

«Um wie viel Uhr war das?»

«Gegen halb acht. Er ging meistens etwas später, weil er vorher noch die Tageszeitungen lesen wollte. Wir haben mehrere abonniert, deshalb dauerte das seine Zeit», sagte die Frau und schluchzte auf.

«Danach sind Sie nicht mehr mit ihm in Verbindung gewesen?»

«Nein.»

«Er hat nicht angerufen?»

«Nein.»

«Um welche Zeit hätte er gestern nach Hause kommen sollen?»

«Er hatte gesagt, er käme nach der Plenarsitzung. Aber nach diesen Sitzungen geht er oft noch in ein Lokal, und dann wird es immer sehr spät. Ich dachte, so wäre es gestern auch gewesen, bis dann heute früh die Polizei vor der Tür stand.»

«Wirkte Ihr Mann gestern oder in den letzten Tagen irgendwie nervös?»

«Nein. Wieso?»

«Eine reine Routinefrage. Haben Sie merkwürdige Anrufe oder Briefe bekommen?»

«Nein. Teuvos Handy hat natürlich dauernd geklingelt, aber ich bin nie drangegangen. Mit seinen dienstlichen Angelegenheiten wollte ich nichts zu tun haben.»

Ziemlich unergiebig, dachte Nykänen. Da fiel sein Blick auf ein Familienfoto an der Wand. «Die junge Frau auf dem Bild, ist das Ihre Tochter?»

Die Witwe nickte. «Ja, das ist Laura.»

«Sie ist sicher auch benachrichtigt worden?»

Kaarina Hassinen zuckte die Achseln. «Keine Ahnung, ich habe seit zwei Jahren nicht mehr mit Laura gesprochen. Ihren Vater hat sie gelegentlich angerufen. Wenn sie Geld brauchte, nehme ich an.»

Nykänen begann sich für die Tochter zu interessieren. «Wo ist sie jetzt?»

«Das weiß ich nicht.»

«Sie wissen es nicht?»

«Nein», erwiderte die Frau heftig. «Sie ist vor zwei Jahren gegangen und hat die Tür hinter sich zugeschlagen.»

Die Frau tat Nykänen leid, aber er wollte unbedingt wissen, was zu dem Zerwürfnis geführt hatte. Dass eine Mutter ihre Tochter zwei Jahre lang nicht gesehen hatte, war ungewöhnlich, und momentan war alles Ungewöhnliche von Interesse.

«Darf ich fragen, warum Sie sich gestritten haben?»

«Nein, das dürfen Sie nicht.»

Nykänen wartete schweigend.

Nach einer Weile sagte die Frau: «Es ging darum, dass Laura Drogen nahm. Ich wollte das nicht akzeptieren, aber sie meinte, mit neunzehn hätte sie das Recht, selbst über ihr Leben zu bestimmen.»

Nykänen nickte. «Möchten Sie, dass die Polizei Ihnen hilft, Ihre Tochter zu finden?»

«Sie wird es wohl in den Nachrichten hören oder in der Zeitung lesen.»

«Aber wenn Sie mit ihr sprechen wollen …»

«Sie hat meine Telefonnummer», fiel sie ihm ins Wort.

Die Krisenhelferin kam mit den Tassen. Beim Kaffee erzählte Kaarina Hassinen vom Sommerurlaub, den sie mit ihrem Mann in Hauho auf dem Land verbracht hatte. Nykänen hörte zu und stellte ein paar höfliche Fragen, während er überlegte, wie Laura Hassinen ausfindig gemacht werden könnte. Eine drogensüchtige Tochter war immerhin eine Art Bindeglied zwischen der honorigen Parlamentsarbeit und der Unterwelt.

# 10

Sobald er wieder im Polizeipräsidium war, telefonierte Nykänen mit Takamäki, der ihm zustimmte: Laura Hassinen musste genau überprüft werden.

Das Amtsgericht hatte schon am Morgen die Anträge auf Datenfreigabe genehmigt, aber die Aufstellungen der Telefonverbindungen würden erst um zwei Uhr vorliegen. Also hatte Nykänen ein paar Stunden Zeit, sich über Laura zu informieren.

Die Datenbank der Polizei kannte die junge Frau. Im Computer fand sich auch ein Polizeifoto, auf dem die Einundzwanzigjährige zehn Jahre älter aussah. Das war allerdings bei Polizeifotos immer so. Aus irgendeinem Grund war niemand besonders fotogen, wenn ein Polizist auf den Auslöser drückte.

An sich machte sich Nykänen nicht viel aus Computern. Auf den Tasten herumzuklappern war für ihn keine richtige Polizeiarbeit. Viel lieber schnallte er sich den Revolver unter die Achsel und stellte den Ganoven draußen nach, im wirklichen Leben. Allerdings musste er zugeben, dass die elektronischen Register die Arbeit erheblich erleichterten.

Er druckte das Bild aus und betrachtete es noch einmal. Das Mädchen sah eigentlich ganz hübsch aus. Keine Schönheitskönigin, aber durchaus attraktiv. Die Wangen waren ein wenig eingefallen – Fixer vergaßen oft zu essen. Das Gesicht war blass, aber narbenlos. Die blonden, schulterlangen Haare sahen verwuschelt aus. Vielleicht absichtlich so frisiert, dachte Nykänen. In Modefragen kannte er sich nicht aus. Jedenfalls war das Foto im Sommer gemacht worden, vor drei Monaten. Seitdem hatte sich Laura Hassinen wahrscheinlich nicht allzu sehr verändert.

Sie war unter dem Verdacht von Rauschgiftdelikten und Diebstahl registriert worden, wobei ihr keine besonders schweren Verbrechen vorgeworfen wurden. Den Berichten zufolge hatte sie kleinere Mengen Amphetamin und Haschisch verkauft und beide Drogen auch selbst konsumiert. Dafür hatte sie vor einem Jahr eine kurze Gefängnisstrafe bekommen, die zur Bewährung ausgesetzt worden war. Im Sommer war sie dann bei dem Versuch erwischt worden, in einer Boutique in Helsinki Kleider im Wert von dreitausend Finnmark zu stehlen.

Ihre Telefonnummer war nicht zu ermitteln, was Nykänen nicht überraschte. Dass sie ein Handy hatte, stand für ihn fest. Wahrscheinlich benutzte sie das Geschenk der Teleanbieter an die Unterwelt: einen im Voraus bezahlten Easy-Anschluss.

Dem Computer zufolge besaß Laura Hassinen einen Führerschein, aber kein Auto. Bei den Ermittlungen wegen des Kleiderdiebstahls im Sommer hatte sie als Adresse die Museokatu 7 B angegeben.

Nykänen stellte seinen unmarkierten Passat im Halteverbot vor der Museokatu 7 ab. Das alte, in den 1920er Jahren erbaute Haus war frisch renoviert und in einem warmen Gelbton gestrichen. Es befand sich an der Ecke der Museokatu und der Cygnaeuksenkatu, schräg gegenüber von einem Spielplatz, auf dem einige Mütter mit ihren Kindern spielten. Zum Nationalmuseum waren es etwa hundert Meter, zum Parlamentsgebäude nicht viel mehr.

Nykänen studierte die Namensschilder am Eingang B, fand Laura Hassinens Namen jedoch nicht. Aufgrund der

Angaben im Register wusste er, dass die Wohnung, die sie im Sommer angegeben hatte, im vierten Stock lag. Er drückte aufs Geratewohl einige Klingelknöpfe. Eine Altfrauenstimme fragte über die Sprechanlage: «Ja?»

«Entschuldigen Sie die Störung, ich wohne im zweiten Stock und habe gerade gemerkt, dass ich meinen Schlüssel an der Wohnungstür habe stecken lassen. Würden Sie mir wohl die Haustür aufmachen?»

Die Frau schnaubte empört und legte auf. Nykänen wollte schon die nächste Klingel drücken, als der Summer ertönte.

Er ging die Treppe bis zum vierten Stock hinauf und kam dabei nicht mal außer Atem, so gut war er in Form. Auf dem Namensschild an der Tür stand Saurama. Nykänen klingelte.

Nach dem dritten Klingeln hörte er eine verschlafene Frauenstimme: «Wer ist da?»

«Machen Sie bitte auf!»

«Wer ist da?»

«Ist Laura Hassinen da?»

«Nein. Hau ab!»

«Machen Sie auf. Ich muss unbedingt mit Laura reden.»

Nach einer Weile klirrte die Sicherheitskette, und die Tür ging auf. Eine etwa dreißigjährige Blondine sah Nykänen misstrauisch an. Sie trug einen rosa Morgenrock und war offensichtlich gerade aufgewacht. Und sie war nicht Laura Hassinen.

«Wer bist du?», fragte die Frau erneut.

«Nykänen, Polizei.»

«Verpiss dich, Bulle!», zischte die Frau und versuchte die Tür ins Schloss zu ziehen, doch Nykänen hatte bereits einen Fuß dazwischengeschoben.

«Ist Laura hier?»

«Nein. Hau ab!»

«Ehrlich, ich hab ihr was Wichtiges zu sagen.»

«Klar. Ihr wollt sie wieder einsperren, oder?»

«Nein. Ihr Vater ist umgebracht worden. Ich muss sie finden, kapiert?»

Die Frau zuckte zusammen und zog instinktiv den Gürtel ihres Morgenmantels fester, als wollte sie die schlimme Nachricht abwehren. «Lauras Alter ist doch der …»

«Genau. Ist sie wirklich nicht hier?»

«Nee. Ich hab sie vor drei Wochen rausgeschmissen, weil sie ihren Anteil an der Miete nicht gezahlt hat. Sie schuldet mir fünf Riesen.»

«Und wo steckt sie jetzt?»

«Keine Ahnung.»

«Wo lohnt sich's denn, nach ihr zu suchen?»

Die Blonde lachte. «Im 10th Floor zum Beispiel. Auf die Straße braucht sie vorläufig noch nicht zu gehen.»

«Hat sie ein Handy?»

«Nicht dass ich wüsste.»

«Wer könnte es wissen?»

Die Frau zögerte.

«Mensch, jetzt hilf mir mal ein bisschen! Sie muss doch schließlich erfahren, dass ihr Alter hopsgegangen ist.»

«Okay, warte mal», sagte die Frau und verschwand im Schlafzimmer. Nach zwanzig Sekunden kam sie mit einem Taschenkalender zurück. «Scheiße, du hast die Nummer aber nicht von mir.»

«Von wem?»

Sie lachte und nannte ihm eine Handynummer.

«Wem gehört die?», fragte Nykänen, nachdem er sich die Nummer notiert hatte.

«Einem, bei dem du Laura buchen könntest, wenn du genug verdienen würdest. Laura macht alles – und das ist nicht billig.»

«Danke», sagte Nykänen und ging.

Bei der Auskunft erfuhr er, dass die Nummer einer Firma namens Idol Consulting gehörte. Er rief dort an, hörte jedoch nur die automatische Ansage, die Verbindung könne zurzeit nicht hergestellt werden.

Takamäki riss einen Bogen vom Flipchart und befestigte ihn mit Kreppband an der Wand des Besprechungsraums, der während seines Abstechers ins Parlament zur Einsatzzentrale umfunktioniert worden war. Man hatte den großen Konferenztisch in vier kleinere Tische geteilt und sie an die Wand gerückt. Auf jedem Tisch standen ein Computer und mindestens ein Telefon, auf einem fand sich außerdem ein Drucker, mit dem man auch Farbfotos ausdrucken konnte. Auch ein Fernseher stand bereit.

Zwei der Computer wurden im Moment nicht benutzt. An den beiden anderen sammelten Ermittler Hintergrundinformationen.

Takamäki hatte sein Jackett über einen Stuhl gehängt, den obersten Knopf seines weißen Hemdes aufgeknöpft und die Krawatte gelockert. Er nahm einen schwarzen Filzstift und schrieb an den oberen Rand des großen Bogens: «HASSINEN/MORDTAG».

Darunter notierte er: «7.30 Uhr Abfahrt zur Arbeit». An den unteren Rand des Bogens schrieb er: «21.35 Uhr Fund der Leiche». Er überprüfte seine Notizen und schrieb weitere Zeitangaben auf das Blatt, ließ aber zwischen den Zeilen Platz für spätere Ergänzungen: «ca. 9 Uhr Ankunft im Parlament», «ca. 9 Uhr Sitzung des Verwaltungsausschusses», «ca. 10 Uhr Sauna und Mittagessen», «ca. 12 Uhr zurück im Büro», «13 Uhr unbekannter Besucher», «14 Uhr bis 16.10 Uhr Plenarsitzung».

Um 16.10 Uhr war Hassinen mit Sicherheit noch am Leben gewesen. Da seine Leiche um 21.35 Uhr gefunden worden war, blieben fünf Stunden und fünfundzwanzig Minuten im Dunkeln.

Entsprechende Listen legte der Kommissar auch für Ström und Maserati an, über deren Tagesablauf allerdings nicht viel bekannt war. Immerhin wusste man inzwischen, dass sie ihr Hotel gegen zehn Uhr morgens verlassen hatten.

Vom Sicherheitschef des Parlaments hatte Takamäki die Liste der Bauarbeiter erhalten, die einen Passierschein bekommen hatten. Sie war jedoch nicht viel wert, denn Aarnio hatte erklärt, die Passierscheine seien ausgestellt worden, ohne die Identität der einzelnen Arbeiter zu prüfen. Die Baufirma hatte eine Liste mit den Namen von sechzehn Beschäftigten eingereicht und genauso viele Passierscheine bekommen, ohne Namen, von Fotos ganz zu schweigen.

Interessant war jedoch, dass der Wasserschaden im Parlament von dem Bauunternehmen Aalto repariert wurde, der Firma, in deren Wagen die Leiche gefunden worden war. Einer der beiden Ermittler am Computer war gerade damit beschäftigt, Informationen über den Besitzer und die Mitarbeiter der Firma zu suchen.

Nykänen kam herein und schwenkte einen Stapel Papiere in der Hand. Takamäki wusste bereits, dass es sich um die Daten der Handys von Hassinen, Ström und Maserati handelte.

«Na?», fragte er.

«Ich hab sie rasch überflogen», antwortete Nykänen. «Die genaue Analyse ist noch nicht fertig.»

«Am meisten interessieren mich Hassinens Anrufe nach 16.10 Uhr», sagte Takamäki.

Nykänen setzte sich und blätterte in dem Stapel. «Hassinen ... hier. Welche Zeit?»

«Ab zehn nach vier.»

«Mmh.» Nykänens Finger fuhr über die Liste. «Zwei Anrufe. Der erste um 16.31 Uhr in der Nähe des Parlaments, ein vierminütiges Gespräch mit einem unbekannten Teilnehmer. Offenbar ein Prepaid-Anschluss.»

«Und der zweite?»

«Um 16.37 Uhr, ebenfalls in der Nähe des Parlaments. Zwei Minuten mit der Firma Idol Consulting. Das ist übrigens dieselbe Nummer, die ich heute von Laura Hassinens Freundin bekommen habe. Sie sagt, über diesen Anschluss könne man Laura erreichen. Ich hab's dreimal versucht, aber der Anschluss ist stumm.»

Takamäki nickte. «Und bei Hassinen nach 16.37 nichts mehr?»

«Nein.»

Takamäki kehrte zu dem Papierbogen zurück und fügte die Angaben über die Anrufe ein. Hassinens Teledaten brachten nicht viel Neues. Vermutlich war er um 16.37 Uhr noch am Leben gewesen und hatte sich im Parlament oder in der näheren Umgebung aufgehalten. Die ungeklärte Zeitspanne hatte sich nur um siebenundzwanzig Minuten verkürzt.

«Haben wir Teuvo Hassinens Handy? Das Gerät, meine ich», fragte Takamäki.

«Weiß nicht. Bei der Leiche war es nicht, wenn ich mich recht erinnere.»

«Dann könnte es also noch im Parlament liegen.»

«Ich ruf Kannas an», sagte Nykänen. «Aber wozu brauchst du das Ding?»

«Wenn die Nummer des Prepaid-Anschlusses im Adressbuch gespeichert ist, steht vielleicht dabei, wem sie gehört.»

«Okay, ich kümmere mich darum.»

Nykänen überließ die Teledaten für Hassinens Diensttelefon und für den Festanschluss in seinem Haus den beiden jüngeren Ermittlern. Er selbst wollte sich auf Ström und Maserati konzentrieren.

# II

Es war eine Minute nach drei, als Takamäki den Medienraum betrat, der noch voller war als am Vormittag. Diesmal war der Kommissar der einzige Vertreter der Polizei. In der ersten Reihe waren fünf Fernsehkameras aufgebaut. Die beiden größten Sender wollten die Pressekonferenz wieder live übertragen, und vermutlich würden auch einige Rundfunkanstalten ihre Mikrophone direkt auf Sendung schalten.

Takamäki nickte ein paar bekannten Reportern zu, legte einen Papierstapel auf den Tisch und setzte sich.

«Ich habe hier ein Communiqué, das nach dieser Veranstaltung verteilt wird. Der Inhalt ist folgender», begann Takamäki und verlas den offiziellen Text: «Die Kriminalpolizei Helsinki ermittelt, wie bereits bekannt, in einem Kapitalverbrechen, dem Teuvo Hassinen, der Generalsekretär des Parlaments, zum Opfer gefallen ist. Die bisherigen Ermittlungen haben ergeben, dass Hassinen am Spätnachmittag oder Abend des gestrigen Tages getötet wurde. Er nahm gestern Nachmittag an der Plenarsitzung des Parlaments teil, die um 16.10 Uhr endete. Um 21.35 wurde seine Leiche in einem Kleintransporter gefunden, dessen Fahrer und Beifahrer verhaftet wurden. Eine eventuelle Tatbeteiligung der beiden Männer wird derzeit untersucht. Die Kriminalpolizei bittet um sachdienliche Hinweise.»

Takamäki blickte auf. «Sie werden sicher verstehen, dass wir in dieser Phase der Ermittlungen sehr viel zu tun haben, aber für ein paar Fragen habe ich Zeit. Mein Telefon ist nach dieser Pressekonferenz ausschließlich für dienstliche

Gespräche reserviert, und eine weitere wird es heute vermutlich nicht geben, also …»

Der Fernsehreporter in der ersten Reihe reagierte am schnellsten. «Gerüchten zufolge soll Hassinen in seinem Dienstzimmer im Parlament ermordet worden sein. Trifft das zu?»

«Es steht nicht mit Sicherheit fest, aber das Parlamentsgebäude ist zurzeit wegen kriminaltechnischer Untersuchungen abgeriegelt.»

«Auch das Dienstzimmer?»

«Natürlich. Es befindet sich ja im Parlamentsgebäude», gab Takamäki zurück und verkniff sich ein Lächeln. Ein grinsender Ermittlungsleiter würde sich im Fernsehen seltsam ausnehmen.

«Und wie wurde Hassinen getötet?»

«Dazu kann ich mich im Moment nicht äußern.»

«Bestreiten Sie, dass er erschossen wurde?»

«Wie gesagt, dazu äußere ich mich nicht.»

Ein halbes Dutzend Hände ragte in die Luft. Takamäki wählte eine Journalistin, die er kannte: Sanna Römpötti von der Zeitung *Helsingin Sanomat*. Sie war eine erfahrene Kriminalreporterin, eine der Besten in ihrem Fach.

«Weiß man etwas über das Motiv?»

«Nein.»

«Sie haben aber zwei Personen unter Mordverdacht verhaftet», hakte Römpötti nach.

«Stimmt, aber ihre Rolle wird noch untersucht.»

«Wer sind die beiden?», drängte sich der Fernsehreporter dazwischen.

«Aus ermittlungstechnischen Gründen werden ihre Namen vorläufig nicht bekannt gegeben», sagte Takamäki, dem die Sache bereits ein wenig lästig wurde.

«Männer?»

«Das sagte ich bereits.»

«Wie alt?»

«Volljährig. Genauer äußere ich mich dazu nicht», erwiderte Takamäki. Hatten die Reporter denn gar nichts herausgefunden, was für die Polizei nützlich sein konnte? Immerhin hatten auch sie den ganzen Tag Zeit gehabt, Informationen auszugraben.

Andererseits wusste der Kommissar, dass die Reporter bei Pressekonferenzen möglichst wenig preisgaben, um ihre Konkurrenten nicht auf dieselbe Spur zu bringen, die sie verfolgten. Vielleicht war es nötig, ein wenig Druck auszuüben. «Sie werden verstehen, dass ich im Moment nicht auf Einzelheiten eingehen kann und alle Hände voll zu tun habe. Wenn Sie also keine weiteren Fragen …»

«Haben die Männer ein Geständnis abgelegt?», unterbrach ihn der Fernsehreporter. Takamäki versuchte, sich seinen Ärger über die Aggressivität des Mannes nicht anmerken zu lassen.

«Die Männer sind befragt worden, haben aber nichts ausgesagt, was für die Ermittlungen relevant wäre.»

Sanna Römpötti meldete sich noch einmal zu Wort: «Hat die Polizei die Möglichkeit eines politischen Mordes in Betracht gezogen?»

Takamäkis Interesse wurde wach. Wusste die Reporterin mehr als die Polizei oder erkundete sie nur das Terrain? «Wir ermitteln in alle Richtungen, aber wie ich schon sagte, wissen wir bisher nichts über das Motiv.»

«Es könnte also ein politischer Mord sein?»

«Das ist einer der Ermittlungsstränge.»

Takamäki rechnete damit, dass Römpötti nachhaken würde, doch sie schwieg. Als stattdessen der Reporter des schwedischsprachigen Rundfunks zu einer Frage ansetzte, schnitt Takamäki ihm das Wort ab: «Entschuldigen Sie bitte. Das ist im Moment alles. Wenn im Lauf des Tages etwas Wesentliches ans Licht kommt, informieren wir darüber in einer Pressemitteilung. Die nächste Pressekonferenz findet morgen um zehn Uhr in diesem Raum statt.»

Damit stand er auf. Das Ganze hatte genau sechs Minuten gedauert. Der Fernsehreporter aus der ersten Reihe stand vor seiner Kamera und sprach ins Mikrophon, als Takamäki den Raum verließ.

Der Kommissar war noch nicht einmal bis zum Aufzug gekommen, als sein Handy die russische Nationalhymne erklingen ließ. Er nahm sich wieder einmal vor, den Klingelton zu wechseln – am Anfang war die Melodie witzig gewesen, aber allmählich hatte sich der Witz totgelaufen.

Das Display zeigte, dass der Anruf aus dem Parlament kam. Also nahm Takamäki ihn an.

«Aarnio hier. Störe ich?»

«Hast du es nicht gesehen?»

«Doch. Du machst dich gut im Fernsehen. Dein energisches Auftreten ist genau richtig.»

Takamäki wartete schweigend, bis Aarnio zur Sache kam. Er rief sicher nicht nur an, um seinen Auftritt zu loben.

«Du», fuhr Aarnio fort, «ich habe noch ein paar Besucherlisten von gestern. Soll ich sie rüberfaxen?»

«Ja, bitte. Die Nummer hast du ja.»

«Hab ich. Und dann sind da noch die Bilder von den Überwachungskameras. Insgesamt so an die siebenhundert.»

«Was? Sieben-null-null?»

«Ja. Da sind alle drauf, die gestern im Gebäude waren: Abgeordnete, ihre Mitarbeiter, Beamte, Journalisten, Bauarbeiter und Besucher. Du kriegst natürlich auch unsere Videos, aber ich habe die Bilder separat ausdrucken lassen.»

«Gut.»

«Ich habe sie jetzt vor mir liegen. Wir können sie hier durchsehen, aber dafür brauchen wir zum Vergleich Fotos von den Verhafteten.»

«Die kann ich dir nicht geben.»

«Verstehe», sagte Aarnio. Die Enttäuschung war ihm anzuhören. «Dann holt sicher jemand das Material ab …»

«Ja. Einer von uns ruft dich an und holt es.»

«Wir haben die Bilder schon mal gebündelt. Die meisten haben wir identifiziert und den Namen hintendrauf geschrieben. Ungefähr hundert Unbekannte sind übrig geblieben.»

«Prima. Das hilft uns sehr. Aber die Videos brauchen wir auch», sagte Takamäki. Sein Handy piepte: Ein zweiter Anruf wartete.

«Natürlich.»

«Wir melden uns bald», beendete Takamäki das Gespräch und nahm das nächste an. «Hallo.»

«Sanna Römpötti von *Helsingin Sanomat*, hallo.»

«Grüß dich.»

«Hör mal, noch eine Frage …»

«Sorry, ich bin in Eile.»

«Es wird dich aber sicher interessieren. Es geht um das Motiv.»

«Ja?»

«Eigentlich ist es keine Frage. Ich dachte nur, es interessiert dich vielleicht, dass Hassinen ziemlich viele Feinde hatte.»

«Das ist allerdings keine weltbewegende Neuigkeit.»

«Sicher nicht. Hast du dich mit dem Aspekt beschäftigt?»

«Ehrlich gesagt, hatte ich dazu noch keine Zeit.»

«Keine Zeit?»

Takamäki schwieg.

«Na schön, dann liest du es eben morgen in der Zeitung», versetzte Römpötti und legte auf.

Gleich darauf klingelte das Handy wieder. Takamäki war mittlerweile schon leicht gereizt. «Hallo», meldete er sich bärbeißig. Der Anrufer war ein Polizeibeamter, der an einem der Hinweistelefone saß. Er fragte, ob er einen Anrufer durchstellen dürfe, der behaupte, einen wichtigen Hinweis zu haben, aber mit keinem anderen als dem Kommissar sprechen wolle. Takamäki stimmte zu.

Es knackte ein paarmal in der Leitung, dann war die Verbindung hergestellt.

«Spreche ich mit Kommissar Takamäki?», fragte eine Männerstimme.

«Ja. Und wer sind Sie?»

«Der Anruf wird doch nicht auf Band aufgenommen?»

«Nein, wird er nicht, weil ich am Handy spreche.»

«Gut. Ich habe Informationen zu dem Fall Hassinen.»

«Aha.»

«Ich arbeite nämlich im Parlament und …»

«Entschuldigen Sie, würden Sie mir bitte als Erstes sagen, wie Sie heißen», unterbrach Takamäki. Erfahrungsgemäß konnte man Hinweise als zuverlässiger einstufen, wenn der Anrufer bereit war, seinen Namen zu nennen.

«Es erfährt doch niemand von meinem Anruf?»

«Wir behandeln alle Informationen vertraulich», versicherte Takamäki. Das war allerdings nur die halbe Wahrheit. Wenn die Information wirklich wichtig war, wurde der Anrufer zum Zeugen und war somit gesetzlich verpflichtet, seine Aussage vor Gericht zu wiederholen.

«Na gut. Ich heiße Jorma Aho und arbeite, wie gesagt, im Parlament. Bloß als Pförtner, aber …»

«Ja?»

«Ich dachte, Sie sollten vielleicht wissen, was für ein Mensch dieser Hassinen war. Aus der Sicht von uns einfachen Leuten, meine ich.»

«Und?»

«Der Kerl war ein Schwein.»

«Ein Schwein?»

«Genau. Der hat uns überhaupt nicht für voll genommen. Hat uns springen lassen, wie er wollte. Er hatte seine Günstlinge, die hat er befördert. Arschkriecher», schnaubte Aho.

«Was hat das mit dem Verbrechen zu tun?»

«Weiß ich nicht, aber ich dachte, die Information könnte Ihnen irgendwie nützlich sein.»

Verdammt, dachte Takamäki, soll ich etwa den Tierschutz einschalten? Ein erschossenes Schwein …

«Aber da ist noch was», fuhr der Mann fort. «Vor zwei Jahren war er bei einer Weihnachtsfeier …»

«Im Parlament?»

«Nee, damals war er ja noch nicht hier. Das muss eine Party von den Sozis gewesen sein. Na, jedenfalls hat er sich da an eine junge Frau rangemacht, die ihn nicht besonders mochte. Hassinen wollte unbedingt mit ihr tanzen, und als sie schließlich nachgegeben hat, da hat das Schwein sie überall betatscht. Wenn er besoffen war, hat er sich total verändert, und als die Frau gehen wollte, hat er sie nicht gelassen. Kurz und gut, ich hab gehört, dass er sie an dem Abend in irgendeinem Hinterzimmer vergewaltigt hat.»

«Von wem haben Sie das gehört?»

«Kann ich nicht sagen.»

«Von der Frau selbst?»

«Nein, nein. Von jemand anderem.»

«Wer ist die Frau?»

«Den Namen weiß ich nicht, aber sie soll Geld gekriegt haben, damit sie den Mund hält.»

«Okay, danke für den Hinweis. Falls Sie den Namen erfahren, melden Sie sich bitte noch einmal», beendete Takamäki das Gespräch. Besonders glaubwürdig klang die Geschichte nicht, aber man konnte nie wissen. Jedenfalls hatte der Anruf gezeigt, dass Hassinen bei den Mitarbeitern des Parlaments nicht unbedingt beliebt war. Passt ins Bild, dachte Takamäki.

Riku Maserati erhob sich von der Pritsche. Die Matratze behagte seinem Rücken nicht – sie war zu dünn. Allerdings gab es in der knapp zehn Quadratmeter großen, fensterlosen Zelle des Polizeigefängnisses wohl auch sonst nichts, was einem Insassen je gefallen hätte. Die Wände waren giftgrün, und die Kloschüssel neben der Eisentür stank – wenn auch nicht viel schlimmer als das Essen. Maserati saß nicht zum ersten Mal im Polizeigefängnis. Er wusste, dass absichtlich kein Raumspray verwendet wurde; das war eine von den vielen Methoden der Bullen, Druck auszuüben.

Maserati machte auf dem Betonfußboden zwanzig Liegestütze. Mehr wollte er sich nicht zumuten, um nicht ins Schwitzen zu geraten. Er wusste aus Erfahrung, dass man ihn bestenfalls jeden zweiten Tag duschen lassen würde, daher war es ratsam, nicht zu schwitzen, denn getrockneter Schweiß juckte auf der Haut. Aber einmal pro Stunde zwanzig Liegestütze waren genau richtig. Sie hielten den Körper fit und schotteten den Kopf gegen die grünen Wände ab.

Trotzdem war Maserati nervös – oder vielleicht noch nicht nervös, aber besorgt. Es war schon nach drei Uhr nachmittags, und seit der letzten Nacht hatte sich niemand für ihn interessiert. Keine Befragung, kein Verhör, keine Gegenüberstellung, gar nichts. Dabei ging es immerhin um einen Mord, und die Leiche hatte sich im selben Fahrzeug befunden wie er. Natürlich würde er eisern schweigen, aber warum wollten die Bullen nicht mit ihm sprechen? Ein paar Jahre Knast waren ihm sicher – mindestens. Wer weiß, was man ihm alles anhängen würde. Maserati hatte das Gefühl, weitere zwanzig Liegestütze zu brauchen, hörte aber nach dem siebten auf, weil ihm der erste Schweißtropfen auf die Stirn trat. «Scheiße!», fluchte er, stand auf und trat gegen die Tür. Dann setzte er sich wieder auf die Pritsche.

# 12

In der verkehrsberuhigten Zone der Liinasaarenväylä schob eine Frau eine Sportkarre, in der ein etwa zweijähriger Knirps saß. Zwei weitere Kinder hielten sich an beiden Seiten am Wagen fest. Das Grüppchen kam kaum voran, weil das eine der beiden größeren Kinder sich immer wieder hängen ließ.

Nykänen lenkte seinen blauen Passat vorsichtig an der Frau und den Kindern vorbei, denn Bürgersteige gab es in diesem Wohngebiet nicht. Der Alltag im luxuriösen Westend war offenbar nicht wesentlich anders als im Helsinkier Wohnblockviertel Kannelmäki, wo er selbst wohnte. Nur die Häuser sahen schöner aus. Kurz hinter der Kreuzung war eine Kindertagesstätte, aus der die Frau offenbar gerade ihre Kinder geholt hatte. Nykänen dachte an seine Frau, die um diese Zeit den vierjährigen Joonas abholte. Der Kleine würde auch heute wieder ohne seinen Vater zu Abend essen müssen.

Neben Nykänen saß Turunen, der Leiter der Spezialeinheit Karhu, ein muskulöser, durchtrainierter Mann. Seine Leute warteten in einem Kleintransporter in einigen hundert Metern Entfernung.

Nykänen und Turunen wollten sich einen allgemeinen Überblick über das Haus in der Liinansaarenväylä 3 verschaffen. Sah es bewohnt aus? Brannte Licht? Standen Autos davor? War in der Umgebung etwas Ungewöhnliches zu sehen?

Das Karhu-Team hatte den Grundriss des Hauses und den Bebauungsplan des Viertels benutzt, um einen vorläufigen

Einsatzplan zu erstellen. Der Grund für das polizeiliche Interesse an diesem Haus war die Tatsache, dass dort ein gewisser Kurt Grönlund wohnte, der im Handelsregister als Eigentümer der Firma Idol Consulting eingetragen war. Nykänen hatte die Kollegen von der Wirtschaftskriminalität um Kurzinformationen über die Firma gebeten und im Handumdrehen eine Analyse erhalten: ein zwielichtiger Mann und eine dubiose Firma.

In Grönlunds Büro in der Korkeavuorenkatu waren Nykänen und die Karhu-Männer bereits gewesen, hatten Grönlund aber nicht angetroffen. Das Büro befand sich in einer Zweizimmerwohnung. Im ersten Raum hatten die Ermittler einen Computer und etwa zwei Regalmeter Ordner gefunden, die auf den ersten Blick nach Buchführungsmappen aussahen. Im zweiten Raum befanden sich Barschrank, Stereoanlage, Fernseher und Bett. Die Spurensicherung würde beide Räume genauer untersuchen, und das Dezernat für Wirtschaftskriminalität würde sich mit den Ordnern und dem Computer befassen.

Nykänen brannte darauf, Grönlund zu fragen, worum es bei seinem Telefonat mit dem Generalsekretär gegangen war. Das war aber nicht alles, was er von dem Mann wissen wollte. Die Wirtschaftskriminalisten hatten ihn nämlich darauf aufmerksam gemacht, dass Grönlunds Geschäftsgebaren einigermaßen anrüchig war. Es gab Hinweise auf Kuppelei, aber Ermittlungen waren vorläufig nicht eingeleitet worden, weil eiligere, klarere, größere und – wie der Leiter des Dezernats sich ausgedrückt hatte – wichtigere Fälle den Vorrang hatten.

Nykänen hatte die Erklärung akzeptiert. Man musste eben Prioritäten setzen. Große Fälle hatten natürlich Vorrang, und an zweiter Stelle kamen diejenigen, bei denen einigermaßen begründete Aussicht bestand, auch tatsächlich etwas zu erreichen. Kuppelei war äußerst schwer nachzuweisen und wurde nicht einmal besonders hart geahndet. Fast alle Täter kamen mit einer Bewährungsstrafe davon. Nykänen hatte sich gelegentlich gefragt, wieso der Gesetzgeber und die Gerichtshöfe Kuppelei für eine Art Kavaliersdelikt hielten. Lag es daran, dass im Parlament und im Richterstand Männer in der Mehrheit waren?

Doch für solche Grübeleien war jetzt nicht der Moment, denn Nykänen und Turunen hatten das Ende der Liinasaarenväylä erreicht. Grönlunds Haus lag in der Nähe des Wendeplatzes. Von der Straße aus war allerdings nichts weiter zu sehen als eine Tannenhecke, ein Briefkasten und die Einfahrt. Beim Tor verlangsamte Nykänen das Tempo, sah aber auch jetzt nur einen Teil des Hauses. Es wirkte still. Auf dem Asphaltweg zur Garage stand kein Fahrzeug.

Nykänen wendete und fuhr zurück. Als der Passat vom Haus aus nicht mehr zu sehen war, griff Turunen zum Funkgerät und gab seine Beobachtungen durch. Er ordnete an, nach Plan A vorzugehen. Wenn die Ortsbesichtigung ergeben hätte, dass sich vermutlich mehrere Leute im Haus aufhielten, hätte er Verstärkung angefordert.

Nach Plan A sollten zwei Männer die Rückseite des Hauses beobachten, damit auf diesem Weg niemand entkommen konnte. Die anderen vier Karhu-Männer würden sich mit Nykänen und Turunen durch den Vordereingang Zutritt verschaffen. Die Operation sollte in fünfzehn Minuten starten, damit die Posten Zeit hatten, hinter dem Haus in Stellung zu gehen.

Nykänen parkte vor der Kita. Von hier war es fast ein halber Kilometer bis zu Grönlunds Haus – eine sichere Distanz, um eine Viertelstunde zu warten. Die Mutter mit ihren Kindern hatte in der Zwischenzeit knapp hundert Meter zurückgelegt. Nykänen überlegte, wo der Vater sein mochte, und musste plötzlich wieder an Joonas denken. Er hätte sich gern nach Turunens Familie erkundigt, schob den Gedanken ans Privatleben dann aber beiseite. Die beiden Männer warteten schweigend.

Alles Wesentliche war bereits im Polizeipräsidium besprochen worden. Nykänen glaubte nicht, dass sie in dem Haus etwas finden würden. Aber es musste überprüft werden.

# 13

Takamäki saß im Besprechungsraum und studierte die Graphiken, die der Computer erstellt hatte. In der Mitte waren zwei Kreise mit den Namen Ström und Maserati. Von beiden führte ein Dutzend Linien zu kleineren Kreisen. Auch die beiden großen Kreise waren durch einige Linien verbunden.

Es ging bei der Graphik um die Telefonate, die Ström und Maserati in den letzten fünf Tagen mit ihren Handys geführt hatten, aber sie lieferte keine wesentlichen Erkenntnisse. Die Leute, mit denen Ström und Maserati telefoniert hatten, waren allesamt Nobodys. Takamäki nahm ein zweites Blatt zur Hand, auf dem die Anrufe chronologisch geordnet waren. Am gestrigen Tag hatte Ström sechs Anrufe getätigt, Maserati fünf. Ström hatte außerdem zwei SMS geschickt. Gegenseitig hatten sich die beiden zweimal angerufen.

Den Teledaten nach hatte Maserati den Vormittag in Lauttasaari verbracht – vermutlich in seiner Wohnung in der Särkiniementie. Man hatte sie mittlerweile ausfindig gemacht und durchsucht, aber außer einigen Dutzend Hormontabletten nichts Illegales entdeckt.

Ström wiederum hatte sich am Vormittag in Südhelsinki aufgehalten, aber als er gegen Mittag die Auskunft angerufen hatte, war sein Handy in Lauttasaari gewesen. Hatte er Maserati dort abgeholt? Zu dieser Zeit war er wahrscheinlich noch nicht mit dem Hiace der Baufirma unterwegs gewesen, denn der war erst gegen zwei Uhr gestohlen worden. Gleich nach der Auskunft hatte Ström jedenfalls das Hotel

Strand Intercontinental angerufen, wo die beiden Männer übernachtet hatten.

Im Lauf des Tages war auch der Hotelportier befragt worden, der in der betreffenden Nacht Dienst gehabt hatte. Er hatte Ström und Maserati auf den Polizeifotos erkannt. Seiner Erinnerung nach waren die beiden gegen zehn Uhr abends eingetroffen. Sie hatten gemeinsam ein Zimmer bezogen und sechs Flaschen Bier aus der Minibar getrunken. Alles deutete darauf hin, dass sie tatsächlich die Nacht im Hotel verbracht hatten. Takamäki hätte gern gewusst, warum.

Nach Mittag gab es eine längere Pause im Telefonverkehr. Ström hatte allerdings um 13.32 Uhr eine SMS an eine Nummer geschickt, die einer gewissen Annika Hellström gehörte; die Frau war achtundzwanzig Jahre alt und nicht vorbestraft. Um 15.20 Uhr hatte Maserati dann seinen dritten und zur gleichen Zeit Ström seinen fünften Anruf getätigt. Maserati hatte das Fitness-Center in Järvenpää angerufen, Ström den dreiundvierzigjährigen Reijo Laurikainen in Helsinki. Laurikainen war polizeilich registriert: mehrfache Aufenthalte in der Ausnüchterungszelle, dazu einige kleine Diebstähle. Allem Anschein nach ein Penner. Diente er als Strohmann? Um 16.15 Uhr hatte Ström erneut bei Laurikainen angerufen. Alle diese Gespräche waren im Bereich des Funkmastes von Kamppi geführt worden, also mitten im Stadtzentrum. Um 16.26 Uhr hatte Annika Hellström erneut eine SMS von Ström erhalten.

Das war alles. Takamäki war enttäuscht. Vor allem ärgerte es ihn, dass die Telefoniererei aufgehört hatte, bevor Hassinen ermordet wurde. Die Daten gaben keinerlei Aufschluss darüber, wo sich die beiden Männer im Lauf des Abends aufgehalten hatten.

Takamäkis Handy klingelte. Das Display gab keine Auskunft über den Anrufer.

Der Kommissar meldete sich mit einem knappen Hallo. Er zog es vor, seinen Namen nicht zu nennen, denn dann war es leichter, das Gespräch zu beenden, wenn er nicht mit dem Anrufer reden wollte.

«Suhonen hier.»

«Grüß dich.»

«Ich hab was, was dich interessieren könnte.»

«So?»

«Ich hab's heute früh nicht zur Besprechung geschafft, weil es letzte Nacht ziemlich spät geworden ist. Ich habe einfach verschlafen», erklärte Suhonen. «Aber das ist nebensächlich. Letzte Nacht habe ich erfahren, dass Ström und Maserati in einen groß aufgezogenen Schnapshandel verwickelt sind.»

«Schnapshandel?»

«Ja ... Als Fahrer und als eine Art Aufseher.»

«Du meinst, sie verkaufen geschmuggelten Schnaps?»

«Genau.»

«Was hat das mit ...»

«Hör dir erst mal die ganze Geschichte an», unterbrach ihn Suhonen. «Also, meinen Informationen nach haben Ström und Maserati Schnaps auf diverse Baustellen kutschiert und ein halbes Dutzend weitere Fahrer beaufsichtigt. Das Bauunternehmen, dem der Hiace gehört, steckt da irgendwie mit drin. Ich bin im Moment in Hyvinkää, wo die Firma ein Lager hat. Kann sein, dass der Sprit hier abgefüllt wird. Er wird zwischen Bauholz aus Russland geliefert. Ich versuche das Lager hier zu observieren.»

«Aha», sagte Takamäki. Er sah absolut keine Verbindung zu dem Mordfall. Der Generalsekretär des Parlaments hatte es wohl kaum nötig gehabt, Schnaps zu schmuggeln.

«Die Hauptsache ist aber, dass meinem Informanten zufolge Bergroth hinter dem Schmuggelring steht.»

«Der Bergroth?»

«Genau der.»

«Was hat das mit dem Mord an Hassinen zu tun?»

«Come on, Kari», sagte Suhonen. «Ich kann dir die Lösung nicht auf dem Silbertablett servieren – noch nicht. Ich hab die Kollegen aus Hyvinkää und ein paar Jungs vom Zoll bei mir. Wahrscheinlich gucken wir uns spätestens heute Nacht die Lagerräume an. Ich halte dich auf dem Laufenden, falls wir was finden. Aber du kennst B. Der ist im Prinzip zu allem fähig.»

«Ich setz ein paar Leute auf ihn an. Die Drogenfahnder kennen ihn wohl am besten – fast so gut wie du.»

«Bis bald», verabschiedete sich Suhonen.

B. musste auf jeden Fall in die Ermittlungen einbezogen werden, überlegte Takamäki. Stig Bergroth zählte zu den Großen in der südfinnischen Unterwelt. Es gab in Finnland höchstens ein halbes Dutzend Kriminelle seines Kalibers.

Der mittlerweile neununddreißigjährige Bergroth hatte als Schuldeneintreiber angefangen und sich allmählich einen Namen gemacht. Von den letzten zwanzig Jahren hatte er elf im Gefängnis verbracht. Auf sein Konto gingen vier schwere Körperverletzungen, zwei schwere Rauschgiftdelikte und ein Fall von Geldwäsche. Allerdings lag die letzte Verurteilung bereits sieben Jahre zurück, und Bergroth war vor zwei Jahren aus der Haft entlassen worden.

Einmal hatte er auch wegen Anstiftung zum Mord vor Gericht gestanden, doch die Beweise hatten nicht ausgereicht. Takamäki hatte die Ermittlungen zwar nicht geleitet, aber er kannte den Fall. Vor anderthalb Jahren war am Ufer der

Festungsinsel Suomenlinna eine an Armen und Beinen gefesselte Leiche gefunden worden. Die Ermittlungen hatten ergeben, dass es sich um einen russischsprachigen Esten handelte, der misshandelt und mit Gewichten behängt ins Meer geworfen worden war.

Das Opfer war ein ehemaliger Milizionär, der versucht hatte, aus Estland eingeschmuggeltes Amphetamin zu Dumpingpreisen auf den finnischen Markt zu werfen. Durch Polizeispitzel und technische Untersuchungen erfuhren die Ermittler, dass Bergroths Organisation hinter dem Mord steckte. Zwei seiner Männer hatten «lebenslänglich» bekommen, aber er selbst war aus Mangel an Beweisen freigesprochen worden.

Die Kripo hatte in aller Stille untersucht, ob der Richter und die Schöffen möglicherweise bestochen worden waren. Aber auch das Appellationsgericht hatte den Freispruch bestätigt. Am meisten hatte es die Polizisten gefuchst, dass der finnische Staat Bergroth hundertachtzigtausend Finnmark Haftentschädigung zahlen musste.

# 14

Nykänen steuerte den roten Golf in die Einfahrt. Das zweistöckige, weißgetünchte Haus mit Flachdach war noch größer, als es durch die Lücke in der Tannenhecke ausgesehen hatte. An der Schmalseite befand sich eine Garage.

Links neben der Haustür war ein großes Fenster, rechts ein kleineres, beide ohne Gardinen. Im Obergeschoss waren drei mittelgroße Fenster mit Gardinen sowie ein kleines Milchglasfenster zu sehen – sicher das Badezimmerfenster. An der südlichen Giebelwand – von Nykänen aus gesehen links – befand sich im zweiten Stock eine Balkonterrasse, die gleichzeitig als Schutzdach für den Grillplatz im Garten diente.

Durch den Grundriss war das Karhu-Team über die Verteilung der Räume informiert. Im Erdgeschoss lagen Wohnzimmer, Esszimmer, Küche und Arbeitszimmer, im Obergeschoss vier Schlafzimmer. Im Keller gab es außerdem eine Sauna, ein Kaminzimmer und Abstellkammern. Alles in allem 260 Quadratmeter.

«Los geht's», sprach Turunen in sein Funkgerät, als der Kleintransporter des Karhu-Teams auf das Grundstück rollte.

In dem gepflegten Garten standen etwa zehn Apfelbäume. Der Rasen und die Blumenbeete waren tipptopp. Sicher beschäftigt Grönlund einen Gärtner, dachte Nykänen.

Turunen konzentrierte sich auf die Fenster, sah jedoch keine Bewegung. Nykänen brachte den Passat vor der Haustür zum Stehen, der Kleintransporter hinter ihm bremste, und die Männer der Einsatztruppe sprangen heraus. Sie gingen neben den Fenstern in Position und spähten vorsichtig hinein.

Nykänen hatte die schwere Schutzweste, die Turunen ihm angeboten hatte, abgelehnt. Die leichte Weste, die er unter dem Anzug trug, schien ihm ausreichend. Die Spezialweste bot zwar größeren Schutz, wog aber mehr als zehn Kilo.

Die Männer des Karhu-Teams trugen ihre schwarze Uniform, zu der auch die schweren Schutzwesten gehörten, und waren mit MP5-Maschinenpistolen von Heckler & Koch ausgerüstet, einer besonders aggressiv wirkenden Waffe, die von Spezialeinheiten in aller Welt bevorzugt wurde. Sie war klein, zuverlässig und außerdem sehr treffsicher. Das wusste Nykänen aus eigener Erfahrung, denn er hatte die MP5 auf dem Schießstand im Polizeipräsidium ausprobiert und auf fünfzehn Meter Distanz bei fünf Schüssen fünfmal ins Schwarze getroffen. Am Gürtel trugen die Karhu-Männer eine Glock-Pistole. Nykänen ließ seinen Revolver, einen Smith & Wesson, im Halfter stecken.

«Vorgarten still», flüsterte eine Stimme in seinem Kopfhörer.

«Hinter dem Haus nichts.»

«Drinnen keine Bewegung.»

Nykänen klingelte. Niemand öffnete. Er drückte erneut auf die Klingel, dann noch einmal. Als sich immer noch nichts rührte, sah er Turunen an.

Auf dessen Befehl holte einer der Männer den Gewaltschlüssel aus dem Kleintransporter. Dabei handelte es sich um ein Metallrohr von der Größe eines Baseballschlägers, das an einem Ende eine ins Schloss passende kleine Schneide hatte. An der anderen Seite befand sich ein Griff, der an die Lenkstange eines Geländefahrrads erinnerte.

«Wir öffnen die Tür», meldete Turunen über Funk.

Einer der Männer schob die Schneide in das Türschloss und drehte die Stange. Die Hartmetallschneide fraß sich durch die Arretierstifte, die Zunge sprang zurück, und die Tür öffnete sich mit lautem Knirschen.

Hinter einem kleinen Windfang lag eine hellgestrichene Eingangshalle, so groß wie das Wohnzimmer in Nykänens Etagenwohnung. In der linken Wand war ein Einbauschrank mit fünf Türen eingelassen, daneben führte ein offener Durchgang ins Wohnzimmer. Die Tür zum Arbeitszimmer lag auf der rechten Seite. Eine weitere Tür direkt gegenüber dem Eingang führte dem Grundriss nach in die Küche. Daneben befanden sich eine breite Treppe ins Obergeschoss und eine ebenfalls geschlossene Tür, durch die man in den Keller gelangte. Die Einrichtung wirkte teuer, was in einem fast dreihundert Quadratmeter großen Eigenheim in bester Lage auch nicht anders zu erwarten war.

Zwei der Karhu-Männer bildeten die Vorhut, während Turunen sich demjenigen anschloss, der die Tür geöffnet hatte. Paarweise begannen die vier, die einzelnen Zimmer zu überprüfen. Sie verständigten sich mit Handzeichen. Das Funkgerät wurde nur benutzt, wenn man das Zimmer wechselte, damit die Wachtposten außerhalb des Hauses jederzeit wussten, wo sich die eigenen Leute befanden.

Der Plan war einfach: Zuerst wurde das Erdgeschoss durchsucht, danach würde die eine Gruppe nach oben gehen und die andere in den Keller. Der gefährlichste Moment war das Betreten der Zimmer. Es gab dafür zahlreiche Taktiken. Diesmal verwendeten die Polizisten Spiegel, die an einer kleinen Stange befestigt waren und einen Blick ins Zimmer ermöglichten, ohne dass man sein Leben aufs Spiel setzen musste, indem man in die Türöffnung trat. Ganz risikofrei war die Arbeit trotzdem nicht, denn hinter die

Möbel konnte man natürlich auch mit den Spiegeln nicht sehen.

Für alle Fälle hatte jeder der Karhu-Männer ein paar Flashbangs am Gürtel. Wenn man sie zündete, strahlten sie ein starkes Licht aus und erzeugten einen unglaublich lauten Knall. Beides lähmte den Gegner für einige Sekunden und verschaffte den Polizisten einen kleinen Vorteil.

Nykänen blieb wie vereinbart in der Eingangshalle stehen und behielt die Treppe im Auge. Über Funk konnte er verfolgen, wie die beiden Zweierpatrouillen das Erdgeschoss absuchten. Sie fanden nichts. Nach fünf Minuten kamen Turunen und sein Partner durch die Küchentür und machten sich sofort auf den Weg in die obere Etage. Fast gleichzeitig tauchte auch das zweite Duo auf und verschwand durch die Kellertür.

Nykänen hatte mehr und mehr das Gefühl, dass die Operation sich als Fehlschlag erweisen würde. Wenn Grönlund etwas mit Hassinens Tod zu tun hatte, war er sicher klug genug gewesen, sich aus dem Staub zu machen.

«Grönlund gefunden», kam eine Stimme aus dem Funkgerät.

Da soll mich doch einer, dachte Nykänen. Also war der Einsatz doch nicht umsonst.

«Allerdings tot», fuhr der Karhu-Mann fort. «Kopfschuss.»

«Verdammte Scheiße!», fluchte Nykänen.

Die Funkmeldung ging weiter. «Wir haben ihn in Seitenlage auf dem Fußboden des Kaminzimmers gefunden. Nackt. Ein Handtuch liegt teilweise unter ihm. Das Gesicht sieht schlimm aus, schwer zu sagen, ob er geschlagen wurde oder ob die Kugel ihn so zugerichtet hat.»

«Fass die Leiche nicht an», mahnte Nykänen.

«Natürlich nicht», antwortete der Mann im Keller leicht beleidigt. «Ich stehe zwei Meter entfernt. Auf dem Teppichboden ist Blut, aber nicht besonders viel. Meinem Eindruck nach ist der Mann höchstens seit ein paar Stunden tot.»

«Seht nach, ob da unten noch jemand ist, und kommt dann rauf», ordnete Nykänen an, während er nach seinem Handy tastete.

«Wir haben schon alle Räume gecheckt», sagte der Mann am Funkgerät. «Wir kommen jetzt hoch.»

Nykänen führte drei Telefonate. Als Erstes rief er bei der Einsatzzentrale der Espooer Polizei an und meldete den Fund. Der Einsatzleiter versprach, eine Streife zu schicken, um das Grundstück abzusperren. Der zweite Anruf ging an den Chef des Gewaltdezernats der Espooer Polizei, dem Nykänen kurz die Hintergründe des Falls schilderte. Danach setzte er sich mit Takamäki in Verbindung.

Takamäki legte auf und fluchte ausgiebig. Die anderen Ermittler im Projektraum hatten schon während des Telefonats begriffen, dass etwas schiefgelaufen war.

«Verdammte Scheiße!», schloss Takamäki die Serie seiner Verwünschungen ab. Nun hatten sie zwei Leichen am Hals – als wäre eine nicht genug! Zwischen den beiden Fällen bestand eindeutig ein Zusammenhang. Immerhin hatten die beiden Opfer ganz offensichtlich kurz vor dem Mord an Hassinen miteinander telefoniert. Außerdem waren sie auf die gleiche Art getötet worden. Derselbe Täter?, überlegte Takamäki. Vielleicht würden die technischen Untersuchungen darüber Aufschluss geben.

# 15

«Willst du mehr?», fragte die Frau wütend und riss den etwa fünfzigjährigen nackten Mann, der vor ihr kniete, an den Haaren. Sein Kopf und seine Arme steckten in einem Zwangsblock, der an Ketten von der Decke hing.

Der Mann murmelte etwas.

«Willst du mehr?», brüllte Laura Hassinen ihn an.

Das SM-Studio befand sich im ehemaligen Fahrradkeller eines Hochhauses. Alle Wände waren schwarz gestrichen. Neben dem Zwangsblock gab es noch ein halbes Dutzend weitere Utensilien für Sexspiele der härteren Art.

Laura Hassinen trug eine hautenge schwarze Lederhose und ein ebenfalls schwarzes ärmelloses Oberteil mit Löchern, durch die ihre Brustwarzen ragten. Ihre Füße steckten in hochhackigen schwarzen Stiefeln. Die blonden Haare hatte sie unter einer langen schwarzen Perücke verborgen.

«Ja, ja, mehr», antwortete der Mann. Laura ließ die Peitsche zweimal auf seinen Hintern sausen. Der Mann stöhnte auf. Sein Gesäß war rot gestriemt.

«Mehr!»

Wieder knallte die Peitsche zweimal.

Laura trat vor den Mann und strich sich mit der freien Hand über die Brüste. Sie führte die Peitschenspitze langsam über den Körper des Mannes, bis sie zwischen seinen Beinen angelangt war. «Das gefällt dir wohl?», fragte sie und klopfte mit der Peitsche leicht auf sein Glied. «Ja, ja, jaa», stammelte der Mann erregt.

Der Mann kam aus dem Dusch- und Umkleideraum, der neben dem ehemaligen Fahrradkeller eingebaut war, und strich sich die Haare glatt. Laura sprach gerade am Handy und schrieb etwas in ihren Kalender. «Alles klar. Bis dann», sagte sie und legte auf.

«Danke. Es war gut», lächelte der Mann, während er die Krawatte straff zog.

«Bitte sehr», sagte Laura.

«Du bist genauso gut wie Ramona», lobte der Mann.

Laura gab ihm eine Quittung, der zufolge er zweitausend Finnmark für eine physiotherapeutische Massage im Reha-Zentrum Texas gezahlt hatte. Die Summe war korrekt, Laura hatte sie schon vor der «Massage» kassiert. Das mit den Quittungen war ihr anfangs unangenehm gewesen, aber es gehörte als wesentlicher Bestandteil zum Geschäft. Die Quittung würde in der Buchführung landen, denn der Arzt hatte dem Mann Massagen gegen seine verkrampften Schultern verordnet. Für Lauras Umsatz war es von Vorteil, dass die Kunden die Massage nicht aus eigener Tasche bezahlen mussten: Keiner versuchte den Preis herunterzuhandeln.

Der Mann versuchte Laura zu küssen, doch sie wehrte ab. Er sagte, seine Schultern seien schon viel lockerer. «Nächsten Dienstag zur selben Zeit?», fragte er. Laura warf einen Blick in ihren Terminkalender und nickte.

«Gut», sagte der Innenminister und ging. Sein Chauffeur wartete einige Straßen weiter im Dienstwagen.

Laura vergewisserte sich, dass die Tür ins Schloss gefallen war. Dann öffnete sie den Verteilerkasten, hielt das Video an und nahm das Band heraus. Es enthielt fünfundvierzig Minuten Aufzeichnungen der in der Wand versteckten Kamera, die sich irgendwann als nützlich erweisen konnten.

Laura schrieb den Namen des Mannes und das Datum auf die Hülle, schob die Kassette hinein und verstaute das Ganze in ihrer Handtasche.

Sie brauchte zehn Minuten, um die Blutstropfen und sonstigen Spuren zu beseitigen. Danach schminkte sie sich ab und tauschte den schwarzen Lederanzug gegen Jeans und ein weißes T-Shirt. Von dem Geld, das der Innenminister ihr gegeben hatte, zählte sie fünfhundert Mark ab und steckte sie in einen Briefumschlag, auf den sie «Jaana» schrieb. Jaana war die Besitzerin des Studios und hatte Laura zur Domina ausgebildet.

Laura fand allerdings, dass sie in dieser Rolle immer noch unecht wirkte, während es Jaana im Blut zu liegen schien, Männer herumzukommandieren. Allerdings hatte Jaana alias Ramona schon sechs Jahre SM-Erfahrung und Laura erst drei Monate. Ihren Körper hatte sie schon länger verkauft, es war also kein großer Sprung gewesen. Die Kunden wollten ab und zu neue Gesichter, und Jaana behauptete, sie wären zufrieden mit ihr. Laura war das recht. SM wurde gut bezahlt, und besonders widerwärtig war die Arbeit gar nicht.

Nachdem Laura aufgeräumt hatte, holte sie eine Spritze aus der Handtasche und zog die weiße Schutzhülle von der Nadel. Die Droge war bereits fertig dosiert. Laura setzte sich auf den Fußboden, rollte das Hosenbein hoch, presste die linke Hand um den Unterschenkel und stach die Nadel in die Ader über dem Knöchel. Der Kolben drückte die Amphetaminlösung in ihr Blut.

Bald darauf setzte die Wirkung ein. Das war Lauras Orgasmus.

Die Nachmittagsbesprechung im Polizeipräsidium näherte sich dem Ende. Es waren einige Informationen zusammengekommen. Der Rechtsmediziner Tommola hatte über die sechsstündige Obduktion berichtet – normalerweise dauerte eine Autopsie nur eine Stunde, aber in diesem speziellen Fall war er besonders sorgfältig vorgegangen. Takamäki wusste nun, dass Teuvo Hassinen im Parlament zu Mittag gegessen hatte, denn dort hatte an seinem Todestag dasselbe Gericht auf der Tageskarte gestanden, dessen Überreste Tommola im Magen der Leiche gefunden hatte. Doch das war nicht das wichtigste Resultat.

Dem Obduktionsbericht zufolge war die unmittelbare Todesursache die Schusswunde am Kopf, die Quetschungen und einen Riss im Hirnstamm verursacht hatte. In der Schädelbasis neben dem Hirnstamm hatte eine teils plattgedrückte Kugel vom Kaliber 9 Millimeter gesteckt. Am Hinterkopf hatte der Arzt ein Loch von etwa zehn Millimeter Durchmesser mit unregelmäßigem Rand festgestellt, das von einem Kreis aus Schmauch und Puderpartikeln umgeben war. Hassinen war aus allernächster Nähe erschossen worden.

Die Kriminaltechniker hatten mit den Waffen von Ström und Maserati in ein Wasserfass geschossen, damit die Kugeln unversehrt und vergleichsfähig blieben. Der ballistischen Analyse nach war die Kugel, die man in Hassinens Kopf gefunden hatte, aus keiner der beiden Waffen abgefeuert worden. Auch die Schmauchspuruntersuchung entlastete die beiden Männer.

Der Rechtsmediziner meinte, Hassinen sei zwischen sechzehn und zweiundzwanzig Uhr gestorben. Das half der Polizei jedoch nicht weiter, denn man wusste bereits, dass er kurz vor siebzehn Uhr noch am Leben gewesen war, und um einundzwanzig Uhr dreißig war seine Leiche gefunden worden.

In dem Hiace waren Fingerabdrücke von mindestens zwanzig Personen sichergestellt worden. Davon konnten sechs identifiziert werden, die wegen Körperverletzung oder Trunkenheit am Steuer polizeilich registriert waren. Fünf von ihnen hatten als Beruf Bauarbeiter angegeben, der sechste Maurer. Man hatte die Männer gesucht und auch gefunden, aber nichts Wesentliches erfahren. Sie alle arbeiteten für die Baufirma Aalto und sagten aus, den Wagen gelegentlich gefahren zu haben.

Die Untersuchung der Fasern, die im Kleintransporter und im Parlament sichergestellt worden waren, war noch nicht abgeschlossen. Von wem das Blut in Hassinens Dienstzimmer stammte, stand ebenfalls noch nicht fest. Auch über die dort sichergestellten Fingerabdrücke lag zu Takamäkis Verwunderung noch kein Bericht vor.

In Grönlunds Haus in Westend hatten die technischen Ermittlungen gerade erst begonnen. Die Fotos aus dem Parlament, die Sicherheitschef Aarnio geliefert hatte, waren ebenfalls erst zum Teil gesichtet. Hundert nicht identifizierte Aufnahmen wurden manuell mit den Polizeifotos verglichen, eine mühselige Arbeit, bei der bisher noch nichts herausgekommen war.

Die Befragung der Parlamentsangestellten war abgeschlossen, hatte aber nichts ergeben. Der für den Hintereingang zuständige Pförtner hatte nur zu berichten gewusst, dass reger Betrieb geherrscht hatte. Die Bauarbeiter benutzten hauptsächlich diesen Eingang, doch der Pförtner hatte nicht weiter auf sie geachtet. Eine unglaubliche Schlamperei, dachte Takamäki.

Besonders eingehend hatten die Ermittler diejenigen

befragt, die im Anbau des Parlamentsgebäudes arbeiteten, denn von dort hatte man direkte Sicht auf den Platz vor dem Hintereingang. Offensichtlich waren dort jedoch außergewöhnlich emsige Beamten tätig: Alle waren so in ihre Arbeit vertieft gewesen, dass sie nicht aus dem Fenster geschaut hatten. Einer hatte immerhin bemerkt, dass Bauarbeiter ein und aus gingen. Die Studenten und Lehrkräfte der benachbarten Sibelius-Akademie hatten nicht einmal das gesehen.

Auch die Hinweise aus der Öffentlichkeit waren spärlich. Ein Anrufer hatte berichtet, Hassinen habe sich am Wochenende in einem Lokal geprügelt. Ein paar andere hatten behauptet, er sei in dubiose finanzielle Machenschaften verstrickt gewesen. Diese Hinweise wurden nach und nach überprüft.

Die Männer vom Begeka hatten ihre Quellen angezapft, aber nicht viel erfahren. Das war allerdings nicht überraschend, denn Gerüchte und Informationen kamen meist erst am späten Abend in Umlauf, wenn Alkohol und Haschisch die Zungen lösten.

Falls allerdings Bergroth in den Fall verwickelt war, würde vermutlich niemand wagen, den Mund aufzumachen. Bisher war es der Polizei noch nicht gelungen, den Gangsterboss ausfindig zu machen, und auch von Suhonen und dem Schnapslager in Hyvinkää hatte Takamäki nichts gehört.

«Es sollte eigentlich allen klar sein, aber ich sage es trotzdem: Außer mir äußert sich niemand zu diesem Fall. Ich weiß, dass ihr eure eigenen Medienkontakte habt, aber es ist wirklich wichtig, dass keine Einzelheiten an die Öffentlichkeit dringen», sagte Takamäki nachdrücklich. «Da die technischen Ermittlungen nicht zu einer raschen Aufklärung zu führen scheinen, muss über die Details absolutes Stillschweigen bewahrt werden. Ist das klar? Das ist ein ausdrücklicher Befehl, und ich werde persönlich dafür sorgen, dass jeder, der ihn missachtet, ein Disziplinarverfahren am Hals hat.»

Die Anwesenden nickten stumm und verzogen sich. Takamäki winkte Nykänen zu sich, um sich mit ihm über die weitere Taktik zu beraten. Die Ermittlungen gingen schleppender voran, als er erwartet hatte. Doch Polizeipräsident Pettersson, der an der Besprechung teilgenommen hatte, kam ihm zuvor: «Kari, hast du Zeit? Die SUPO will uns sprechen.»

# 16

«In deinem Zimmer», sagte der Polizeipräsident. Takamäki ging voran und öffnete die Tür. Überrascht stellte er fest, dass der Mann von der Sicherheitspolizei schon wartete. Es gefiel ihm nicht, dass jemand ohne sein Wissen sein Dienstzimmer betreten hatte.

Takamäki kannte den SUPO-Mann. Er hieß Johan Niskanen.

«Ihr kennt euch sicher», sagte Pettersson.

Niskanen und Takamäki nickten gleichzeitig. Die beiden Männer waren sich gelegentlich begegnet, als Niskanen noch bei der Zentralkripo gearbeitet hatte. Vor drei Jahren hatte er sich zur Sicherheitspolizei versetzen lassen. Er galt als kompetent, aber auch als karrieresüchtig. Der mittlerweile Vierzigjährige nutzte seinen jeweiligen Arbeitsplatz nur als Sprungbrett, um innerhalb der Polizeiverwaltung aufzusteigen. Mit seiner Erfahrung bei der Zentralkripo und seiner jetzigen Stellung als Abteilungsleiter der Sicherheitspolizei winkte ihm als Nächstes ein hohes Amt im Innenministerium.

«Beschissene Sache», begann Niskanen das Gespräch.

Takamäki nickte.

«Die SUPO interessiert sich natürlich für den Fall», mischte sich der Polizeipräsident ein.

«Klar», sagte Takamäki.

«Selbstverständlich sind wir interessiert», bestätigte Niskanen.

Takamäki sah verdrossen auf die Uhr. Dass die Sicherheitspolizei sich für den Mordfall interessierte, war keine

Neuigkeit. Immerhin hatte einer ihrer Hauptdetektive an den beiden letzten Besprechungen teilgenommen. «Worum geht's?»

«Was ich dir jetzt sage, ist absolut vertraulich», begann Niskanen. «Ich bin hier, weil unser Chef meint, als Ermittlungsleiter solltest du auch über die Untersuchungen der Sicherheitspolizei informiert sein.»

«Was für Untersuchungen?» Takamäkis Interesse war geweckt.

«Wir haben in aller Stille den Hintergrund unserer führenden Politiker und Beamten durchleuchtet oder, besser gesagt, die Informationen auf den neuesten Stand gebracht. Das wurde als notwendig erachtet, und zwar – wie soll ich es sagen ... wegen der besonderen Anforderungen durch den EU-Beitritt. Um es anders auszudrücken: Man kann nie vorsichtig genug sein.»

«Ihr spioniert unseren eigenen Beamten und Politikern nach?», fragte Takamäki konsterniert.

Niskanen überging die Frage. «Bis in die Mitte der neunziger Jahre waren die Kontakte der Politiker nicht so wichtig. Damals konnten sie praktisch nur über finnische Angelegenheiten plaudern. Aber inzwischen hat sich die Situation geändert. Jetzt gibt es auch in Finnland politische Insiderinformationen über die EU, die für Russland von Interesse sind. Der Schwerpunkt liegt bei den Russen ja momentan auf der Industriespionage ...»

«Hassinen war also eins eurer Objekte?»

«Objekt ist der falsche Ausdruck, aber im Prinzip lautet die Antwort ja. Die Sicherheitspolizei führt eine Akte über Teuvo Hassinen. In den siebziger und achtziger Jahren, bis zum Zerfall der Sowjetunion, hatte er seinen persönlichen Kontaktmann an der russischen Botschaft ...»

«Wie alle Politiker», warf Takamäki ein.

«Wie fast alle Politiker, ja. Aber bei den meisten endete dieser Kontakt mit der Auflösung der Sowjetunion.»

«Und bei Hassinen nicht?»

«Noch vor zwei Wochen dachten wir, bei ihm wäre es genauso. Aber dem Observationsbericht nach hat er sich am Montag vor zwei Wochen mit Alexander Michailow getroffen, dem Zweiten Gesandtschaftssekretär an der Russischen Botschaft. Das nächste Treffen war in der Woche darauf am Dienstag, und letzten Montag gab es noch eins.»

«Warum?»

Wieder ignorierte Niskanen Takamäkis Frage. «Das erste Treffen fand auf dem Wendeplatz am Badestrand in Hietaniemi statt, das zweite auf dem Parkplatz des Strandcafés in Munkkiniemi und das dritte abends auf der Insel Seurasaari», sagte er. «Die Insel ist übrigens ein verdammt schlechter Ort für Observationen. Beinahe noch schlimmer als das Kaufhaus Stockmann. Es gibt zig Pfade und Hügel, aber nur einen Zugang vom Festland. Wenn ein Objekt feststellen will, ob es unter Beobachtung steht, ist Seurasaari genau die richtige Stelle. Ein merkwürdiger Zufall, nicht wahr?»

Takamäki zuckte die Achseln. «Ihr habt Michailow unter Beobachtung, nehme ich an?»

«Ja. Er ist der Leiter der Finnland-Abteilung beim russischen Geheimdienst», sagte Niskanen. «Ultrageheime Angelegenheiten werden zwar nicht ins Parlament gebracht, aber geheime Informationen schon – und zwar speziell über EU-Angelegenheiten.»

«Hat Hassinen den Russen Informationen geliefert?»

«Dafür haben wir keine Beweise. Vielleicht hätten wir irgendwann eine offizielle Voruntersuchung eingeleitet, aber das hat sich ja nun erledigt. Jedenfalls sind das die Fakten, die du in Betracht ziehen musst. Erstens: Hassinen hatte in jüngster Zeit direkten Kontakt mit dem russischen Geheimdienst. Wir kennen weder den Grund, noch wissen wir, worüber bei diesen Treffen gesprochen wurde. Zweitens: Aus Hassinens Dienstzimmer wurden der Computer und einige Ordner entwendet, wie du weißt.»

«Ist er erpresst worden?»

«Das wüssten wir auch gern», sagte Niskanen und holte eine Diskette aus der Tasche. «Hier sind die Informationen über die Konten von Hassinen, seiner Frau und seiner Tochter. Vermutlich habt ihr die schon angefordert?»

Takamäki nickte.

«Wenn du willst, kannst du unsere Kopie haben. Wesentliche Erkenntnisse liefern die Auszüge allerdings nicht. Hassinen hat von Zeit zu Zeit größere Summen abgehoben, aber an den Einzahlungen ist nichts Auffälliges. Das haben wir schon überprüft. Das Konto der Frau ist völlig normal. Die Tochter hat ihres praktisch gar nicht benutzt.»

Takamäki nahm die Diskette. «Und was ist mit den Abhebungen?»

«Mit Sicherheit wissen wir es nicht, aber wir haben natürlich unsere Vermutungen», sagte Niskanen absichtlich vage. Er wusste, dass er die Oberhand hatte.

«Und?», drängte Takamäki.

«Du weißt, was mit der Tochter los ist?»

«Drogen und Prostitution.»

«Genau, aber offenbar ist diese Laura nicht so schlecht dran, wie sie ihrem Vater vorgemacht hat. Wenn man einundzwanzig ist, attraktiv und Finnin, kann man sich die Freier aussuchen. Da braucht man nicht nachts um vier auf der Straße zu stehen. Aber Klamotten und Amphetamin verschlingen eine Menge Geld. Na ja, der Papa hatte genug

Mäuse. Hassinen war ganz schön reich. Allein seine Nokia-Aktien sind mehrere Millionen wert.»

Takamäki überlegte, ob er Niskanen nach Kurt Grönlund fragen sollte, entschied sich aber dagegen. Niskanen hatte unmissverständlich gesagt, dass der SUPO-Präsident ihn beauftragt hatte, bestimmte Informationen zu übermitteln. Darüber hinaus würde er nichts preisgeben. Wahrscheinlich wusste die SUPO etwas über Grönlund, würde es der Kriminalpolizei aber nur mitteilen, wenn diese ihrerseits Informationen zu bieten hatte.

«Das war's», sagte Niskanen und ging.

Takamäki hielt die Diskette noch in der Hand. Er wollte sie auf keinen Fall in einen Computer der Kriminalpolizei einlegen. Womöglich enthielt sie irgendein geheimes Programm, das der Sicherheitspolizei Zugang zum Datenverkehr der Kripo verschaffte. Seine Ermittler hatten dieselben Informationen bereits bei der Bank angefordert. Kurz entschlossen warf er die Diskette in den Papierkorb.

«Was soll das?», fragte Polizeipräsident Pettersson.

Takamäki lächelte nur.

«Du kannst deine Ermittlungen führen, wie du willst, aber sieh zu, dass du den Fall aufklärst, sonst schick ich dich als Verkehrspolizist nach Lappland», drohte Pettersson. Man sah ihm an, dass er es ernst meinte.

Nykänen saß im Projektraum am Computer. Takamäki winkte ihn zu sich.

«Gehen wir essen?»

«Okay», sagte Nykänen.

Auf dem Weg zum Lift fiel Takamäki ein, dass er vergessen hatte, sein Handy nach der Besprechung wieder einzuschalten. Sobald die Verbindung zum Netz hergestellt war, meldete es sieben Mitteilungen in der Mailbox. Takamäki ging sie kursorisch durch, indem er sich jeweils den ersten Satz anhörte. Wenn darin Worte wie «Reporter», «Zeitung», «Fernsehen», «Rundfunk», «Kommentar» oder dergleichen vorkamen, ging er weiter zur nächsten Mitteilung. Nach einer halben Minute war er fertig.

In der Kantine nahmen Takamäki und Nykänen Spaghetti Bolognese. Über Grönlund und Hassinen sprachen sie beim Essen nicht, denn es war ratsam, dem Gehirn eine Pause zu gönnen. Über Familienangelegenheiten mochten sie aber auch nicht reden, dabei bekam man nur ein schlechtes Gewissen. Eishockey war ein harmloses Gesprächsthema. Die Saison hatte erst vor gut einem Monat begonnen, aber schon jetzt waren zwei Trainer gefeuert worden. Die beiden Kriminalisten unterhielten sich darüber, wieso an Misserfolgen immer der Trainer schuld war und nie die Mannschaft.

Takamäki hatte seinen Teller halbleer gegessen, als sein Handy klingelte. Der Anruf kam von dem Kommissar, der die Annahme von Hinweisen aus der Öffentlichkeit organisiert hatte.

«Was gibt's?», fragte Takamäki.

«Eine schlimme Geschichte. Vor ein paar Minuten hat jemand am Hinweistelefon angerufen und gedroht, dein Haus in die Luft zu sprengen.»

«Was?!», rief Takamäki. Der Appetit war ihm plötzlich vergangen.

«Du hast ganz richtig gehört. Das Schlimmste ist, dass der Anrufer deine Adresse kannte.»

«Himmel, Arsch und Zwirn!»

Nykänen hörte nur Takamäkis Anteil an dem Gespräch, aber auch er legte die Gabel weg.

«Wahrscheinlich irgendein Spinner. Leider konnten wir

seine Telefonnummer nicht feststellen. Die Espooer Polizei hat versprochen, zwei Streifenwagen zu deinem Haus zu schicken», erklärte der Kommissar.

Takamäki überlegte. Drohungen hatte er schon öfter bekommen, das war nichts Neues. Er hatte Hunderte von Menschen ins Gefängnis gebracht, und viele hatten ihm Rache geschworen. Wahrscheinlich hatte sein Fernsehauftritt als Katalysator gewirkt. Aber seine Adresse war geheim, man erfuhr sie weder über die Auskunft noch beim Meldeamt.

«Bist du noch dran?», fragte der Kollege.

«Ja, ja. Ich muss nur kurz nachdenken.»

Takamäki ging die Alternativen durch und traf seine Entscheidung. «Erzähl keinem von der Sache, außer natürlich den Kollegen in Espoo, und sag denen, sie sollen auch den Mund halten.»

«Das tun wir bei Drohungen doch immer.»

«Ja, aber auch zu meiner Frau kein Wort! Sag den Kollegen, sie sollen Zivilfahrzeuge zu unserem Haus schicken. Meine Frau und die Kinder dürfen von der Sache nichts erfahren.»

«Ist das dein Ernst?»

«Ja. Wir halten uns bedeckt. Die Mordermittlungen haben Priorität.»

«Okay», sagte der Kollege. «Ich kümmere mich darum.»

Damit war das Gespräch beendet.

Nykänen war ein einziges Fragezeichen. «Wovon soll deine Familie nichts erfahren?»

«Besser, du weißt es nicht», sagte Takamäki.

Nykänen zuckte die Achseln. Takamäki ließ den Rest seines Essens stehen. Er wagte es nicht, seine Frau anzurufen. Sie hätte an seiner Stimme gehört, dass etwas nicht in Ordnung war.

# 17

In der Atrium-Bar des Hotels Strand Intercontinental war nichts los. Nykänen saß an der Theke und gab vor, Fernsehen zu gucken. Das Sportstudio brachte die Eishockey-Ergebnisse – ohne Ton. Im Hintergrund dudelte belanglose Musik von einer CD, obwohl in der Bar sogar ein Flügel stand.

Die Bar und das Restaurant, das daran anschloss, bildeten zusammen mit der Rezeption das Herz des Hotels. Das Atrium war ein mehrere Etagen hoher Raum, den die Korridore zu den Hotelzimmern wie Emporen umgaben.

Die Bar bot Platz für etwa siebzig Gäste, aber es waren nur sechzehn da. Nykänen hatte sie schon dreimal gezählt.

Im Restaurantbereich sah es nicht anders aus. Nach einem Blick auf die Speisekarte fand Nykänen die Leere nicht verwunderlich. Bei den Preisen rentierte sich das Geschäft allerdings auch bei wenigen Kunden. Für die Summe, die ein Kriminalhauptmeister pro Tag verdiente, bekam man ein Steak und Kartoffeln – ohne Vorspeise.

Nach dem Essen mit Takamäki hatte Nykänen ein paar Stunden im Polizeipräsidium geschlafen. Dann hatte er statt Jeans und Lederjacke einen Anzug angezogen und sich rasiert. Nun war er salonfähig.

Die Glastür zum Hotel öffnete sich. Nykänen hatte seinen Platz so gewählt, dass er sowohl den Eingang als auch den Aufzug im Blick hatte. Ein Mann und eine Frau betraten das Hotel. Beide waren schon leicht ergraut und trugen dunkelblaue Nike-Trainingsanzüge. Amerikanische Touristen, schloss Nykänen. Um diese Zeit ging sonst kein Hotelgast joggen.

Nykänen hatte die Aufgabe, Laura Hassinen zu suchen. Die Blondine in der Museokatu hatte ihm zwar den Tipp gegeben, Laura sei oft im Restaurant 10th Floor, aber er hatte beschlossen, sich zuerst im Interconti umzusehen. Ins 10th Floor wollte er später gehen, wenn dort mehr los war. Außerdem standen noch einige andere Lokale auf seiner Liste.

Er nahm nicht an, dass Laura Hassinen an irgendeiner Bar Freier aufgabelte. Eher saß sie um diese Zeit in Begleitung eines Geschäftsmannes bei einem Drink oder beim Abendessen. Nykänen hatte sich überlegt, dass das Interconti der geeignete Ort dafür sein könnte.

Wie Takamäki hielt auch Nykänen Laura Hassinen für eine Schlüsselfigur. Auf dem Handy ihres Vaters, das man mittlerweile im Parlament gefunden hatte, war unter «Laura» die Nummer gespeichert, die er als vorletzte angerufen hatte. Das letzte Gespräch hatte er mit Kurt Grönlund geführt, der aber inzwischen ebenfalls nicht mehr unter den Lebenden weilte. War womöglich auch Laura Hassinen schon tot? Oder hatte sie selbst ihren Vater und Grönlund umgebracht?

Momentan wurde sie in den Ermittlungsprotokollen als Verdächtige geführt: Dadurch war es möglich, den Anschluss, der vermutlich ihr gehörte, abhören zu lassen. Zudem würde die Polizei informiert werden, sobald der Teleanbieter das Handy orten konnte. Dummerweise war es den ganzen Tag nicht eingeschaltet worden. Wahrscheinlich benutzte Laura Hassinen mehrere Telefone oder SIM-Chips.

Der Aufzug klingelte. Ein kurzer Nerzmantel kam heraus, der wunderschöne Frauenbeine sehen ließ. Als Nykänen es endlich schaffte, sich vom Anblick der Beine loszureißen und das Gesicht der Frau anzusehen, stellte er fest, dass es sich um die Blondine aus der Museokatu handelte.

Die Frau zog einen Hunderter aus ihrer kleinen Handtasche und hielt ihn dem Portier augenzwinkernd hin.

«Rufst du mir ein Taxi?»

Der Portier steckte das Geld ein und griff zum Telefon.

Nykänen holte die Frau am Ausgang ein.

«Gut verdient?», fragte er und fasste sie an der Schulter. Sie riss sich los, drehte sich um und erkannte den Polizisten. «Ist das 'ne Razzia, oder was?»

«Nein, keineswegs», sagte Nykänen. «Ein reicher Geschäftsmann?»

«Geht dich nichts an, Bulle!», fauchte die Frau.

Blöde Frage, schalt sich Nykänen. Die kleine Szene war nicht unbemerkt geblieben, der Portier sah neugierig zu ihnen herüber. Nykänen winkte die Frau nach draußen.

Es war bereits dunkel, aber windstill und noch etwa zehn Grad warm.

«Ich brauch mehr Informationen», sagte Nykänen.

Die Blonde sah sich um, als hoffte sie, das rettende Taxi käme um die Ecke. «Warum sollte ich dir was erzählen?»

«Tja, ich kenn den Sicherheitschef von dem Hotel hier», schwindelte Nykänen. «Der war früher bei der Polizei, und wenn du nicht redest, sorg ich dafür, dass du hier und noch in einem halben Dutzend anderen Hotels Hausverbot kriegst.»

«Warum?»

«Ich sag einfach, du wärst bei uns als Hoteldiebin registriert.»

«Quatsch, ich meine, warum du mehr Informationen brauchst. Habt ihr die Schlampe immer noch nicht gefunden?»

«Laura hat jetzt ein echtes Problem. Sie steht unter Mordverdacht.»

«Hat sie ihren eigenen Vater kaltgemacht? Na ja, wundern würde mich das nicht.»

«Wieso?»

«Weil ihr keiner was bedeutet. Ich hab gedacht, wir wären Freundinnen. Aber dann ist alles total beschissen gelaufen.»

Nykänen schwieg und wartete, bis die Frau von sich aus weiterredete.

«Sie ist zu tief reingeraten.»

«In was?»

«Na, in dieses Geschäft eben. Für mich ist das bloß ein Hobby, das mir Geld für Klamotten und Reisen einbringt. Ich meine echte Reisen ins Ausland – keine anderen Trips. Aber Laura hängt an der Nadel und hat sich ziemlich tief reinziehen lassen.»

«Was meinst du damit?»

«So genau kenne ich das Schema auch nicht.»

«Was weißt du?»

«Na, die Nummer, die ich dir gegeben hab. Du hast sicher rausgefunden, wem die gehört?»

«Klar.»

«Das ist das Schema. Soweit ich weiß, geht's da ziemlich heavy zu, und Laura steckt mittendrin. Videos und so.»

«Pornos?»

Die Frau lachte auf. «Amateurpornos, könnte man sagen, allerdings wissen die Freier nicht, dass sie gefilmt werden.»

«Und?»

«Schalt dein Gehirn ein, Bulle! Wozu könnte man solche Videos wohl benutzen?»

Das Taxi, ein schwarzer Mercedes, bog um die Ecke. Nykänen wusste, dass die Zeit nur noch für eine Frage reichte. «Steckt Grönlund dahinter?»

«Wahrscheinlich. Wenn nicht, weiß er jedenfalls, wer der Drahtzieher ist.»

Das Taxi hielt an, und der Fahrer öffnete die Tür.

«Wo finde ich Laura?»

Die Frau stieg ein. «Such sie im 10th Floor, hab ich dir doch schon gesagt. Da kriegt sie vom Barkeeper Provision auf das, was ihre Freier bestellen. Sie steht auf Champagner. Wenn sie ihren Vater abgemurkst hat, hat sie sich bestimmt abgesetzt. Aber falls du sie findest und falls sie Geld hat, nimm ihr fünf Riesen ab und bring sie mir. Kriegst auch Finderlohn», lächelte die Frau und schlug die Tür zu.

Nykänen las ihr von den Lippen ab, dass sie die Museokatu als Fahrtziel nannte. Als sich das Taxi in Bewegung setzte, warf sie ihm durch das Rückfenster eine Kusshand zu.

Nykänen ging zurück zum Portier und knallte seine Dienstmarke auf den Schalter. Der junge Mann nahm Haltung an. «Das war bloß ein Trinkgeld», sagte er lahm.

«Deine Schmiergelder interessieren mich nicht», knurrte Nykänen und zog Lauras Foto und seine Visitenkarte aus der Tasche. «Wenn dieses Vögelchen hier auftaucht, rufst du die Handynummer auf der Karte an. Und komm ja nicht auf die Idee, die Dame zu warnen.»

# 18

Takamäki pfiff durch die Zähne, als das Material aus Grönlunds Haus auf dem großen Tisch im Lagerraum abgeladen wurde. Es füllte eine ganze Apfelsinenkiste. Neben zwei Ordnern – einem blauen und einem roten – enthielt sie zwei kleine Notizbücher und an die dreißig Videos, bei denen es sich bis auf eine um kleine Digitalkassetten handelte. Dazu kamen noch zwei Minigrip-Beutel. Der Waage und der vorläufigen Analyse nach enthielt der eine 41 Gramm Haschisch und der andere 22 Gramm Kokain.

Man hatte die Apfelsinenkiste samt Inhalt in einem Geheimversteck in Grönlunds Kleiderschrank entdeckt. Den technischen Ermittlern der Zentralkripo zufolge war das Versteck sorgfältig geplant und offenbar bereits beim Bau des Hauses angelegt worden. Es befand sich hinter einer doppelten Wand im Strumpffach und war so gut isoliert, dass es durch Klopfen nicht ausfindig gemacht werden konnte. Von außen waren auch keine Scharniere oder Schlösser zu sehen. Die doppelte Wand wurde von einem Magnetscharnier gehalten, das ein wenig nachgab, wenn man dagegendrückte, woraufhin eine Sprungfeder die Tür öffnete. Clever war auch, dass das Versteck im Wäschefach angebracht worden war; so konnte man beim Öffnen einfach ein Paar Socken zu Hilfe nehmen und hinterließ keine Fingerabdrücke an der Rückwand.

In den Bauzeichnungen war das Geheimfach natürlich nicht vermerkt. Doch die Männer von der Zentralkripo waren alte Hasen. Sie hatten sich auf die Suche gemacht, nachdem sie im Kellergeschoss hinter einem Bild einen

Safe und auf dem Teppichboden davor feuchte Fußspuren gefunden hatten. Daraus ließ sich schließen, dass Grönlund vermutlich beim Duschen überrascht – daher die nackte Leiche – und gezwungen worden war, den Safe zu öffnen. In diesem Safe lagen etwa fünfzigtausend Finnmark und einige goldene Schmuckstücke. Da der Mörder sie zurückgelassen hatte, schied ein Raubmord aus. Folglich musste der Täter nach etwas anderem gesucht haben, das offenbar nicht im Safe aufbewahrt worden war.

Ansonsten hatte man im Haus nicht allzu viel gefunden. Grönlunds Leiche war bereits ins rechtsmedizinische Institut gebracht worden, doch die Obduktion war noch nicht abgeschlossen. Nach dem vorläufigen Befund des Rechtsmediziners war Grönlund am Donnerstag erschossen worden, und zwar am Vormittag zwischen zehn und zwölf Uhr. Die zeitliche Festlegung war in diesem Fall exakter als bei Hassinen, da Grönlunds Leiche nicht bewegt worden war und die Zimmertemperatur konstant bei zweiundzwanzig Grad gelegen hatte.

Aufgrund der Resultate der Spurensicherung vermutete Takamäki, dass der Mörder unbemerkt ins Haus eingedrungen war, während Grönlund unter der Dusche stand, oder dass er das Haus bereits vorher betreten hatte, entweder um auf den Besitzer zu warten oder um nach dem Geheimfach zu suchen. Da das Einsatzkommando die Tür gewaltsam aufgebrochen hatte, ließ sich nicht mehr feststellen, ob der Täter einen Schlüssel gehabt oder einen Dietrich benutzt hatte. Im Haus selbst hatte man jedenfalls keine Einbruchsspuren entdeckt. War der Mörder auf den Inhalt der Apfelsinenkiste aus gewesen? Vielleicht, dachte Takamäki.

Da das Material bereits auf Fingerabdrücke untersucht worden war, durfte er es mit bloßen Händen anfassen. Als

Erstes nahm er sich eines der beiden Notizbücher vor. Es enthielt säuberlich aufgelistete Daten, Namen und Orte. Die letzte Eintragung war vor zwei Wochen gemacht worden. Das zweite Notizbuch enthielt dieselben Angaben, aber in anderer Handschrift.

Im blauen Ordner fand Takamäki Buchführungsbelege – Überweisungsquittungen, Hotel- und Restaurantrechnungen. Die Daten schienen zumindest auf den ersten Blick mit denen im Notizbuch übereinzustimmen.

Die rote Mappe enthielt in alphabetischer Ordnung etwa fünfzig Namen, teils von Firmen, teils von Privatpersonen. Auch bei den Firmen waren einzelne Personen angeführt. Einige Namen hatte Grönlund offenbar nicht in Erfahrung bringen können, denn auf manchen Seiten stand neben dem Namen des jeweiligen Gastgebers nur «ausländischer Kunde» oder «finnischer Kunde». Bei einer Reihe von Eintragungen fand sich der Zusatz «Video» und eine laufende Nummer.

«Scheiße!», entfuhr es Takamäki. Er drehte sich um. Außer ihm waren fünf Ermittler im Projektraum, die meisten saßen am Computer. «Wo zum Teufel steckt von Martens?»

«Macht Kaffeepause, glaub ich», gab einer der Beamten zurück.

Takamäki nahm sein Handy und wählte von Martens' Nummer.

«Hallo?», hörte er.

«Takamäki hier. Wo bist du?»

«In der Cafeteria. Wieso?»

«Trink deine Tasse aus und lass dir eine Thermoskanne von dem Gebräu mitgeben. Ich hab einen Haufen Papiere für dich und brauch die Analyse bis morgen früh», drängte Takamäki. Das Wort Analyse war vielleicht ein wenig hochgestochen, aber die Wirtschaftskriminalisten liebten solche Ausdrücke.

«Worum geht's denn?»

«Um Korruption», sagte Takamäki und beendete das Gespräch. Auch das war ein Wort, das die Kollegen vom Wirtschaftsdezernat liebten. Eine anständige Korruption pro Jahr hält uns bei Laune, pflegten sie zu sagen. Hier ging es obendrein um einen ganz besonders brisanten Fall.

Takamäki nahm das VHS-Video und legte es ein. Die anderen Ermittler ließen ihre Arbeit liegen und stellten sich vor den Fernseher. Die Bildqualität war besser als erwartet; Takamäki erkannte die blonde Frau auf den ersten Blick: Es war Laura Hassinen. Die Dunkelhaarige hatte er dagegen noch nie gesehen.

Mit den beiden nackten Frauen vergnügte sich ein Manager, dessen Konterfei häufig im Wirtschaftsteil der Zeitungen zu sehen war. In irgendeiner Illustrierten hatte Takamäki auch einen Artikel gelesen, in dem die Frau des Industriebosses die Familienvilla mit Meerblick in Kulosaari präsentierte. «Mannomann», sagte einer der Ermittler.

Takamäki warf einen Blick auf seine Armbanduhr. Es war genau 22.00 Uhr. Er datierte seine Mitteilung entsprechend und las sie noch einmal durch:

«Polizeiliche Mitteilung. Die Helsinkier Kriminalpolizei ermittelt weiterhin intensiv im Mord an Teuvo Hassinen, dem Generalsekretär des Parlaments. Seit der letzten Pressekonferenz um 15.00 Uhr haben sich keine wesentlichen neuen Erkenntnisse ergeben. Eventuelle weitere Pressekonferenzen werden später angekündigt.»

Das war alles, und Takamäki hatte nicht einmal gelogen. Zwar hatte man durchaus neue Erkenntnisse gewonnen, aber nichts, was an die Öffentlichkeit gebracht werden musste. Das automatische Faxprogramm schickte den Text an die wichtigsten Redaktionen.

Takamäki hatte beschlossen, auch diese Nacht im Polizeipräsidium zu verbringen, denn wenn er nach Hause fuhr, würde er nicht in der Lage sein, seiner Frau die Bombendrohung zu verschweigen. Bisher war nichts passiert, wahrscheinlich war der Anruf nur ein dummer Scherz gewesen.

Von Martens klopfte und trat sofort ein. Er hatte sich etwa eine Stunde mit den Papieren beschäftigt. «Du hattest recht. Der blaue Ordner enthält die Buchführung, genauer gesagt, einen Teil davon. Ein Kontenbuch oder ein entsprechendes Computerprogramm ist nicht dabei. Auch diverse Routinequittungen scheinen zu fehlen. Ich nehme an, dass es sich um den geheimen Teil der Buchführung von Idol Consulting handelt.»

«Na ja, Routinematerial versteckt man wohl auch nicht im Geheimfach», frotzelte Takamäki.

«Nee. Jedenfalls reicht das Material zeitlich ungefähr anderthalb Jahre zurück. Die Kontenbewegungen sind von zweierlei Art: Größere Summen sind eingegangen und kleinere ausbezahlt worden. Die Einzahler sind große Unternehmen, zum Beispiel hat sich die Firma Arendon im letzten Jahr offenbar für insgesamt 1,7 Millionen Finnmark von Idol Consulting beraten lassen», erklärte von Martens. «Von Arendon hast du sicher schon gehört. Die Firma stand ja vor einiger Zeit ganz groß in der Zeitung, weil sie Computersysteme für mehrere hundert Millionen nach Russland verkauft hat. Auf der Liste stehen auch andere bekannte Unternehmen, aber mit deutlich kleineren Beträgen.»

Takamäki nickte.

«Die Daten der Überweisungen stimmen ziemlich genau

mit den Terminen im roten Ordner überein. Allerdings gibt es ein bisschen weniger Einzahlungen als Videos.»

«Und was bedeutet das?»

«Entweder sind die Belege nicht vollständig, oder – was ich für wahrscheinlicher halte – Idol hat auch Barzahlungen angenommen. Die Zahlungsausgänge summieren sich nur auf einige Tausender. Die Empfänger sind offensichtlich Scheinfirmen. Sie sind nämlich ausnahmslos nach amerikanischen Bundesstaaten benannt», sagte von Martens und las einige Namen vor: «California AG, Texas AG, Nevada AG … Alles in allem ein Dutzend verschiedene.»

«Das heißt?»

«Na, die Videos zeigen doch, worum es geht. Das Sexgeschäft ist so getarnt, dass es für die Buchhaltung taugt. Speziell für die der zahlenden Kunden.»

«Hast du irgendwas Kriminelles gefunden?»

«Wenn man gründlich sucht, findet man bei jeder Firma irgendein Buchführungs- oder Steuervergehen. Dafür braucht man allerdings die komplette Buchführung.»

«In dem Büro in der Korkeavuorenkatu lag doch was», sagte Takamäki.

«Aha. Das hat mir keiner gesagt. Ist aber auch egal. Idol war ja einzig und allein Grönlunds Firma – jedenfalls dem Handelsregister nach. Einen Toten kann man schlecht vor Gericht stellen», grinste von Martens. «Aber die Bestechungssache ist sowieso interessanter. Bisher habe ich mir nur Arendon näher angeschaut, und auch da nur ein paar Videos. Na ja, und vom September gibt es ein paar Bänder, auf denen der russische Partner dieses Riesendeals mit den Mädchen zugange ist. Der Name von diesem Russen taucht nirgendwo auf, aber ich habe sein Gesicht in der Zeitung gesehen.»

«Mit unserem Mordfall hat das offenbar nichts zu tun?»

«Sicher nicht unmittelbar, es sei denn, Grönlund ist zu habgierig geworden und hat irgendwen mit den Videos erpresst.»

«Na schön, daraus ließe sich ein Motiv konstruieren, aber ich dachte jetzt speziell an das Arendon-Geschäft.»

«Dass Arendon die Russen während der Verhandlungen auf Geschäftskosten von Huren verwöhnen ließ, hat sicher nichts mit dem Mord zu tun. In dem Notizbuch sind allerdings auch kommende Termine eingetragen. Vorletzte Nacht war auch einer, im Strand Intercontinental.» Von Martens blätterte in den Papieren. «Stimmt. Ebenfalls im Auftrag von Arendon, aber ein Video gibt es davon nicht, jedenfalls nicht bei dem Material, das du hier hast.»

Hatte Ströms und Maseratis Hotelübernachtung etwas damit zu tun?, überlegte Takamäki. «Okay, pass mal auf. Hol dir ein paar Leute aus eurem Dezernat dazu, und dann findet raus, was zum Teufel da abgelaufen ist. 1,7 Millionen sind ein Haufen Geld.»

«Für dich und für mich, aber nicht für Arendon, und nicht mal unbedingt für Grönlund.»

«Vorläufig betrachten wir diese Korruptionsgeschichte als untergeordnete Ermittlungslinie.»

«In Ordnung», nickte von Martens und ging.

Takamäki nahm sein Handy und versuchte Nykänen zu erreichen, der sich aber nicht meldete. Im nächsten Moment steckte einer der Ermittler den Kopf durch die Tür. «Komm mal rüber, Kari, das musst du dir angucken.»

Takamäki folgte ihm. «Wir haben uns die Videos angeschaut, um zu sehen, ob wir Bekannte entdecken», erklärte der Kriminalhauptmeister unterwegs.

Im Besprechungsraum stand ein Grüppchen vor dem

Fernseher. Das Video war angehalten und zeigte einen Mann, in dem Takamäki Stig Bergroth erkannte. Einer der Ermittler drückte auf die Play-Taste. Eine blonde Frau kam ins Bild, unverkennbar Laura Hassinen.

# 19

Nykänen sah auf die Uhr. Acht Minuten vor elf. Er saß an der Bar des Nachtlokals 10th Floor im zehnten Stock eines Gebäudes, in dem sich außerdem das Kaufhaus Sokos und das Hotel Vaakuna befanden. Schon zweimal hatte er eine Runde durch das verwinkelte Lokal gedreht, Laura Hassinen jedoch nicht gefunden.

Für eine Observation war das 10th Floor denkbar ungeeignet. Es gab keine Stelle, von der aus man das gesamte Lokal überblicken konnte. Von der Bar aus sah man die Tür zum Foyer mit den Aufzügen und den Raum, der für Speisegäste reserviert war, sonst nichts.

Im Prinzip waren die Aufzüge am wichtigsten. Sie brachten die Gäste vom eigentlichen Eingang in der Kaivokatu nach oben. Es gab aber mindestens noch einen weiteren Zugang: Hotelgäste gelangten mit einem eigenen Lift vom Hotel direkt ins Restaurant, und ins Hotel kam man auch durch das Bahnhofsuntergeschoss.

Nykänen hatte zwei jüngere Kollegen aus dem Gewaltdezernat mitgenommen. Der eine behielt den Eingang in der Kaivokatu im Auge, der andere den Hoteleingang. Auch das Polizeirevier Mitte war über die Operation unterrichtet und hatte versprochen, bei Bedarf Unterstützung zu schicken. Um nicht aufzufallen, hatten die drei Männer keine Funkgeräte dabei; sie wollten sich per Handy verständigen.

Immer wieder kamen Gäste herein, aber auch in der umgekehrten Richtung herrschte ständiger Verkehr. Im Foyer befanden sich nämlich außer den Aufzügen, den Portiers und der Garderobe auch die Toiletten. Außerdem gelangte man von dort in die Tagungsräume und Salons sowie auf die Terrasse, die allerdings in dieser Jahreszeit geschlossen war.

Der Speisesaal war gut besetzt. Dahinter lag eine weitere Bar, in der es auch eine Tanzfläche gab. Die Discomusik war bis in den Eingangsbereich zu hören. Nykänen saß bereits seit anderthalb Stunden an der Theke und war bei der zweiten Flasche Mineralwasser angelangt. Es war ihm seltsam vorgekommen, Wasser zu bestellen, aber der Barkeeper hatte keine Miene verzogen. Wahrscheinlich hielt er Nykänen für den Leibwächter irgendeines Prominenten.

Nykänen hatte zwei Minister, vier Abgeordnete, drei Eishockeyspieler aus der Ersten Liga und zwei Schönheitsköniginnen gesehen. Auch eine Reihe anderer Leute waren ihm bekannt vorgekommen, doch er wusste nicht, ob er ihre Gesichter aus den Nachrichten oder aus den Klatschspalten kannte.

Besonders intensiv hatte er eine wunderschöne rothaarige junge Frau betrachtet, die einen kurzen roten Lederrock und ein gleichfarbenes Top trug. Sie war ihm irgendwie bekannt vorgekommen, doch er kam nicht darauf, wo er sie schon einmal gesehen hatte. Sie hatte das Restaurant vor einer halben Stunde in Begleitung eines älteren, korrekt gekleideten Mannes betreten und nicht nur Nykänens Blicke auf sich gezogen.

«Hallo, wollen wir tanzen?» Die Frage kam von einer etwa vierzigjährigen Brünetten im halblangen, tief ausgeschnittenen schwarzen Kleid. Sie hatte kurze Haare und ein hübsches Gesicht. Nykänen war so verblüfft, dass er im ersten Moment keinen Ton herausbrachte.

«Sorry, im Moment nicht», stammelte er schließlich. Es war eine Schande, einer so schönen Frau einen Korb geben zu müssen.

Die Brünette gab jedoch nicht auf. «Darf ich mich zu Ihnen setzen?», fragte sie und schob sich bereits auf den Hocker. «Das passt mir eigentlich nicht», sagte Nykänen und fluchte innerlich. Von so einer Situation hatte er immer geträumt, und jetzt, wo sie endlich da war, musste er die Frau so schnell wie möglich loswerden. Er durfte sich nicht ablenken lassen.

«Ist der Platz besetzt?»

«Nicht direkt, aber …»

«Aber was?», fragte die Frau pikiert.

«Ich bin gerade beschäftigt. Deswegen …»

«Aha», sagte die Frau, sprang vom Barhocker, strich sich das Kleid glatt und stolzierte in Richtung Tanzfläche davon.

Beinahe wäre sie mit der rothaarigen Sexbombe und ihrem Begleiter zusammengeprallt. Das Pärchen war offenbar im Aufbruch.

An der Tür drehte sich die Rothaarige um und winkte dem Barkeeper zu, der ihr eine Kusshand zuwarf und rief: «Ciao, Laura!»

Laura! Die Erkenntnis traf Nykänen wie ein Blitz. Natürlich! Er hatte sich von der Perücke und dem Make-up täuschen lassen. Scheiße, verdammt nochmal, fluchte er leise und setzte Laura nach.

«Arschloch! Hast du keine Augen im Kopf?», schimpfte jemand, als er zur Tür rannte. Er legte die Strecke zum Lift in fünf Sekunden zurück, aber Laura Hassinen war nirgends zu sehen. Da ein halbes Dutzend Leute wartend vor der Aufzugtür stand, war das Pärchen offenbar nicht auf diesem Weg verschwunden. Nykänen wandte sich nach links zu den Toiletten. Da hörte er, wie die Tür zu einem der Salons ins Schloss fiel.

Er rannte hin, doch die Tür war verriegelt. Sie hatte ein Magnetkartenschloss wie die Hotelzimmer. Einer der beiden Portiers näherte sich mit misstrauischem Blick.

Nykänen drehte sich um. «Haben Sie einen Schlüssel für die Tür?»

«Immer mit der Ruhe. Der Raum gehört nicht zum Restaurant. Da haben Sie nichts zu suchen.»

«Die Rothaarige ist aber reingegangen.»

«Kann sein.»

«Machen Sie die Tür auf!»

«Nein.»

Nykänen griff in die Brusttasche. Die Hand des Portiers schloss sich um die Sprühdose, die er am Gürtel hängen hatte. «Schluss jetzt!», knurrte er.

«Ich bin Polizist», sagte Nykänen und bemühte sich, Ruhe zu bewahren. Doch das Temperament ging mit ihm durch. «Mach sofort die Tür auf, du Schwuchtel», brüllte er und hielt dem Portier seinen Dienstausweis vor die Nase.

Der Portier schob seine Hand beiseite. Auch er wollte freie Sicht behalten.

«Es ist wichtig. Mach die Tür auf, los! Ich muss diese Frau kriegen.»

Der Portier lachte auf. «Da bist du nicht der Einzige. Auch wenn du Bulle bist, hast du keine Sonderrechte.»

Nykänen stieß ihn gegen die Brust. «Scheiße, Mann. Mach auf!»

Der Portier trat ein paar Schritte zurück. Sein Kollege kam angerannt. Er hielt eine Dose mit Paprikaspray in der Hand und sprühte Nykänen eine kräftige Dosis ins Gesicht. Der Angriff kam so überraschend, dass Nykänen nicht einmal die Hände vor die Augen heben konnte.

Der starke Paprikaextrakt enthielt hochkonzentriertes

Capsaicin, das auf der Haut brannte. Er war auch in die Augen gedrungen – Nykänen sah nichts mehr. Der beißende Schmerz und die Tränen zwangen ihn, die Augen zu schließen. Außerdem wurde ihm übel.

Die meisten, die Paprikaspray ins Gesicht bekamen, gerieten in Panik. Nykänen hatte jedoch beim Training Bekanntschaft mit dem Spray gemacht und wusste, dass die Wirkung allmählich nachlassen würde.

Instinktiv hatte er die Hand unter das Sakko geschoben, wo sein Revolver steckte. Doch der Verstand siegte über den Instinkt. Er begnügte sich mit einem Fluch: «Verdammte Idioten!»

«Scheiße, was hast du da gemacht? Das ist ein Bulle», hörte er den einen Portier sagen.

«Der Kerl hat dich aber angegriffen, verdammt nochmal!»

Nykänen rannte zur Toilette. Er hatte keine Ahnung, ob es die Damen- oder die Herrentoilette war, aber das spielte im Moment auch keine Rolle. Er tastete mit den Händen, bis er ein Waschbecken fand, drehte den Kaltwasserhahn auf und spülte sich die Augen aus. Viel half das nicht. Nykänen wusste, dass er mindestens eine Viertelstunde außer Gefecht sein würde. Ein blinder Polizist konnte nicht viel ausrichten.

Er kotzte ins Waschbecken, spülte den Mund aus und ließ noch einmal Wasser übers Gesicht laufen.

Dann holte er sein Handy hervor. Er erinnerte sich, dass er zuletzt Takamäki angerufen hatte und davor den Polizisten, der am Hoteleingang postiert war. Das Handy konnte er blind bedienen. Die Tastensperre lösen, einmal auf die Anruftaste drücken, einmal mit der Pfeiltaste nach unten, dann wieder die Anruftaste.

Der Posten am Hotel meldete sich sofort.

«Nykänen hier. Die Frau ist im Haus. Rote Haare, roter Lederrock. Ich hab sie gesehen, aber vor zwei Minuten aus den Augen verloren. Also sei wachsam und sag auch dem Kollegen in der Kaivokatu Bescheid. Und ruf das Revier an, sie sollen sofort vier Streifen ins 10th Floor schicken. Ich hab Gas in die Fresse gekriegt und bin momentan außer Gefecht. Okay?»

«Alles klar.»

Nykänen steckte das Handy ein und setzte seine Spülungen fort.

# 20

Nach fünf Minuten kehrte das Sehvermögen allmählich zurück. Die Augen brannten zwar noch, aber Nykänen konnte bereits seine Umrisse im Spiegel über dem Waschbecken erkennen. Wieder klatschte er sich Wasser ins Gesicht. Einer der beiden Türsteher behielt ihn von der Tür aus im Blick.

Weitere anderthalb Minuten vergingen, bevor die erste Streife eintraf. Der Aufzug brachte vier Polizisten auf einmal nach oben. Der Portier führte einen von ihnen zur Toilette. «Hier ist der Mann.»

Nykänen trocknete sich das Gesicht ab. Sein Sehvermögen war zu siebzig Prozent wiederhergestellt, aber Einzelheiten konnte er noch nicht erkennen. Alles war verschwommen. Er sah nur, dass ein Mann im blauen Overall vor ihm stand. «Kriminalhauptmeister Nykänen, Mordkommission», stellte er sich vor und zeigte seinen Dienstausweis.

«Ja, wir kennen uns», sagte der Streifenpolizist.

«Sorry, die Blödmänner haben mir Gas in die Augen gesprüht. Mit dem Visuellen hab ich's im Moment nicht so.»

«Ist auch besser, wenn du dich nicht im Spiegel siehst. Ich bin Jorma Pesonen vom Revier eins.»

«Klar, dich kenne ich», sagte Nykänen. Er erinnerte sich an Pesonen. Ein kantiger Mann, der lieber handelte, als zu reden. «Du weißt, warum ich hier bin?»

«Ja, ich bin kurz gebrieft worden.»

«Also, wir suchen diese Frau», fuhr Nykänen fort und nahm Laura Hassinens Foto aus der Tasche. «Sie hat mit dem Fall zu tun, den wir gerade bearbeiten.» In die Einzelheiten wollte er nicht gehen, weil der Portier noch immer an der Tür stand.

«Ich kenne den Fall.»

«Die Frau ist durch die Tür neben dem Aufzug in den Hotelbereich gegangen. Sie hatte einen kurzen roten Rock an, und die Haare waren auch rot. Gefärbt oder Perücke, keine Ahnung. Lass dir jedenfalls die Tür öffnen oder schieß das Schloss kaputt. Dann geht ihr zu zweit da rein und guckt, ob sie da ist. Das ist Priorität Nummer eins.»

«Und dann?»

«Wenn ihr sie findet, legt ihr sie in Handschellen und bringt sie nach Pasila aufs Präsidium.»

«Okay.»

«Verdammt, mir tun die Augen weh», stöhnte Nykänen. «Wie viele seid ihr?»

«Vier sind schon oben, und mit dem nächsten Aufzug kommen nochmal vier.»

«Gut. Die beiden anderen, die hier sind, sperren das Lokal. Keiner der Gäste darf raus. Lass dir Verstärkung schicken und das ganze Gebäude abriegeln. Die Frau wurde von einem leicht ergrauten Mann um die fünfzig begleitet, circa eins neunzig groß, im Anzug. Wenn die beiden noch im Haus sind, müssen wir sie finden.»

«Wenn nötig, durchsuchen wir also auch das Hotel?»

«Ja, jedes Zimmer. Fordere so viele Streifen an, wie du brauchst», bestätigte Nykänen. «Wenn die Verstärkung da ist, bringt ihr die beiden Portiers in die Zelle, wegen Verdacht auf gewaltsamen Widerstand gegen die Staatsgewalt. Danach fangt ihr an, die Gäste einzeln rauszulassen. Von jedem – ich wiederhole: von jedem – werden die Personalien aufgenommen. Und anschließend wird die Bude geschlossen.»

«Geschlossen?»

«Für heute. Das Lokal wird wegen Ermittlungen in einem Mordfall dichtgemacht.»

«Verstanden.»

«Deine Männer sollen die Gäste auch fragen, ob sie die Frau kennen, die wir suchen. Der Barkeeper weiß auf jeden Fall was, denn er hat sie beim Vornamen genannt. Die Frau muss den meisten Gästen aufgefallen sein, sie war einfach nicht zu übersehen.»

«Und wenn jemand sie kennt?»

«Muss er eingehender befragt werden. Wer ist die Frau? Wo wohnt sie, wo ist sie anzutreffen und so weiter. Mit wem war sie heute hier? Stellt fest, an welchem Tisch sie gesessen hat. Wenn die Gläser noch da sind, nehmt Fingerabdrücke. Ich will wissen, wer der Mann ist.»

«In Ordnung», sagte Pesonen. «Du solltest aber zum Arzt gehen. Du brauchst Augentropfen und Salbe gegen die Schwellung.»

«Ja, ich weiß.»

«Soll dich jemand hinfahren?»

Nykänen nickte. Der Schmerz war von den Augen her in den ganzen Kopf gekrochen und schien nicht nachlassen zu wollen.

«Ich organisier das», sagte Pesonen im Hinausgehen.

«Noch nicht. Ich warte, bis ihr das Séparée untersucht habt.»

Im Lokal war man auf den Zwischenfall im Foyer aufmerksam geworden, die ersten Neugierigen drängten an die Tür.

Zwei Minuten nachdem Pesonen bei der Rezeption angerufen und angeordnet hatte, den Generalschlüssel des

Hotels hinaufzubringen, trat der Nachtportier aus der Fahrstuhlkabine. Er wirkte verwundert.

«Sie haben die Karte?», fragte Pesonen.

«Ja», antwortete der knapp dreißigjährige Mann im schwarzen Anzug. Sein Blick fiel auf die Restaurantportiers, die an den Händen gefesselt etwas abseits standen. Pesonen hielt die Handschellen eigentlich für überflüssig, hatte sie den beiden aber aus Sympathie für Nykänen anlegen lassen.

«Wohin führt diese Tür?»

«Zur Präsidentensauna. Ein ehemaliger Salon, der zum Ruheraum für die Sauna umgebaut worden ist.»

«Was ist da drin?»

«Stühle, Tische, ein Fernseher und eine kleine Kochecke. Ganz hinten führt eine Treppe zur Saunaabteilung.»

«Hoch oder runter?»

«Nach unten.»

«Kommt man durch die Sauna raus?»

«Ins Hotel, ja … Was ist denn überhaupt los?», fragte der Nachtportier.

«Wir suchen eine gefährliche Kriminelle, die Augenzeugen zufolge durch diese Tür gegangen ist. Das Polizeigesetz und das Voruntersuchungsgesetz ermächtigen uns, den Raum zu betreten. Den Schlüssel, bitte. Sofort!» Pesonens Stimme wurde schärfer.

Der Nachtportier reichte ihm eine Magnetkarte. Pesonen nahm sie, schob den Mann zur Seite und sah seinen Streifenkollegen an. Der nickte. Beide waren nervös und wachsam.

Pesonen schob die Karte in den Schlitz und drückte die Klinke herunter. Die Tür bewegte sich nicht.

«Sie müssen die Karte zuerst wieder rausziehen», sagte der Portier.

Pesonen folgte der Anweisung. Am Schloss blinkte ein kleines grünes Licht auf. Vorsichtig öffnete er die Tür. Drinnen war es stockdunkel.

«Das Licht im Foyer löschen, schnell!»

Es war nicht ratsam, sich aus einem hell erleuchteten in einen dunklen Raum zu begeben, schon gar nicht, wenn man eine Mordverdächtige suchte. Sicherheit ging vor, es lohnte sich nicht, den Helden zu spielen.

«Alle zurücktreten!», befahl Pesonen. Das Licht ging aus. Er nahm seine Taschenlampe in die linke und die Pistole in die rechte Hand.

Mit der Linken schob er die Tür langsam ganz auf. Sein Partner hockte neben ihm. Beide bemühten sich, so weit wie möglich im Schutz der Wand zu bleiben.

Pesonen knipste seine Taschenlampe an und ließ den Strahl durch den Raum wandern, nahm aber keine Bewegung wahr. Als die Tür ganz geöffnet war, schnellte der zweite Polizist hinein und tastete nach dem Lichtschalter.

Das Licht flammte auf. Pesonen hatte – wenigstens im Unterbewusstsein – damit gerechnet, eine Leiche in einer Blutlache vorzufinden, doch es war nichts Derartiges zu sehen. Beim Eintreten nahm er Parfumduft wahr. Auf dem Tisch standen einige Cocktailgläser.

Pesonen spähte hinter die Tür. Die Kochnische war sauber. Er ging vor bis zur Wendeltreppe. «Polizei! Kommen Sie mit erhobenen Händen nach oben!», rief er zweimal, aber nichts rührte sich.

«Nichts zu sehen!», rief er Nykänen zu, der im Foyer wartete.

«Und unten?», fragte der.

«Da müssen wir noch hin.»

Pesonen ging zügig, aber wachsam die Treppe hinunter.

Er wusste, wie riskant dieser Teil der Operation war, redete sich aber ein, dass er wahrscheinlich auch im Untergeschoss niemanden vorfinden würde.

Am unteren Ende der Treppe kauerte er sich zusammen. Der kleine Raum war tatsächlich leer. Er hatte zwei Türen; die eine führte vermutlich in den Umkleideraum und zur Sauna, die andere, mit einem Schloss versehene, ins Hotel.

Pesonen stand auf und schaltete die Deckenlampe ein. Nun kam auch sein Kollege herunter und ging in den Umkleideraum, kam aber sofort wieder zurück. «Leer», sagte er.

Pesonen öffnete die Tür zum Hotel. Auch auf dem Korridor war keine Menschenseele zu sehen.

Takamäki hatte in seinem Dienstzimmer gesessen, als Nykänen auf dem Weg zur Poliklinik angerufen hatte. Paprikaspray ins Gesicht, von zwei grünschnäbligen Türstehern. Unglaublich! Takamäki hatte nur mit Mühe ein Lachen unterdrücken können.

Sie hatten Laura Hassinen fast geschnappt, doch nun war sie wieder verschwunden. Trotzdem hatte Takamäki Nykänen angewiesen, nach der Verarztung nach Hause zu gehen und sich schlafen zu legen. Nykänen hatte zuerst protestiert, das Gas sei eine Bagatelle und er fühle sich fit genug, um Laura Hassinen die ganze Nacht nachzujagen. Schließlich hatte er sich aber überzeugen lassen, dass der Fall nicht über Nacht aufgeklärt werden würde und dass er deshalb am nächsten Morgen frisch und ausgeruht sein musste.

Takamäkis Telefon klingelte. «Hallo!», meldete er sich unwirsch. Sicher wieder ein Reporter.

«Hauptmeister Pesonen hier. Kommissar Takamäki?»

«Ja.»

«Gut. Wir sind im Hotel Vaakuna.»

«Ich weiß. Habt ihr die Frau gefunden?»

«Nein.»

«Wie ist die Lage?»

«Also, die Sauna war leer.»

«Ja, ich weiß. Nykänen hat mich schon angerufen.»

«Das Hotel ist jetzt abgeriegelt, ohne unser Wissen kommt keiner raus. Es hat fünf Ausgänge, und an jedem steht eine Streife.»

«Gute Arbeit.»

«Der Kasten ist furchtbar unübersichtlich. Es gibt zwei Ausgänge zum Restaurant, und außerdem kommt man von hier aus direkt in die Bahnhofsunterführung und in die Tiefgarage.»

«Habt ihr genug Leute?»

«Ja, das ist nicht das Problem.»

«Sondern?»

«Die Sauna war auf eine holländische Firma namens CTF reserviert.»

«Wie war der Name?»

«CTF, Cäsar Theodor Friedrich.»

Takamäki notierte sich den Namen. Von Martens sollte auch diese Firma überprüfen. «Okay, danke.»

«Die Miete für einen Abend, sieben Mille, wurde bar bezahlt.»

«Wo liegt das Problem?»

«Im Hotel ist auf den Namen CTF kein Zimmer gebucht.»

«Das kann ein Phantasiename sein, frei erfunden.»

«Klar», sagte Pesonen. «Na, Nykänen hat jedenfalls gesagt, wir sollten als Nächstes alle Zimmer überprüfen, aber die Hoteldirektion ist damit nicht ganz einverstanden.»

«Was heißt hier nicht einverstanden? Hast du denen klargemacht, dass es um einen Mord geht und dass sich die Verdächtige möglicherweise im Hotel versteckt hält?»

«Natürlich. Es geht eher um die Methode.»

«Soll heißen?»

«Denen gefällt es nicht, dass wir in Uniform in jedes Zimmer reinpoltern.»

«Was denen gefällt oder nicht, ist mir egal. Fangt ruhig an, ich gebe euch die Vollmacht für alle notwendigen Maßnahmen.»

«Na ja, ehrlich gesagt, mir ist auch nicht ganz wohl dabei. Es ist immerhin schon halb zwölf.» Pesonen zögerte, sprach dann aber schnell weiter. «Die Leute vom Hotel haben einen Vorschlag. Einer von unseren Männern zieht Kellnerkleidung an und geht die Zimmer einzeln durch. Als Vorwand könnte man den fünfzigsten Geburtstag des Hoteldirektors nehmen und in jedes Zimmer eine Flasche Sekt bringen.»

Takamäki schwieg.

«Das wäre vielleicht eine verbindlichere Methode, vor allem, weil hier zwei Touristengruppen vom amerikanischen Hausfrauenverband einquartiert sind.»

«Okay, macht es so, wenn ihr das für besser haltet, aber sieh zu, dass die Sicherheit nicht vernachlässigt wird. Die Frau steht immerhin unter Mordverdacht.»

«Ja, klar. Ich denke, ich übernehme die Kellnerrolle selbst und postiere ein paar Leute als Rückendeckung auf dem Flur.»

«Klingt gut. Nur noch zwei Bedingungen», sagte Takamäki. «Erstens: Den Sekt zahlt das Hotel …»

«Natürlich.»

«Und zweitens: Keine Miniflaschen und nicht die billigste Sorte.»

Pesonen lachte auf. «Übrigens, im Restaurant gibt's ein bisschen Zoff, weil nicht alle ihre Personalien angeben wollen.»

«Wieso Personalien?»

«Nykänen hat gesagt, wir sollen von allen Gästen die Personalien aufnehmen und sie fragen, ob sie diese rothaarige Frau kennen.»

«Von allen Gästen?», fragte Takamäki verwundert.

«Hat Nykänen angeordnet.»

«Davon hat er mir am Telefon nichts gesagt.»

«Und was sollen wir nun tun?»

«Schreibt die Namen auf. Wahrscheinlich hat er sich ja irgendwas dabei gedacht.»

«Und wenn sich jemand weigert?»

«Führt ihn aufs Klo und schlagt ihn zusammen … Nee, das natürlich nicht, aber droht denen, die sich weigern, dass ihr sie aufs Revier mitnehmt.»

«Und wenn trotzdem einer …»

«Dann bringt ihr ihn aufs Revier. Laut Polizeigesetz haben wir bei der Untersuchung eines schweren Verbrechens das Recht, die Personalien zu überprüfen und zu dem Zweck Leute festzunehmen. Falls sich jemand beim Justizbeauftragten beschwert, übernehm ich die Verantwortung.»

Als er den Hörer auflegte, spürte Takamäki, wie müde er war. Die Pritsche im Mannschaftsraum wirkte verlockend, so unbequem sie auch war. Er hätte natürlich nach Hause fahren können, aber irgendwie war es bei so einem Fall besser, vor Ort zu sein. Es konnte jederzeit Überraschungen geben, und rasche Entscheidungen ließen sich im Präsidium leichter treffen als von zu Hause aus.

Auf dem Weg zum Lift schaute Takamäki kurz in den Projektraum, wo noch vier Ermittler arbeiteten. «Alles im

Griff?», fragte er und setzte hinzu: «Ich hau mich im Mannschaftsraum ein paar Stunden aufs Ohr. Weckt mich, wenn was ist.»

«Okay», sagte einer der Männer. «Die Videobilder durchzusehen ist übrigens ziemlich sinnlos. Keiner von uns kennt die Leute.»

«Sinnlos?»

Der Mann nickte.

«Mann, bei so einem Fall ist nichts sinnlos. Alles ist wichtig, verdammt nochmal! Alles! Auch die Tatsache, dass wir keinen von den Leuten auf den Fotos kennen.»

Die vier schwiegen.

«Möchte jemand Kaffee? Ich kann welchen holen», bot Takamäki an.

Er bekam keine Antwort.

Laura Hassinen lachte. Sie lachte so heftig, dass ihr Kopf immer kleiner wurde. Ihre Augen färbten sich rot und begannen hervorzutreten. Zwei Penisse wuchsen aus ihnen heraus, schwollen an und wurden dunkler. Plötzlich bemerkte Takamäki, dass er in zwei Pistolenläufe starrte.

Er wartete auf den Schuss, doch die Pistole surrte nur. Das Geräusch klang irgendwie vertraut. Es war sein Handy.

Takamäki setzte sich auf und schüttelte benommen den Kopf. Allmählich kehrte er aus dem Traum zurück und war imstande, sein Handy zu suchen. Es steckte in der Jackentasche, erinnerte er sich, aber wo war die Jacke? Am Bettende. Er reckte sich, griff in die Tasche und holte das Handy heraus.

Das Display zeigte 0.41 Uhr. Takamäki hatte nur eine Dreiviertelstunde geschlafen. Er war allein im Mannschaftsraum, die anderen fünf Betten standen leer.

«Hallo?»

«Grüß dich, Kari», hörte er. Er war noch so benommen, dass er die Stimme nicht erkannte.

«Wer spricht denn da?»

«Hab ich dich geweckt?», lachte der Anrufer. «Suhonen hier.»

«Ach, du bist's.»

«Tut mir leid, dass ich deinen Schönheitsschlaf unterbreche. Ich wollte dich nur wissen lassen, dass vor zwei Stunden ein Lkw mit estnischem Kennzeichen hier in Hyvinkää angekommen ist. Die Ortspolizei und der Zoll machen in ein paar Stunden eine Razzia in der Lagerhalle.»

«Okay, gut.»

«Aber das ist noch nicht alles. Ich glaube, Bergroth ist auch hier. Aber darüber berichte ich dir dann morgen früh.»

«Okay, gut», sagte Takamäki wieder.

«Schöne Träume», wünschte ihm Suhonen.

Takamäki legte das Handy neben dem Bett auf den Boden. Schöne Träume, schön wie Laura Hassinen.

## 21 | Freitagmorgen

Takamäki bezahlte den Kaffee und nahm eine Zeitung vom Tisch. Es war 6.32 Uhr, und außer ihm war niemand in der Polizeikantine, die allerdings auch erst vor zwei Minuten geöffnet worden war. Folglich war wenigstens der Kaffee frisch. Der Kripochef hatte durchgesetzt, dass die Kantine wegen des außergewöhnlichen Falles eine Stunde früher aufmachte als sonst.

Takamäki setzte sich an einen Fenstertisch. Große Regentropfen perlten über die Scheibe und zerlegten die Straße in Zerrbilder. Ein Hundewetter. Wer nicht nach draußen musste, konnte froh sein.

Takamäki fühlte sich frisch. Er hatte es immerhin geschafft, rund sechs Stunden zu schlafen. Nicht besonders tief, aber jede Minute hatte ihm gutgetan. Auch Laura Hassinen war nicht mehr durch seine Träume gegeistert, zumindest erinnerte er sich nicht daran.

Der Fall brachte ihn ins Grübeln. Rund um den Mord schienen alle möglichen anderen Verbrechen zu sprießen: Kuppelei, Bestechung und Alkoholschmuggel. Im Mordfall selbst kam man jedoch nicht voran. Zum Glück saßen wenigstens zwei Verdächtige hinter Gittern, aber ansonsten sah die Bilanz mager aus: Die technischen Ermittlungen hatten bisher nicht viel gebracht, Kurt Grönlund war tot und Laura Hassinen verschwunden.

Bevor Takamäki die Zeitung aufschlug, schaltete er das Handy ein, das er ausgestellt hatte, als er unter die Dusche gegangen war. Sobald es Verbindung zum Netz bekam, piepte es. Es waren acht Nachrichten in der Mailbox.

Takamäki trank einen Schluck Kaffee und rief die Mailbox an. «MTV, Studio Guten Morgen, Finnland, guten ...», begann die erste Nachricht. Takamäki sprang weiter zur nächsten. «Redaktion Frühstücksfernsehen ...»

Die dritte Nachricht war von Radio Finnland, die vierte von Radio Nova, die fünfte von der Nachrichtenagentur STT. Die restlichen kamen von Lokalsendern, von deren Existenz Takamäki bis dato nichts gewusst hatte. Seine Handynummer schien allgemein bekannt zu sein.

Er schlug die Zeitung auf. Die Schlagzeile von *Helsingin Sanomat* entsprach seinen Erwartungen: «Generalsekretär des Parlaments ermordet». Der erste Untertitel lautete: «Teuvo Hassinens Leiche in Kleintransporter gefunden». Die dritte Zeile aber hatte zur Folge, dass er sich an seinem Kaffee verschluckte: «Hassinen bekam in den letzten Wochen mindestens zwei Morddrohungen.»

Was für Morddrohungen, verdammt nochmal?, dachte Takamäki. Wieso weiß ich nichts davon?

Er las rasch weiter. Der Bericht hielt sich an die Fakten, die er selbst auf der Pressekonferenz bekannt gegeben hatte. Obwohl gerade *Helsingin Sanomat* gute Informanten bei der Polizei hatte, schien die Nachrichtensperre zu funktionieren. Die Zeitung wusste nicht, wie Hassinen ermordet worden war, oder hatte die Information jedenfalls nicht veröffentlicht. Gut, dachte Takamäki.

Ebenso wichtig war, dass Grönlunds Tod mit keinem Wort erwähnt wurde. Das wiegte den Täter möglicherweise in dem Glauben, die Leiche sei noch nicht gefunden worden. Im Fall Grönlund waren die technischen Untersuchungen noch nicht abgeschlossen, der Bericht würde wahrscheinlich erst im Lauf des Vormittags eintreffen.

Takamäkis Blick fiel auf einen separat gedruckten Artikel,

der sich auf die in der Schlagzeile erwähnten Morddrohungen bezog. Er war vom Parlamentsreporter Jouni Multamäki unterzeichnet. «Generalsekretär Teuvo Hassinen hatte in den letzten Wochen mindestens zwei Morddrohungen erhalten. Wie wir aus zuverlässiger Quelle erfahren haben, handelt es sich um ernstzunehmende Drohungen.»

Takamäki las weiter: «Ilari Aarnio, der Sicherheitschef des Parlaments, lehnt jeden Kommentar zu dieser Information ab. Der zuständige Vertreter der Kriminalpolizei war nicht zu erreichen. Die Morddrohungen standen in Verbindung mit Hassinens politischem Wirken. Beide Drohbriefe waren ins Parlament geschickt worden. Die Sicherheitsmaßnahmen im Parlament wurden trotz der als ernsthaft angesehenen Drohungen nicht verschärft …» Der Artikel ging noch weiter, enthielt aber keine nennenswerten Fakten mehr.

Takamäki war sauer. Nicht, weil die Geschichte in der Zeitung stand, sondern weil die Mordkommission nichts davon gewusst hatte. Aller Wahrscheinlichkeit nach hatte die Sicherheitspolizei sich mit der Sache befasst, doch Niskanen hatte es nicht für nötig befunden, sie zu erwähnen.

Nach kurzem Nachdenken rief Takamäki den Sicherheitschef des Parlaments an.

Beim zweiten Klingeln wurde abgenommen. «Aarnio.»

«Takamäki hier.» Die Stimme des Kommissars war kühl. «Hast du die Zeitung gelesen?»

«Ja. Ich dachte mir schon, dass du anrufen würdest.»

«Und?»

«Um es ganz klar zu sagen, ich wusste nichts von der Sache. Wenn Hassinen tatsächlich Drohbriefe bekommen hat, dann hat er sich offenbar direkt an die Sicherheitspolizei gewandt.»

«In der Zeitung steht, du hättest jeden Kommentar verweigert.»

Aarnio lachte auf. «Multamäki hat mich angerufen und gefragt, was ich von dem Fall weiß. Ich habe geantwortet, dazu könnte ich nichts sagen. Dann hat er gefragt, ob Hassinen Drohbriefe bekommen hat, worauf ich ihm nochmal dieselbe Antwort gegeben habe.»

«War es wirklich so?»

«Ja.»

«Na gut», sagte Takamäki. Vielleicht sagte Aarnio ja die Wahrheit. Das bedeutete, dass die Zeitung ihre Information von der Sicherheitspolizei erhalten hatte. Wenn Aarnio wirklich nicht informiert worden war, konnten die Briefe allerdings nicht allzu bedrohlich gewesen sein. Im Allgemeinen nahm man solche Vorfälle nicht auf die leichte Schulter. Natürlich war es möglich, dass die Briefe als Schabernack eingestuft worden waren und Niskanen sie deshalb nicht erwähnt hatte. Er hätte es trotzdem tun sollen, dachte Takamäki. Verdammt!

Sobald Takamäki das Gespräch beendet hatte, klingelte sein Handy. «MTV, Studio Guten Morgen, Finnland», sagte der Reporter und nannte seinen Namen.

«Guten Morgen», antwortete Takamäki.

«Sie haben sicher nichts dagegen, dass ich ein paar Kommentare auf Band aufnehme, als Telefoninterview?»

«Ist mir recht», sagte Takamäki, obwohl er lieber seinen Kaffee ausgetrunken hätte, solange er noch warm war.

«Okay, das Band läuft», sagte der Reporter. Vom nächsten Satz an klang seine Stimme so, wie man sie aus dem Fernsehen kannte, sachlich und kühl.

«Wie ist der Stand der Ermittlungen im Mordfall Hassinen?»

«Die Polizei hat die Ermittlungen die ganze Nacht hindurch fortgesetzt und verschiedene Punkte überprüft.»

«Hat sich etwas Neues ergeben?»

«Dazu kann ich momentan keinen Kommentar geben. Wir arbeiten an mehreren Ermittlungssträngen.»

«Sind die Verhafteten verhört worden?»

«Nein. Nächtliche Vernehmungen sind gesetzlich verboten.»

«Trifft es zu, dass Teuvo Hassinen erschossen wurde?»

«Dazu äußere ich mich nicht.»

«Hat es weitere Verhaftungen gegeben?»

«Nein.»

«*Helsingin Sanomat* berichtet von Morddrohungen, die Teuvo Hassinen in den letzten Wochen erhalten haben soll. Wie kommentieren Sie diese Information?»

«Nach Wissen der Kriminalpolizei hat es keine derartigen Drohungen gegeben.»

«Es gab keine?» Der Reporter war überrascht.

«Wir sind über keine solchen Vorfälle informiert worden. Bei Drohungen gegen hohe Beamte ermittelt die Sicherheitspolizei, und von dort wurde uns nichts zur Kenntnis gebracht.»

«Die Sicherheitspolizei hat Sie also nicht über die Drohbriefe informiert?»

«Nein.»

«Wie finden Sie das?»

«Natürlich nicht sehr angenehm.»

«Gibt es Reibereien zwischen der SUPO und der Kriminalpolizei?»

Takamäki zögerte kurz. «Diese Frage möchte ich nicht beantworten.»

«Sie möchten dazu nichts sagen?»

«Nein.»

«Okay, das war dann alles. Besten Dank. Ach ja, steht der Termin für die nächste Pressekonferenz schon fest?»

«Nein. Wenn eine stattfindet, geben wir eine Mitteilung heraus.»

«Gut. Auf Wiederhören.»

Es war fast sieben Uhr, als Takamäki endlich in den Besprechungsraum kam. Unterwegs hatte er drei weitere Telefoninterviews gegeben. Offenbar blieb ihm nichts anderes übrig, als bald wieder eine Pressekonferenz zu veranstalten, wenn der Telefonzirkus schon am frühen Morgen solche Ausmaße annahm.

Mit den Interviews war er allerdings zufrieden. Zumindest würde die Stichelei gegen die Sicherheitspolizei Aufmerksamkeit finden.

«Frischer Kaffee, Leute», verkündete er und stellte eine Thermoskanne auf den Tisch. Im Besprechungsraum saßen zwei Ermittler, eine Frau und ein Mann.

«Wie war die Nacht?», erkundigte sich der Kommissar.

«Einige Razzien, aber nichts Neues», erwiderte die Ermittlerin.

«Razzien? Wo?»

«In Wohnungen, in denen Ström und Maserati gehaust haben könnten. Ansonsten war alles ruhig, auch am Hinweistelefon. Ein paar Scherzbolde, einige, die politische Hetztiraden ablassen wollten, und einer, der zu wissen behauptete, wo der Mörder wohnt.»

«Und?»

«Eine Zivilstreife ist zu der angegebenen Adresse gefahren. Es war die Stadtwohnung des Innenministers.»

Takamäki lachte.

Der Beamte gähnte. «Mir hat einer erzählt, Gott hätte Hassinen wegen seiner Weibergeschichten gestraft. Kurz danach hat ein Mann angerufen, von dessen Gebrabbel ich aber kein Wort verstanden habe.»

«Keine Reaktionen auf den Artikel in *Helsingin Sanomat?*»

«Nein. Das heißt, der Anruf wegen dem Innenminister kam am frühen Morgen, könnte also mit dem Bericht zu tun haben.»

«Nehmt euch Kaffee», forderte Takamäki die beiden auf. Der Fernseher lief, im Frühstücksfernsehen wurde lebhaft über politische Morde debattiert.

Auf dem Tisch lagen mehrere Zeitungen. Die beiden Boulevardblätter widmeten dem Mordfall das gesamte Titelblatt und etwa zehn weitere Seiten. Das eine der beiden, *Ilta-Sanomat*, hatte irgendwie herausgefunden, dass Hassinen erschossen worden war. Die Schlagzeile war reißerisch: «Generalsekretär im eigenen Dienstzimmer exekutiert». Es überraschte Takamäki nicht, dass die Todesursache publik geworden war.

«Muss man daraus den Schluss ziehen, dass in Finnland keine Sicherheit mehr herrscht? Bei politischen Morden denkt man doch eher an Länder wie zum Beispiel Kolumbien», fragte der Reporter des Frühstücksfernsehens. Seine Gesprächspartner waren ein Wissenschaftler vom Rechtspolitischen Institut und irgendein Großkopf aus dem Innenministerium. Takamäki blieb vor dem Gerät stehen und hörte zu.

Der Wissenschaftler reagierte als Erster. «Unseren Untersuchungen zufolge ist das Sicherheitsniveau in Finnland nach wie vor hoch. Aus diesem einen Fall kann man keine allgemeinen Schlüsse ziehen.»

«Die Zahl der Kapitalverbrechen steigt aber kontinuierlich», wandte der Reporter ein.

«Schon, aber … Für die Bürger ist das Leben nicht gefährlicher geworden, diese Totschläge und Morde werden in den unteren sozialen Schichten begangen. Wo am meisten Alkohol getrunken wird, da wird auch am meisten getötet.»

Takamäki schnaubte entrüstet. Menschen aus der Unterschicht waren also keine Bürger, sondern haltlose, blutrünstige Säufer? Überhaupt war er der Meinung, dass man den Grad der Sicherheit nicht an der Zahl der Mordfälle messen konnte. Es waren die Massendelikte, die ein Gefühl der Schutzlosigkeit auslösten.

Bei Autodiebstählen und Wohnungseinbrüchen lag die Aufklärungsrate bei etwa zehn Prozent, bei Körperverletzungen nur wenig höher. Die mangelnde Effizienz der Polizei schuf die Grundlage für das weitverbreitete Unsicherheitsgefühl.

Takamäki hätte dafür noch zwei weitere Schuldige benennen können: das Rechtswesen und die Medien. Beide behandelten Gewalttaten wie etwas, das nur auf dem Papier geschieht.

Die echte Gewalt sah man in den Krankenhäusern: formlose, bis zur Unkenntlichkeit geprügelte Gesichter oder aufgeschlitzte Kehlen. Das Rechtswesen weigerte sich, die Perspektive des Opfers in Betracht zu ziehen, und ging stattdessen von der Lebenssituation des Täters aus, wie es dem rechtspolitischen Trend seit den 1960er Jahren entsprach. Es war leicht, die Wahrheit unter Papieren zu vergraben und Verständnis für die Schuldigen aufzubringen. Wenn im Polizeiprotokoll stand «schlug dem Opfer ein Bierglas ins Gesicht», so ergab dies kein Bild von der Realität, von den brechenden Gesichtsknochen und dem fließenden Blut. Geldbuße oder Bewährungsstrafe …

Nicht weniger Verantwortung hatten die Medien. Auch sie vermittelten ein geschöntes Bild. Die Gewalt wurde hinter einem trockenen, nüchternen Stil versteckt. Körperverletzungen erschienen allenfalls in Form von Statistiken, nicht als einzelne, konkrete Ereignisse. Fotos der Opfer wurden weder im Fernsehen gezeigt noch in den Zeitungen gedruckt.

Im Frühstücksfernsehen kam nun der Vertreter des Innenministeriums zu Wort. Takamäki ahnte, was kommen würde. «Das größte Problem ist die Finanzierung der Polizei …»

Blabla, dachte Takamäki. Als ob die Herren im Ministerium nicht genau wüssten, wie der Hase läuft. Solange die Polizei unterfinanziert war, blieb ihr keine andere Wahl, als sich auf die Sicherung der öffentlichen Ordnung zu konzentrieren, auf die «unteren Sozialschichten». Wenn sie mehr Geld und Personalressourcen hätte, würde die Kripo womöglich auch den sogenannten besseren Leuten auf die Finger schauen.

Mit zusätzlichen Mitteln war nicht zu rechnen, denn vor einigen Jahren hatte die Kriminalpolizei korrupte Machenschaften einiger Politiker aufgedeckt, und seither waren die Beziehungen gespannt. Womöglich würden sie sich durch den aktuellen Fall sogar noch verschlechtern – spätestens, wenn publik wurde, wer auf den Videos mit Laura Hassinen und anderen Gespielinnen zu sehen war.

# 22

Die erste Besprechung im Zimmer des Dezernatsleiters war für acht Uhr angesetzt. Um neun Uhr sollte dann im Besprechungsraum eine Sitzung im größeren Kreis stattfinden. Zum Chefzimmer hatte man diesmal nur auf Einladung Zutritt.

Anwesend waren außer Takamäki und Dezernatsleiter Karhuvuori lediglich von Martens von der Wirtschaftskriminalität und Koski, der Spurensicherer der Zentralkripo, der Grönlunds Haus durchsucht hatte. Nykänen hätte auch teilnehmen sollen, doch Takamäki hatte ihm strikt untersagt, sich vor neun Uhr im Präsidium blicken zu lassen. Für Gas kriegt man eine Stunde frei, hatte er gewitzelt.

Takamäki berichtete zunächst über die Jagd auf Laura Hassinen und über das Material, das in Grönlunds Haus gefunden worden war. Er wurde unterbrochen, als Koskis Handy klingelte. «Ja?», meldete sich Koski und sah die anderen an. Sie nickten und warteten geduldig. Neue Informationen waren jederzeit willkommen. Koski hörte eine Weile zu, bedankte sich und steckte das Handy weg.

«Okay», begann er. «Es gibt was Neues.»

«Und?», drängte Takamäki.

«Die Kugel in Grönlunds Kopf passt zu der, die in Hassinens Schädel gefunden wurde. Beide sind aus derselben Waffe abgefeuert worden.»

«Aus derselben Neunkaliberpistole?»

«Über die Waffe wissen wir noch nichts Genaues. Neunmillimeterpatronen können für verschiedene Revolver und Pistolen verwendet werden.»

«Der Täter läuft also mit Sicherheit noch frei herum», meinte Takamäki, und Koski nickte.

«Wieso mit Sicherheit?», fragte Karhuvuori.

«Hassinen wurde am Mittwoch erschossen, Grönlund aber erst am Donnerstag. Da Ström und Maserati am Mittwochabend festgenommen wurden, kann keiner der beiden der Täter sein. Es sei denn, sie hätten die Waffe nach dem ersten Mord weitergegeben, aber das halte ich für unwahrscheinlich.»

«Ist mir auch noch nie untergekommen», gab Karhumäki zu. «Aber bekanntlich gibt es für alles ein erstes Mal.»

«Ich halte es auch für wahrscheinlicher, dass weder Ström noch Maserati der Täter ist», sagte Koski. «Der Schmauchspurentest entlastet die beiden ja ebenfalls. Bei den Patronen, die hier verwendet wurden, bleiben nämlich auf jeden Fall Spuren.»

«Na ja, nicht immer. Sie können abgerieben werden, man kann die Kleidung wechseln, Handschuhe tragen …», wandte Takamäki ein.

«Klar», unterbrach ihn Koski leicht verärgert. «Aber in unserem Fall wird das Ergebnis ja durch andere Indizien unterstützt.»

«Mit anderen Worten, wir haben die Fahrer, die Beihelfer», fasste Karhuvuori zusammen.

«Habt ihr in Grönlunds Haus irgendwelche Spuren gefunden?», fragte Takamäki.

«Jede Menge. Das Haus wurde längst nicht so gründlich geputzt wie Hassinens Dienstzimmer», erklärte Koski. «Das Problem ist natürlich, dass wir nicht wissen, wann welche Abdrücke hinterlassen wurden. Grönlund hat Partys mit zig Gästen gefeiert. Wie sollen wir Fingerabdrücke oder Haare harmloser Gäste von denen des Killers unterscheiden?»

«Du bist doch hier der Experte», frotzelte Takamäki.

«Wir haben natürlich alles gesammelt und gehen es durch. Aber das dauert seine Zeit. Am interessantesten ist zweifellos der Fußabdruck.»

«Welcher Fußabdruck?», fragte Karhuvuori.

«Grönlund war ja gerade aus der Dusche gekommen und hatte den Teppichboden nass gemacht. An der feuchten Stelle hat unser Schuhexperte mit seinem elektronischen Wunderwerk einen Schuhabdruck hervorgezaubert. Wir haben ihn natürlich mit den Schuhen der Karhu-Männer verglichen, die da rumgelaufen sind, aber von denen stammt er nicht. Derjenige, der ihn hinterlassen hat, war im Haus, nachdem Grönlund geduscht hatte.»

«Und?», fragte Takamäki und amüsierte sich insgeheim über den Spleen der Kriminaltechniker, sich die besten Brocken immer bis zum Schluss aufzubewahren.

«Ein Halbschuh, Größe 45.»

«Sonst nichts?»

«Noch nicht. Wir haben eine ziemliche Sammlung von Schuhabdrücken im Labor, aber auf dem Teppichboden hat sich die Sohle nicht so genau abgezeichnet. Jedenfalls sprechen wir von einem Mann, um die eins neunzig groß.»

«Keinen Namen?»

«Nein, der Name des Täters stand nicht auf der Sohle», lachte Koski.

«Was ist mit den Fotos aus dem Parlament?», mischte sich von Martens ein. «Soweit ich mich erinnere, waren da einige drauf, die von der Größe her passen würden.»

«Was sind das für Fotos?», fragte Koski.

«Die Überwachungskameras im Parlament haben alle aufgenommen, die das Gebäude betreten haben. Wir haben die Fotos bekommen, siebenhundert Stück, aber bei einer

Schnellidentifikation haben wir keine Bekannten entdeckt», erklärte Takamäki.

«Und was heißt Schnellidentifikation?»

«Unsere Ermittler vom Begeka, vom Drogen- und vom Wirtschaftsdezernat haben sich die Fotos angesehen, aber keine uns bekannten Ganoven gefunden.»

«Gescannt habt ihr sie nicht?»

«Nein. Dafür haben wir keine Software.»

«Schick sie uns mal rüber», schlug Koski vor. «Wir haben gerade ein echt gutes Programm vom FBI zur Probe da. Bei siebenhundert Fotos dauert es natürlich eine Weile, aber wir könnten dabei gleich die Software testen.»

«Das Programm vergleicht die Fotos aus dem Parlament mit denen im Polizeiregister?»

«Ja, und es funktioniert, selbst wenn die Bildqualität nicht optimal ist. Beim ersten Test haben wir unser gesamtes elektronisches Bildarchiv genommen, also sowohl die Verbrechergalerie als auch alle Fotos, die für Dienstausweise gemacht wurden, und dann haben wir unsere Ermittler in verschiedenen Situationen fotografiert, sozusagen als Training. Wir könnten die Parlamentsfotos mit der Datenbank vergleichen.»

«Unbedingt. Gibt es sonst noch was?», fragte Takamäki.

«Die Bestechungsgeschichte», begann von Martens.

«Erzähl.»

«Schwer zu sagen, wie das alles zusammenhängt, aber die Videos sind interessant. Die normaleren Sexspiele sind hauptsächlich im Strand Intercontinental gefilmt worden, allem Anschein nach immer im selben Zimmer.»

«Das macht natürlich Sinn, wenn die Kamera irgendwo versteckt ist», sagte Takamäki.

«Wir würden das Zimmer gern suchen. Vielleicht lässt

sich dann feststellen, wer es bezahlt hat», fuhr von Martens fort.

«Ja, macht das. Sicher lohnt es sich auch, alle aufzulisten, die in den letzten zwei Jahren im Videozimmer übernachtet haben.»

«Ziemliche Arbeit. Außerdem weiß ich nicht, wie lange die Gästelisten überhaupt aufgehoben werden müssen.»

«Das lässt sich doch leicht feststellen», warf der Dezernatsleiter ein.

«Okay, wir klemmen uns dahinter. Interessant wäre auch, wie viel die Hotelleitung von der Sache weiß.»

«Das führt uns allerdings ziemlich weit weg von dem Mord», gab Karhuvuori zu bedenken.

«Schaut euch gründlich um», unterbrach ihn Takamäki.

«In so einem Hotel gibt's aber ziemlich viel Material ...»

«Wenn ihr mehr Leute braucht, spreche ich mit eurem Chef», sagte Karhuvuori. «Das lässt sich bestimmt regeln. Ihr brütet ohnehin immer so lange an euren Fällen, dass es auf ein paar Tage mehr oder weniger nicht ankommt.»

«Und dann ist da noch Arendon», fuhr von Martens fort.

«Was ist damit?», fragte Takamäki.

«Da müssten wir bald eine Razzia machen.»

«Wieso?»

«Na, wenn die erfahren, dass wir Grönlunds Kartei haben, lassen sie natürlich alles brisante Material verschwinden.»

Takamäki überlegte. «Der Fall geht auf wie Hefeteig, verdammt nochmal. Wir sind da auf einen richtigen Eiterbeutel gestoßen. Die SUPO hat gestern von Spionage gesprochen, du bringst Bestechung rein, Suhonen untersucht Schnapsschmuggel, und Nykänen ist einem Sexgeschäft auf der Spur, an dem wer weiß wer beteiligt ist. Und zu all dem Mist haben wir zwei Morde aufzuklären.»

Karhuvuori ließ ihn ausreden und bat von Martens und Koski dann, ihn mit Takamäki allein zu lassen. Als die Tür hinter den beiden zufiel, fragte er: «Das Motiv für die Morde – was ist deine Vermutung?»

«Ich habe keine.»

«Keine Hypothese?»

«Ich sammle Fakten und ziehe daraus meine Schlüsse.»

«Du kannst von mir aus ein Dutzend Ermittlungslinien verfolgen, aber die Hauptkräfte musst du doch auf die wichtigsten konzentrieren.»

«Dafür hätte ich eben gern Fakten», beharrte Takamäki.

«Fakten hast du wie Sand am Meer. Welches sind die wesentlichsten?»

Takamäki schwieg.

«Lass es mich anders formulieren», sagte Karhuvuori. «In was waren Hassinen und Grönlund so tief verwickelt, dass sie umgebracht werden mussten? Spionage? Bestechung? Schnapshandel? Oder Kuppelei?»

«Oder in etwas, von dem wir noch gar nichts wissen.»

«Zum Beispiel in den Mord an Olof Palme, oder wie?»

Takamäki äußerte sich nicht dazu.

«Kari, ich sage es dir geradeheraus», fuhr Karhuvuori fort. «Das ist ein verdammt großer Fall, den dürfen wir nicht vermasseln. Wir müssen den Mörder finden, sonst geht es uns wie den Schweden. Über die lacht immer noch alle Welt.» Er machte eine kleine Pause, als wollte er sich vergewissern, dass seine Worte angekommen waren. «Hast du die Zeitungen gesehen? In sämtlichen Leitartikeln wird gefordert, dass die Polizei den Fall schnellstens klärt. Wir brauchen Resultate, und zwar in den nächsten zwei Tagen. Mach den Fall nicht zu kompliziert. Der Ratschlag kommt nicht von mir, sondern von sogenannten höheren Instanzen.»

Takamäki schwieg.

«Hast du mich verstanden?», fragte Karhuvuori.

Er bekam keine Antwort.

«Und was sollte das Spektakel im Vaakuna gestern Nacht, verdammt nochmal? Das Restaurant abgeriegelt, alle Hotelzimmer durchsucht … Ich hab den ganzen Morgen wütende Anrufe gekriegt.»

«Von wem?»

«Das spielt keine Rolle. Du darfst den Sinn für die Proportionen nicht verlieren. Du hast zwei Morde aufzuklären, und die Spuren erkalten langsam, aber verdammt sicher. Wenn dir der Fall über die Ohren wächst, kann ich ihn an die Zentralkripo weiterleiten.»

Takamäki sagte noch immer nichts.

Etwas versöhnlicher fuhr Karhuvuori fort: «Ich habe dreißig Jahre Erfahrung mit Mordermittlungen. Die meisten Fälle sind simpler, als man meint. Frauen, Schulden oder Schnaps. Da findet sich das Motiv. In Finnland werden Leute wegen Bagatellen umgebracht.»

«Du meinst, es wäre besser, wenn Maserati und Ström Hassinen wegen der Drogenschulden seiner Tochter abgeknallt hätten?»

«Es wäre besser, wenn der Fall aufgeklärt würde, und zwar schnell.»

«Na, dann sag doch Koski, er soll die Ballistikresultate fälschen. Damit hätten wir den Fall gelöst, und zwar schnell.»

«Lass die Faxen, Kari», sagte Karhuvuori peinlich berührt.

«Lass du die Faxen. Ich will den Fall gründlich untersuchen», sagte Takamäki und stand auf.

«Was ist mit der Bombendrohung bei dir zu Hause?», fragte Karhuvuori noch.

«Ich habe nichts mehr gehört. War wohl nur ein dummer Scherz.»

«Hoffen wir es.»

Von Martens und Koski warteten auf dem Flur. Takamäki lächelte. «Alles in Ordnung. Koski, die Fotos liegen im Besprechungsraum. Lass sie durch euer System laufen.»

Koski nickte und ging. Takamäki zog von Martens beiseite. «Bezieh Arendon mit ein. Mach deine Razzia, aber sag mir eine Stunde vorher Bescheid.»

Von Martens lächelte.

Auf dem Flur rief jemand: «Takamäki, zum Teufel!»

Der Kommissar drehte sich um: «Da schau an, Suhonen. Wo hast du dich denn rumgetrieben? Deine Tränensäcke sind ja größer als deine Nase.»

Suhonen rieb sich das Gesicht. «Die sind größer als alle meine Säcke.»

«Wie war's in Hyvinkää?»

«Wir haben das Lager heute früh um vier gestürmt. Mit der Schnapsmenge, die da rumstand, könnte man sämtliche Polizisten im Land blau machen. Siebentausend Liter!»

«Ein guter Coup.»

«Ach was, für die Gauner ist das ein Klacks.»

Takamäki rechnete schnell nach. «Bei hundertfünfzig pro Liter ergibt das eine Million Finnmark.»

Suhonen schüttelte den Kopf. «Wir müssten jeden Tag zwei Lager ausheben, um Wirkung zu erzielen. Es ist dasselbe wie mit den Drogen. Wir können einzelne Schlachten gewinnen, aber den Krieg haben wir längst verloren.»

«Und Bergroth?»

«War nicht da.»

«Es war aber sein Geschäft?»

Suhonen nickte. «Offiziell gibt das natürlich keiner zu, aber einer der Verdächtigen hat es mir auf dem Weg zum Revier verraten. Allerdings wussten wir ja schon vorher, dass B drinsteckt.»

«Noch was?»

«Ja, derselbe Mann hat, natürlich auch nur inoffiziell, über die Baufirma Aalto und über unser Zweigespann geredet. Ström und Maserati wurden hauptsächlich als Schuldeneintreiber eingesetzt. Darauf verstehen sie sich angeblich besonders gut. Manchmal haben sie auch den Verkauf übernommen. Nicht die Routinefälle, sondern Spezialaufträge, bei denen man Erfahrung braucht. Partys von Motorradgangs und dergleichen. Den Verkäuferring bei der Baufirma haben die beiden regelmäßig beliefert, jeden Freitag oder jeden zweiten Freitag, je nach Nachfrage.»

«Das macht die Geschichte mit dem gestohlenen Auto ein bisschen fragwürdig.»

«Hat schon jemand mit dem gesprochen, der den Wagen als gestohlen gemeldet hat?»

«Sind wir noch nicht zu gekommen», sagte Takamäki. «Es war ein Baumeister, der zu einer anderen Baustelle fahren wollte und den Wagen nicht finden konnte.»

«Ich kann mir die Firma ein bisschen genauer anschauen.»

«Wenn du willst, rede mal mit dem Baumeister. Mit der Firma befasst sich das Wirtschaftsdezernat. Es ist ein kleines Unternehmen, und der Besitzer hat ein paar Konkursvergehen und Schuldbetrug auf dem Konto.»

«Welcher kleine Bauunternehmer hätte die nicht? Aber untersuchen unsere Wirtschaftsexperten die Firma oder die Leute?»

«Beides.»

Suhonen nickte, meinte aber, über den wahren Hintergrund der führenden Leute in der Firma würden die Wirtschaftsfahnder wahrscheinlich nicht viel herausfinden.

«Mag sein. Bergroth interessiert mich ohnehin viel mehr», sagte Takamäki und berichtete von Laura Hassinen, von dem beschlagnahmten Material und vor allem von dem Video, auf dem Laura mit Bergroth zu sehen war.

«Bergroth wäre es doch scheißegal gewesen, wenn man das Video zur besten Sendezeit im Fernsehen gezeigt hätte. Damit hat ihn keiner erpressen können, das kann ich mir einfach nicht vorstellen.»

«Jedenfalls weiß er aber etwas über die Geschichte. Wir müssen ihn dazu bringen, es uns zu verraten.»

Suhonen lachte. «Bergroth soll mit uns reden?»

Takamäki nickte. «Versuch dein Glück.»

Suhonen wusste, was er zu tun hatte.

# 23

Nykänen hatte wieder Kopfschmerzen, als er die Marienklinik betrat. Zwei Sanitäter, die ihm an der Tür entgegenkamen, nickten ihm zu, und er grüßte zurück, obwohl er nicht wusste, woher er die beiden kannte. Vermutlich waren sie sich bei irgendeinem Fall begegnet, Totschlag oder Körperverletzung, aber in solchen Situationen hatte Nykänen keine Zeit, sich die Namensschilder der Sanitäter anzusehen.

Er ging zur Anmeldung. Die mürrisch dreinblickende ältere Frau, die am Schalter saß, deutete auf den Apparat, an dem man sich einen Zettel mit der Wartenummer holen konnte. Dazu forderte auch ein großes Schild auf. Hinter der Frau stand ein jüngerer Arzt und blätterte in irgendwelchen Papieren.

Nykänen wusste, dass er mit seinem geschwollenen Gesicht wie ein Säufer aussah. Dennoch trat er kühn an den Schalter und bemühte sich um ein freundliches Lächeln. Er musste der Krankenschwester eine Chance geben.

«Kriminalhauptmeister Nykänen von der Kripo, guten Morgen.»

Die Krankenschwester ergriff die Chance. «Guten Morgen.»

«Ich war gestern Abend zur Behandlung hier, weil ich im Dienst OC-Gas ins Gesicht bekommen hatte.»

Nun lächelte die Frau sogar. Sie hatte es also doch nicht mit einem Betrunkenen zu tun, nicht mal mit einem betrunkenen Polizisten. «Ja», sagte sie teilnahmsvoll. «Man sieht es immer noch.»

«Ich habe in der Aufregung gestern vergessen, um ein Attest zu bitten. Unsere betriebsärztliche Abteilung braucht es wegen der Krankschreibung», schwindelte Nykänen. Für den Betriebsarzt brauchte er das Attest nicht, und krankschreiben lassen wollte er sich auf keinen Fall. Nicht mitten in den Ermittlungen. Er brauchte das Attest für die polizeiliche Untersuchung, denn er wollte dafür sorgen, dass der Portier, der ihm das Gas ins Gesicht gesprüht hatte, wegen gewaltsamen Widerstands gegen einen Polizeibeamten verurteilt wurde und seine Lizenz verlor.

«Das dürfte kein Problem sein», sagte die Frau und machte sich am Computer zu schaffen. «Nykänen, sagten Sie?»

«Ja.»

Die Frau ließ die Maus ein paarmal klicken. «Ja, hier ist es. Die Adresse haben wir, und sobald der Arzt, der letzte Nacht Bereitschaftsdienst hatte, wieder hier ist, können wir das Attest ausstellen. Ich würde sagen, dass Sie es im Lauf einer Woche bekommen.»

Nykänen war enttäuscht. Er hatte damit gerechnet, das Attest gleich mitnehmen und sofort weiterleiten zu können. Er war einigermaßen erpicht darauf, den Portier arbeitslos zu machen. Zumal die Operation im Hotel und im Restaurant erfolglos verlaufen war.

Pesonen hatte ihm gleich am Morgen Bericht erstattet. Das einzige positive Ergebnis war, dass bei der Überprüfung der Personalien zwei wegen Wirtschaftsdelikten zur Fahndung ausgeschriebene Männer entdeckt worden waren. Die Liste der Gäste war, wie Pesonen meinte, in jeder Hinsicht interessant, aber für die Mordermittlungen nutzlos.

Man hatte zwar den Tisch ausfindig gemacht, an dem Laura Hassinen und ihr Begleiter gesessen hatten, aber die Gläser waren bereits abgeräumt worden. Auch am Tisch waren keine Fingerabdrücke zurückgeblieben, denn der Kellner hatte ihn beim Abräumen mit einem feuchten Tuch abgewischt. Der Barkeeper, der Laura zugewinkt hatte, wusste angeblich nur, dass sie eine Prostituierte war.

Der Arzt, der hinter der Krankenschwester gestanden hatte, war auf die andere Seite des Schalters getreten und räusperte sich.

Nykänen drehte sich zu ihm um. Der Arzt war etwa dreißig, hatte sandfarbene kurze Haare und trug eine Brille. Auf Nykänen wirkte er ein wenig weichlich, aber das war bei jungen Kripobeamten nicht anders. Erst durch Erfahrung wurde man hart.

«Sie sagten, Sie sind von der Kriminalpolizei.»

«Ja. Kriminalhauptmeister Nykänen vom Gewaltdezernat.»

«Kann ich bitte Ihren Dienstausweis sehen?»

Nykänen wunderte sich, zog aber den Ausweis aus der Brusttasche seiner Lederjacke.

«Jukka Mattson», stellte sich der Arzt vor und schüttelte Nykänen die Hand. Sein Händedruck war fester, als Nykänen erwartet hatte.

«Es ist vielleicht ein wenig ungewöhnlich, aber ...»

«Ja?»

Der Arzt zögerte, dann winkte er Nykänen beiseite. «Es ist gegen die Spielregeln, aber ... Ich hätte die Polizei nicht extra angerufen, aber da Sie nun einmal hier sind ... In meinem Beruf muss man zum Besten der Menschen handeln.»

Nykänens Verwunderung wuchs.

«Kommen Sie mit», sagte der Arzt und ging zum Lift. Die Tür stand offen, die beiden betraten die Kabine, und Mattson drückte auf die Drei. Nykänen war oft genug in der Marienklinik gewesen, um zu wissen, dass sich im dritten Stock die Notaufnahme befand.

«Also schön.» Der Arzt gab sich einen Ruck. «Gestern Nacht gegen zwei Uhr kam eine junge Frau weinend an den Schalter, an dem Sie gerade waren. Die Sanitäter haben sie zur Notaufnahme gebracht.»

Der Aufzug hielt und die Tür ging auf. Auf dem Gang blieb der Arzt stehen. «Die Patientin war verwirrt und hat kein Wort gesagt. Sie hatte aber Verletzungen an den Armen. In so einem Fall besteht natürlich Verdacht auf Vergewaltigung, und unseren Vorschriften nach wird jede Frau, der Gewalt angetan wurde, gynäkologisch untersucht. Na ja, und ich war in dem Moment gerade frei.»

«Ja», sagte Nykänen.

«Wir hatten keine Informationen darüber, wer die Frau war, wir wissen es immer noch nicht, aber wir haben sie über Nacht hier behalten.»

«War sie vergewaltigt worden?», fragte Nykänen mit leichter Ungeduld. Wenn er zur Neun-Uhr-Besprechung im Präsidium sein wollte, musste er dem Arzt Beine machen.

«Ich habe sie untersucht. Am ganzen Körper und auch gynäkologisch. Sie hatte Geschlechtsverkehr gehabt und trug Spuren von Misshandlungen am Körper, aber nicht die typischen Male, die entstehen, wenn das Opfer festgehalten wird oder sich wehrt. Auch im Gesicht nichts, obwohl Gesichtsverletzungen bei Vergewaltigungen besonders häufig sind.»

«Aber?»

«Einstichnarben an den Beinen verraten, dass sie Fixerin ist, was natürlich ihren verwirrten Zustand erklärt.»

«Hat die Frau selbst irgendetwas gesagt?»

«Nein. Ich habe sie gefragt, wie sie heißt und wen wir

benachrichtigen sollen, aber sie hat nur einen Finger vor die Lippen gehalten und gezischt. Die Polizei wollte sie nicht. Ich habe sie auch gefragt, ob sie vergewaltigt worden ist, aber sie hat den Kopf geschüttelt.»

«Welcher Art waren die Verletzungen?»

«Ja, das ist der springende Punkt. Ebendeshalb wollte ich mit Ihnen sprechen. Sie hat Abschürfungen und Schwellungen an den Handgelenken und Knöcheln. Als ob man sie gefesselt hätte.»

«Gefesselt?»

«Danach sah es aus. Aber es waren keine frischen Spuren. Ehrlich gesagt, aufgrund meiner Befunde wäre die Sache als leichte Körperverletzung einzustufen, und da kann ja nur das Opfer Anzeige erstatten. Als Arzt hätte ich also eigentlich nicht das Recht, darüber zu sprechen …»

«Wo ist die Frau?», unterbrach ihn Nykänen.

Der Arzt fuhr zusammen.

«Zumindest muss ich sie mir ja wohl ansehen.»

«Zimmer 32. Sie liegt allein.»

Nykänen marschierte zielstrebig auf die Tür zu, gefolgt von dem immer noch unschlüssigen Arzt. Er klopfte und trat ein.

Die Frau lag mit geschlossenen Augen im Bett. Diesmal erkannte Nykänen sie sofort, obwohl sie bei weitem nicht mehr so großartig aussah. Es war Laura Hassinen.

# 24

«Guten Morgen», sagte Takamäki.

Maserati nickte. Er saß in einem der kargen Vernehmungsräume. Eigentlich fand er die hellen Wände gar nicht so übel – wenn man sie mit dem Giftgrün seiner Zelle verglich. Außerdem stank es hier nicht nach Pisse und Scheiße. Eine Vernehmung brachte wenigstens eine kleine Abwechslung. Seit Maserati am Mittwochabend verhaftet und vernommen worden war, hatte niemand mehr mit ihm geredet. Auch die Wärter im Polizeigefängnis hatten strikte Anweisung, nicht mit den Verdächtigen zu sprechen.

Der Wärter schloss die Tür zum Vernehmungsraum und wartete auf dem Gang, wie Takamäki es angeordnet hatte. Der Kommissar saß dem Verdächtigen ganz allein gegenüber.

«Möchtest du mir vielleicht irgendetwas über die Ereignisse erzählen?»

«Über welche Ereignisse?», fragte Maserati zurück.

Takamäki legte eine Schachtel Marlboro und Streichhölzer auf den Tisch.

«Ich bin Nichtraucher», versetzte Maserati.

Takamäki zuckte die Achseln. «Das hier ist keine offizielle Vernehmung. Unser Gespräch wird also nicht auf Band aufgenommen. Wenn du aufhören willst, brauchst du es nur zu sagen, dann schicke ich dich zurück in die Zelle.»

Maserati sah ihn verdutzt an. Er hatte geglaubt, endlich eingehend verhört zu werden, mit Videokamera und allem Pipapo.

«Möchtest du zurück?»

Maserati wusste nicht, was er antworten sollte, war aber neugierig geworden und schüttelte den Kopf.

«Du willst nicht in deine Zelle?»

«Nein.»

«Okay. Dann reden wir jetzt mal ganz offen miteinander», sagte Takamäki. Er legte eine kleine Kunstpause ein, als müsse er seine Gedanken sammeln. In Wahrheit ging es ihm darum, Maserati für ein kleines Plauderstündchen zu gewinnen. «Seit Mittwochabend ist verdammt viel passiert. Das Ganze ist ein höllisches Durcheinander, und du steckst mittendrin.»

Maserati schwieg.

«Weißt du, wer der Tote in eurem Auto war?»

«Was für ein Toter?»

«He, stell dich nicht blöd!» Takamäki wurde lauter. «Noch einmal, und du wanderst zurück in deine Zelle. Wenn du nicht aufpasst, sitzt du lebenslänglich für Mord, und lebenslänglich dauert in diesem Fall tatsächlich bis ans Ende deines Lebens. Der Präsident, der dich begnadigen könnte, ist gerade erst eingeschult worden.»

Takamäki sah dem Ganoven in die Augen, doch der fixierte die Wand. «Weißt du, wessen Leiche das war?»

Maserati schwieg. Eine Minute verging. Takamäki ließ ihn schmoren. Schließlich schüttelte der Kraftprotz den Kopf.

«Du weißt es nicht?»

«Nein», sagte Maserati leise.

«Na, dann will ich es dir erzählen. In eurem Kleintransporter haben wir die Leiche von Teuvo Hassinen gefunden, dem Generalsekretär des Parlaments.»

«Was?» Maserati riss die Augen auf. «Was soll das, Mann? Willst du mich verarschen?»

Takamäki hatte den Eindruck, dass die Reaktion echt war.

Er traute Maserati nicht zu, so gut bluffen zu können. Umso besser, dass es sich um eine inoffizielle Vernehmung handelte. Wenn Maseratis Verblüffung durch eine Videoaufnahme dokumentiert wäre, hätte sein Anwalt vor Gericht eine Trumpfkarte gehabt. So aber hatte die Polizei die Situation unter Kontrolle.

«Ich verarsch dich nicht. Und du kannst dir sicher denken, dass da draußen die Hölle los ist. Immerhin sind wir hier in Finnland und nicht in irgendeiner Bananenrepublik.»

«Scheiße!», sagte Maserati.

Nun schöpfte Takamäki Hoffnung. Es bestand eine Chance, dass Maserati redete. Der Kommissar stützte die Ellbogen auf den Tisch, um sich in Körperhaltung und Gesten dem Verdächtigen anzugleichen und so sein Vertrauen zu gewinnen. Er sah, dass Maserati einen flüchtigen Blickkontakt herstellte. Auch das war ein gutes Zeichen.

«Ich glaube, du bist gewaltig verscheißert worden», sagte Takamäki. Auch dieser Satz war ein Schachzug – er ergriff gewissermaßen für den anderen Partei. Maserati schnaubte, sagte aber nichts.

«Ich sag dir ganz offen, dass ich dir glaube. Ich weiß, dass du Hassinen nicht erschossen hast. Ström war's auch nicht. Das ist eure Chance. Obwohl ihr nicht geschossen habt, könnt ihr wegen Beteiligung an einem Mord zu ‹lebenslänglich› verurteilt werden. Wenn eure Rolle kleiner war, werdet ihr wegen Beihilfe zum Mord angeklagt. Dann sprechen wir von fünf bis sieben Jahren Knast. Wenn ihr aber bloß für den Transport zuständig wart, kann man euch nur wegen Störung der Totenruhe verurteilen, Maximum zwei Jahre. Aber das hängt ganz von dir ab.»

«Was ist mit Ström?»

«Mit dem hab ich noch nicht gesprochen.»

«Kann ich ihn sehen?»

«Ich werd's mir überlegen, aber zuerst musst du mir ein paar Antworten geben.»

Maserati überlegte. «Das ist echt verzwickt.»

«Bestimmt … Wo habt ihr die Leiche geholt?»

Maserati sah dem Kommissar in die Augen. «Du nimmst das bestimmt nicht zu Protokoll?»

«Nein.»

«Und hier ist auch kein verstecktes Mikrophon?»

«Nein.»

«Warum sollte ich dir trauen?»

«Der Polizei kann man doch immer trauen», witzelte Takamäki.

Maserati lachte auf. «Ich muss mir aber noch überlegen, was ihr aufschreiben dürft.»

«Die offizielle Vernehmung machen wir später.»

Maserati seufzte. «Unser Job war ziemlich simpel. Wir haben das Bündel abgeholt und wollten es in der Nacht verschwinden lassen.»

«Wer sollte da drin stecken?»

«Das wussten wir nicht. Ich dachte, es war irgendwer, der nicht mit der Knete rüberkommen wollte und deswegen umgelegt worden war.»

«Drogenschulden?»

«Drogen, Schnaps, Spielschulden, ist doch egal. Zur Abschreckung eben.»

«Hatte das mit dem Schnapsschmuggel zu tun?»

«Kann sein.»

«Wohin solltet ihr die Leiche bringen?», fragte Takamäki. Es war am besten, die einfachen Fragen zuerst zu stellen. Er hatte noch ein paar schwierigere in petto.

«Das konnten wir uns selbst aussuchen. Als wir gestoppt

wurden, hatten wir uns gerade überlegt, ob wir sie in einen See schmeißen oder lieber irgendwo verbuddeln sollen.»

«Es war also keine bestimmte Stelle vorgesehen?»

«Nee. Wir dachten uns, wir fahren drei, vier Stunden Richtung Norden und erledigen es in der Nacht. Wahrscheinlich hätten wir sie irgendwo im Wald vergraben. Ein See ist nicht so gut, da steigt die Leiche irgendwann doch wieder hoch.»

Takamäki überlegte, wie viele Leichen Ström und Maserati wohl schon entsorgt haben mochten. Mehrere kleine Dealer waren nämlich spurlos verschwunden. Doch für solche Fragen war jetzt nicht der richtige Moment.

«Und wo habt ihr das Paket geholt?»

«Wir sollten gegen neun ans Ufer in Eira fahren, dahin, wo im Winter die Boote aufgebockt werden. Um diese Jahreszeit ist es da ziemlich ruhig.»

«Und …»

«Da sollte ein silbergrauer Mercedes stehen. Der war leicht zu finden. Wir haben direkt daneben geparkt und die Leiche umgeladen.»

«Gehört der Hiace euch?»

«Na ja, er gehört uns nicht, aber wir durften ihn benutzen, wenn wir ihn brauchten. Geklaut haben wir den nicht, wir haben ihn tagsüber von einer Baustelle geholt. Ich hab sogar Schlüssel dafür. Verdammt nochmal, wer wäre denn so blöd, eine Leiche in einem geklauten Wagen zu kutschieren?»

«Von welcher Baustelle?»

«Museokatu 20, da wird renoviert. Da steht er immer.»

«Der Wagen war übrigens als gestohlen gemeldet worden.»

«Das kann nicht sein! Da ist irgendwas schiefgelaufen, verdammt», sagte Maserati. Dann begriff er. «Deswegen sind wir bei der Kontrolle hängengeblieben? Verdammte Kacke!»

Takamäki lächelte teilnahmsvoll. «Künstlerpech.»

«Scheiße, verfluchte!»

«Nochmal zurück zu dem Bootslager. Erzähl mir genauer davon.»

Maserati beruhigte sich. «Das war easy. Das Auto stand da, wo es sein sollte. Irgendwer lief mit seinem Hund rum, deswegen haben wir so zehn, fünfzehn Minuten gewartet, ehe wir losgelegt haben.»

«Im Auto?»

«Ja. Wir hatten vielleicht zwanzig Meter weiter weg geparkt und haben die Lage ausbaldowert. Observieren nennt ihr das. Und als die Route frei war, sind wir neben den Mercedes gefahren.»

«Wer von euch ist gefahren?», fragte Takamäki. Die Information war belanglos, die Frage diente nur dazu, Maseratis Glaubwürdigkeit zu testen, sofern auch Ström bereit war, zu reden.

«Ström, den ganzen Abend.»

«Und dann?»

«Na ja, der Kofferraum von dem Mercedes war offen, wie abgemacht. Der Kadaver war in Plastik verpackt, ich hab an den Schultern angefasst und Ström an den Beinen, und wir haben ihn in den Hiace umgeladen. Viel hat er nicht gewogen. Dann sind wir weggefahren und in Ruskeasuo in die Kontrolle geraten.»

«Was für ein Mercedes war das?»

«Ein ganz normaler, silbergrau.»

«Kennzeichen?»

«Weiß nicht.»

Takamäki sah ihn scharf an.

«Ehrlich, ich weiß es nicht. In dem Job ist es besser, wenn du nicht zu viel weißt. Dann kannst du im Suff nix ausplaudern.»

«Okay. Was für ein Modell?»

«Keine Ahnung.»

«Waren am Kofferraum irgendwelche Nummern oder Zahlen?»

«Kann sein, aber ich hab nicht drauf geachtet.»

«Was solltet ihr dafür bekommen?»

«Zehn Mille pro Nase», sagte Maserati.

Nach Takamäkis Ansicht kam die Antwort eine Spur zu schnell, um wahr zu sein.

«Warum musste Hassinen umgebracht werden?»

«Keine Ahnung. Wir wussten ja nicht mal, dass er es war.»

«Und von wem habt ihr den Auftrag gekriegt?»

«Darauf kann ich nicht antworten. Ich hab jetzt schon zu viel gesagt.»

Takamäki hatte damit gerechnet, keine Auskunft zu bekommen. Er hatte jedoch noch eine Testfrage parat. «Hatte Bergroth damit zu tun?»

«Ich will jetzt zurück in die Zelle.»

Maseratis Gesicht war ausdruckslos. Takamäki konnte ihm nicht entnehmen, ob die beiden Männer die Leiche in Bergroths Auftrag transportiert hatten oder ob jemand anders dahintersteckte.

# 25

Suhonen donnerte mit dem Vorschlaghammer gegen die Tür. Holzsplitter flogen, doch das Schloss hielt. Er schlug noch einmal zu. Diesmal verbog sich das Schloss. Ein zweiter Kripomann stemmte die Tür zu der Mietwohnung im Vorort Herttoniemi mit dem Stemmeisen auf.

Außer den beiden Kripo-Leuten standen drei uniformierte Schutzleute und ein Hund vor der Tür. Der Hund bellte, rührte sich aber nicht vom Fleck.

Suhonen brüllte: «Polizei! Keine Bewegung!»

Er warf einen raschen Blick in den Flur. Menschen waren nicht zu sehen, dafür umso mehr Müll. Es roch nach Kot.

Ein Uniformierter mit Schutzschild ging als Erster hinein. Kugeln hielt der Schild nicht ab, aber gegen Fäuste oder Baseballschläger bot er Schutz. Er war auch optimal dazu geeignet, einen Angreifer an die Wand zu drängen.

Der zweite Schutzmann hatte eine Schrotflinte, der dritte hielt den Hund an der Leine. Suhonen bildete die Nachhut. Er kannte die Wohnung. Vor einigen Jahren hatte er hier schon einmal eine Razzia gemacht. Die städtische Mietwohnung im zweiten Stock bestand aus zwei Zimmern mit Kochnische.

Der einzige Grund für die Razzia war die Tatsache, dass Vili Nordström, der hier wohnte, als Dealer für Bergroth arbeitete. Suhonen hatte an diesem Vormittag bereits zwei von Bergroths Dealern heimgesucht, Nordström war der dritte.

Der Polizist mit dem Schild ging vorsichtig auf die Schlafzimmertür zu. Im Schlafzimmer gab es kein Bett, sondern nur eine Matratze, auf der ein bleicher, magerer Mann in

Unterhosen saß, die Hände hoch über dem Kopf. Der Flintenmann trat neben seinen Kollegen. «Nicht schießen!», rief der Bleiche.

«Keine Bewegung», antwortete der Polizist. «Ist noch jemand in der Wohnung?»

«Nein», stammelte der Dealer erschrocken. Der Flintenmann blieb an der Schlafzimmertür stehen, während sein Kollege den Schild sinken ließ und seine Glock-Pistole zog. Er begann, das Nebenzimmer und die Schränke zu durchsuchen. Der Hundeführer half ihm dabei. Die Wohnung war in einem fürchterlichen Zustand. Überall lagen Sachen herum, Diebesgut, das von Süchtigen gegen Drogen eingetauscht worden war.

Suhonen kam an die Schlafzimmertür. «Hallo, Vili. Wie geht's?»

Nordström hatte sich vom ersten Schreck erholt und ließ die Arme sinken.

«Keine Bewegung», sagte der Mann mit der Flinte. Sofort streckte Nordström die Hände wieder in die Höhe.

«Ganz recht, halt schön still», sagte Suhonen.

«Was macht ihr hier?»

Suhonen lachte. «Blöde Frage. Eine Razzia natürlich. Ich bin Hauptmeister Suhonen, und du stehst unter dem Verdacht, mit Drogen zu handeln.»

«Stimmt nicht.»

Der Hundeführer kam an die Tür. «Sonst niemand in der Wohnung. In der Küche liegen ein paar Minigrip-Beutel mit einem weißen Pulver. Außerdem haben wir eine Apothekerwaage gefunden.»

Suhonen schnaubte. «Stimmt nicht?»

«Das ist nur für den eigenen Gebrauch», protestierte das Mondgesicht.

«Red keinen Quatsch», sagte Suhonen. «Hast du noch mehr Stoff?»

Nordström schüttelte den Kopf.

«Hör mal, wir suchen Bergroth. Weißt du, wo ich ihn finden könnte?»

Wieder ein Kopfschütteln.

«Na, dann müssen wir eben weiter Razzien veranstalten. Auf geht's.» Suhonen sah den kleinen Ganoven an. «Wir haben diesmal keinen Grund, dich zu verhaften», log er. Zehn Gramm Amphetamin reichten für eine Festnahme. Darum ging es bei dieser Razzia jedoch nicht. «Der Stoff ist beschlagnahmt, und du kriegst demnächst eine Vorladung. Vergiss nicht zu kommen.» Insgeheim ärgerte es ihn, dass er die gestohlene Ware zurücklassen musste.

Die Polizisten gingen. «Ach ja, du solltest mal deine Tür reparieren lassen!», rief Suhonen zum Abschied.

Er hatte noch ein halbes Dutzend weitere Adressen dieser Art, wo in den nächsten Stunden ähnliche Aktionen stattfinden würden. Drogen würde man dort vermutlich nicht mehr finden, aber es ging darum, dass die Nachricht von einer massiven Operation zu Bergroth vordrang. Auch Nordström würde sich in spätestens zehn Minuten an seinen Mittelsmann wenden, und von dort würde die Botschaft Stufe für Stufe nach oben weitergeleitet werden.

Die Tür zu Takamäkis Dienstzimmer flog auf. Ein großer Mann mit Bürstenschnitt stürmte herein.

«Kannst du nicht anklopfen?», fragte Takamäki.

«Nicht immer», fauchte Ristola, der Chef des Rauschgiftdezernats.

Man musste kein Kriminalkommissar sein, um die Spannung zu spüren, die in der Luft lag.

«Was zum Teufel treibt ihr in Bergroths Umfeld?», fragte Ristola.

«Was geht euch das an?»

Ristola funkelte ihn wütend an. «Verdammt viel geht uns das an.»

«Wir untersuchen einen Mord. Falls du es nicht mitgekriegt hast: Eine hochgestellte Persönlichkeit ist erschossen worden. Wir müssen den Fall aufklären.»

«Damit hat Bergroth doch nichts zu tun. So blöd ist der nicht.»

Takamäki zuckte die Achseln.

«Dein Suhonen bringt uns mit seinen Razzien alles durcheinander, verdammt nochmal! Wir haben jahrelang gearbeitet, um Bergroth dahin zu befördern, wohin er gehört. Und jetzt macht dieser Clown völlig absurde Razzien bei Bergroths Dealern.»

«Auf meinen Befehl.»

«Auf deinen Befehl?»

«Ja», sagte Takamäki.

«Idiot. Warum, zum Teufel?»

«Weil es für den Fall Hassinen nötig ist.»

«Kannst du mir vielleicht verraten, wieso?»

«Eigentlich nicht», erwiderte Takamäki. Er ärgerte sich über die Haltung des Drogenfahnders. «Ristola, es geht hier um einen Mord, und wir tun, was getan werden muss, um ihn aufzuklären. Wenn das eure Pläne stört, *so what*. Macht die Basisarbeit von vorn, wenn nötig. Wenn du damit ein Problem hast, geh mit mir zu Pettersson, dann unterhalten wir uns über die Prioritäten.»

«Leck mich», sagte Ristola, machte auf dem Absatz kehrt und knallte die Tür zu.

Laura Hassinen war stinksauer. Die Vergewaltigungsphantasie ihres ausländischen Freiers war total aus dem Ruder gelaufen. Das Rollenspiel im 10th Floor einschließlich der Schläge und der anschließenden Autofahrt waren so weit okay gewesen. Auch das mit den Handschellen war vereinbart gewesen, und der Freier hatte im Voraus bezahlt. Er hatte ihr nicht sehr wehgetan. Die paar kleinen Blutergüsse gingen schon in Ordnung. Sie hatte sich ja auch nicht ernsthaft gewehrt, als der Mann sie im Wagen «vergewaltigt» hatte. Aber dass er sie danach einfach in Ruoholahti aus dem Auto geworfen hatte, war nicht vorgesehen gewesen.

An der U-Bahn-Station in Ruoholahti hatte Laura sich einen Schuss gesetzt, und da sie kein Taxi gefunden hatte, war sie zu Fuß in Richtung Innenstadt gegangen. Vielleicht war der Stoff schlecht gewesen oder was auch immer, jedenfalls war sie dann irgendwie in der Marienklinik gelandet.

Auch das wäre noch nicht so schlimm gewesen, aber jetzt saß sie im Polizeipräsidium in Pasila im Zimmer eines schnauzbärtigen Polizisten, der die Finger über die Computertasten fliegen ließ und zwischendurch mit der Maus herumklickte. Endlich wandte er sich ihr zu.

«Entschuldige bitte, ich habe dir ja immer noch nicht gesagt, warum du eigentlich hier bist», sagte er. Die Ärzte hatten Laura um elf Uhr entlassen. Nykänen hatte so lange in der Klinik ausgeharrt und sie gleich mitgenommen.

Laura zuckte die Achseln. Die Entschuldigung konnte ihr gestohlen bleiben. Sie wollte gehen.

«Es handelt sich um deinen Vater.»

«Das hast du mir in der Klinik schon gesagt.»

«Mein aufrichtiges Beileid.»

«Wieso? Ist ihm was passiert?»

«Weißt du es noch nicht?», fragte Nykänen verdutzt.

«Was?»

«Hast du keine Zeitungen gelesen, keine Nachrichten geguckt?»

«Nein. Ich krieg keine Zeitungen und hab auch keine Zeit, vor der Glotze zu sitzen. Was ist passiert?»

«Dein Vater wurde am Mittwochabend ermordet aufgefunden.»

«Nein! Die Scheißkerle haben es wirklich getan!», schrie Laura auf und schlug die Hände vors Gesicht.

«Wer?»

Laura Hassinen saß eine halbe Minute reglos da, dann ließ sie die Hände sinken. Ihr Gesicht war hart geworden, doch Nykänen erspähte eine einzelne Träne. «Vergiss, was ich gesagt habe. Wenn sonst nichts anliegt, möchte ich jetzt gehen.»

«Ich vergesse gar nichts. Wer hat deinen Vater umgebracht?»

Laura schwieg.

Nykänen langte über den Tisch und rüttelte sie an der Schulter. «Wer hat deinen Vater umgebracht?», drängte er.

Laura schlug ihm mit der flachen Hand ins Gesicht. «Rühr mich nicht an!»

Nykänen rieb sich die Wange. «Antworte! Wer hat ihn umgebracht? Du musst es mir sagen!»

Laura Hassinen saß schweigend da.

«Weißt du, dass du selbst unter Verdacht stehst?»

Keine Reaktion.

«Wenn du nicht redest, wirst du unter Mordverdacht festgenommen und landest im Knast.»

Das schien ihr völlig egal zu sein.

Nykänen stellte noch einige Fragen, doch aus der Frau war kein Wort mehr herauszuholen. Er rief Takamäki an und berichtete ihm von der Unterredung. Auf Nykänens Vorschlag wurde Laura Hassinen verhaftet, erkennungsdienstlich behandelt und in eine Zelle gebracht.

# 26

Takamäkis Telefon klingelte. «Hallo», meldete er sich.

«Ich versuche Kriminalkommissar Kari Takamäki zu erreichen», sagte eine trockene Frauenstimme.

«Wer spricht da?»

«Oberstaatsanwältin Roosa Kemppinen.»

Takamäki hätte am liebsten behauptet, die Frau hätte die falsche Nummer gewählt, verkniff es sich jedoch. «Takamäki am Apparat.»

«Ziemlich schwer, Ihre Telefonnummer zu bekommen», sagte die Frau.

«Soll es auch sein», erwiderte Takamäki.

«Na, zu guter Letzt habe ich es dann doch geschafft.»

«Offensichtlich. Kann ich etwas für Sie tun?»

Die Stimme wurde noch unfreundlicher. «Wir haben in der Generalstaatsanwaltschaft über den Fall Hassinen gesprochen und beschlossen, dass schon in diesem Stadium ein Oberstaatsanwalt in die Ermittlungen einbezogen wird.»

«Das haben Sie beschlossen?»

«So ist es.»

«Meines Wissens steht im Gesetz, dass die Polizei die Voruntersuchung leitet und kein Staatsanwalt, auch kein Oberstaatsanwalt.»

«Korrekt, aber im selben Gesetz heißt es, dass die Polizei die Anordnungen zu befolgen hat, die der Staatsanwalt ihr zur Gewährleistung der in Paragraph fünf definierten Ziele erteilt.»

«Und welche Anordnungen haben Frau Oberstaatsanwältin?»

«Bisher noch keine, aber wir möchten schon in der Anfangsphase einbezogen werden.»

«Im Moment haben wir wirklich keine Zeit, irgendwelche Staatsanwälte einzubeziehen. Die Ermittlungen sind im heißesten Stadium, ich kann jetzt niemanden freistellen, der Sie einarbeitet. Rufen Sie am Montag noch einmal an», sagte Takamäki und legte auf.

Er wollte nicht, dass ihm dauernd jemand von der Generalstaatsanwaltschaft über die Schulter guckte. Es war ohnehin besser, wenn alle Fäden bei einer Person zusammenliefen.

Momentan hatte er allerdings so viele Fäden in der Hand wie ein Luftballonverkäufer. Nach dem kleinen Plausch mit Maserati hatte er seine Ermittler in den Stadtteil Eira geschickt. Sie sollten an der Uferstraße von Haus zu Haus gehen und fragen, ob jemand den Kleintransporter und vor allem den silbergrauen Mercedes gesehen hatte. Auch die Halter der in der Umgebung geparkten Autos mussten ausfindig gemacht und befragt werden.

Eine zweite neue Spur war Laura Hassinen. Sie wusste etwas, wollte aber nicht reden. Da sie drogensüchtig war, durfte man immerhin hoffen, dass die Haftzelle ihre Wirkung tat. Wenn die Entzugserscheinungen einsetzten, konnte man ihr im Austausch gegen Informationen ein starkes Schmerzmittel versprechen. Der Trick hatte schon bei vielen gewirkt.

Um ein Uhr hatte von Martens mitgeteilt, dass die Wirtschaftsfahnder bereit waren, bei der Firma Arendon eine Razzia durchzuführen. Takamäki hatte erklärt, er werde mitkommen. Die Arendon-Geschichte schien so saftig zu sein, dass er es für ratsam hielt, sie im Rahmen der Mordermittlungen unter die Lupe zu nehmen. Dann würde sie auf jeden Fall gründlich untersucht werden, auch wenn der Bestechungsskandal letztlich vielleicht nichts mit den beiden Morden zu tun hatte. Jedenfalls musste am Wochenende ein eigener Ermittlungsleiter für diesen Teil der Untersuchungen benannt werden.

Die Hauptgeschäftsstelle des Unternehmens befand sich in der Keskuskatu, in einem Granitgebäude in der Nähe des Hauptbahnhofs. Die Polizisten fuhren um 13.45 Uhr mit drei Mannschaftswagen und zwei Streifenwagen in Pasila ab. Von Martens hatte vorgeschlagen, unmarkierte Kleintransporter zu nehmen, damit die Razzia kein Aufsehen erregte, doch Takamäki hatte darauf bestanden, deutlich erkennbare Polizeifahrzeuge zu benutzen.

Der Kommissar folgte der Kolonne in einem Golf der Kriminalpolizei. Er hatte die Scheibenwischer auf Höchststufe geschaltet, denn der Regen war heftiger geworden. Für den separaten Dienstwagen hatte er sich entschieden, um jederzeit ins Präsidium zurückfahren zu können. Es war vorgesehen, die Buchführung des Unternehmens an Ort und Stelle zu sichten und die wichtigsten Papiere und Disketten zu konfiszieren. Von Martens hatte auf Umwegen erfahren, dass sich auch Direktionsmitglieder im Haus befanden. Zumindest der Geschäftsführer und seine beiden engsten Mitarbeiter sollten festgenommen und zur Vernehmung aufs Präsidium gebracht werden. Auf der Liste stand außerdem der für das Russlandgeschäft zuständige Projektleiter, von dem man jedoch nicht wusste, ob er in Helsinki war.

Durch die Stadtteile Kallio und Hakaniemi bewegte sich die Kolonne ins Zentrum. Takamäki nahm sein Handy und tippte die Nummer der Zeitung *Helsingin Sanomat* ein. Als die Vermittlung sich meldete, ließ er sich mit Sanna Römpötti verbinden.

«Römpötti», meldete sich die Journalistin.

«Takamäki hier, grüß dich.»

«Hallo», antwortete sie reserviert.

«Kannst du frei reden?»

«Na ja … Ich bin gerade in einer Sitzung, aber warte einen Moment, ich gehe raus … So, jetzt ist es besser.»

«Okay. Folgendes: In etwa einer Viertelstunde machen wir eine Razzia in der Keskuskatu bei einer Firma namens Arendon.»

«Bei dem Konzern?»

«Genau. Und inoffiziell kann ich dir außerdem sagen, dass die Firma möglicherweise in den Mordfall Hassinen verwickelt ist.»

«Das ist ja eine Riesenstory!»

«Ja, ich dachte mir, dass es dich interessieren könnte. Außerdem ist dort in der Keskuskatu die Stelle, an der ich heute den einzigen offiziellen Kommentar abgebe.»

«Was hat es mit der Verbindung zwischen Arendon und deinem Fall auf sich?»

«Bislang handelt es sich nur um einen Verdacht, aber guck mal in eurem Archiv nach, welche größeren Abschlüsse die Firma in letzter Zeit getätigt hat, zum Beispiel in Richtung Russland. Ich muss jetzt Schluss machen.»

«Danke», sagte die Journalistin.

Anschließend rief Takamäki noch einen Fernsehreporter und die Redaktion des einen der beiden Boulevardblätter an. Die Publicity würde dafür sorgen, dass der Bestechungsskandal nicht unter den Teppich gekehrt werden konnte. Außerdem bekam man bei derartigen Fällen oft gute Hinweise aus der Öffentlichkeit.

# 27

Eine Razzia bei einem angesehenen Unternehmen verlief anders als eine Wohnungsdurchsuchung bei einem Drogendealer. Die Polizeifahrzeuge hielten vor dem Haupteingang, Takamäki und von Martens marschierten durch die Glastür.

Das Foyer entsprach dem öffentlichen Image des IT-Unternehmens: erfolgreich, elegant und sicher. Arendon hatte rund zweihundert Mitarbeiter und erzielte einen Jahresumsatz von achthundert Millionen Finnmark. Der Börsengang war bereits geplant.

Das beherrschende Element im Foyer war eine moderne Skulptur, die Takamäki herzlich wenig interessierte. Er ging schnurstracks auf die Pförtnerloge zu, zückte seinen Dienstausweis und hielt ihn an die Scheibe. Dann erklärte er, die Geschäftsräume der Firma würden durchsucht, und bat darum, den ranghöchsten unter den anwesenden Managern herbeizurufen.

Der verdutzte Pförtner griff zum Telefon und gab die Meldung weiter, offenbar an eine der Chefsekretärinnen. Zwei Minuten später kam ein Mann mit Brille und Scheitelglatze herunter. Sein Anzug sah teuer aus und war es wohl auch.

Takamäki erkannte ihn nach den Fotos, die von Martens ihm gezeigt hatte: Jon Strömberg, Geschäftsführer des Unternehmens, fünfunddreißig Jahre alt und nicht vorbestraft, wenn man von einem halben Dutzend Geldbußen wegen überhöhter Geschwindigkeit absah.

Strömberg trat auf ihn zu. «Was gibt es?»

«Kriminalkommissar Takamäki, guten Tag. Sie sind Herr Strömberg?»

«Ja.»

«Die Situation ist in aller Kürze folgende: Sie und drei weitere Mitarbeiter Ihres Unternehmens stehen unter dem Verdacht der Bestechung. Darüber hinaus ermitteln wir gegen Sie wegen Beihilfe zum Mord …»

«Wie bitte?», unterbach ihn der Mann.

«Zur Klärung dieser Vorwürfe werden wir in den Geschäftsräumen Ihres Unternehmens eine Durchsuchung durchführen. Ich schlage vor, dass wir uns in der Chefetage genauer über den Ablauf verständigen. Wenn Ihnen das nicht zusagt, können wir uns auch hier unten weiter unterhalten.»

«Am besten gehen wir in den Konferenzraum der Geschäftsführung», sagte Strömberg.

Die Besprechung dauerte eine halbe Stunde. Im Wesentlichen wurde dabei abgeklärt, welches Material in welcher Abteilung zu finden war und wie sich die Zuständigkeiten verteilten. Da es vorläufig nur um einen Verdacht ging, wäre es unangemessen gewesen, beispielsweise alle Computer der Finanzverwaltung zu beschlagnahmen und dadurch die Tätigkeit des Unternehmens lahmzulegen.

Grönlund und die Prostituierten wurden mit keinem Wort erwähnt. Der Firmenjurist forderte eine genauere Begründung für die Durchsuchung, doch Takamäki kannte sich im Zwangsmittelgesetz besser aus: Der begründete Verdacht auf ein Verbrechen genügte.

Im Anschluss an die Besprechung teilte Takamäki Strömberg und zwei weiteren Managern mit, sie seien vorläufig festgenommen und über ihre Verhaftung werde innerhalb der nächsten vierundzwanzig Stunden entschieden. Die drei Männer sollten getrennt zum Präsidium gebracht werden und durften vor ihrer Vernehmung weder miteinander noch mit ihren Anwälten sprechen.

Ein Projektmanager fehlte, er befand sich auf einer Dienstreise in Sankt Petersburg. Takamäki ließ ihn zur Fahndung ausschreiben. Sobald er die finnische Grenze überschritt, würde auch er festgenommen werden.

Ein Anruf von der Zentralkripo veranlasste Takamäki, es seinen Kollegen zu überlassen, die Buchführung und das sonstige Material zu durchforsten. Nach von Martens' Schätzung würden sie damit bis zum frühen Abend beschäftigt sein.

Bereits im Foyer sah Takamäki draußen den Kameramann und die Presseleute stehen, denen der Pförtner den Zutritt zum Firmengebäude verwehrt hatte. Der Kommissar blieb vor einem der Spiegel im Foyer stehen, zog die Krawatte straff, fuhr sich mit den Fingern durch die Haare und trat durch die Tür. Vier Reporter, zwei Fotografen und der Kameramann rannten auf ihn zu. Takamäki öffnete den Regenschirm.

«Was ist der Grund für diese Razzia?», begann der Fernsehreporter und hielt Takamäki ein Mikrophon vors Gesicht.

«Gegen die Geschäftsführung der Firma Arendon besteht der Verdacht schwerer Wirtschaftsdelikte. Außerdem klären wir zurzeit, ob es eine Verbindung zu dem Mord an Generalsekretär Hassinen gibt.»

«Inwiefern haben die Wirtschaftsdelikte mit dem Mord zu tun?»

«Das wird noch geklärt», erwiderte Takamäki.

«Gerade eben wurden Geschäftsführer Strömberg und zwei weitere Manager von Arendon in Polizeifahrzeugen weggebracht. Sind diese drei Personen verhaftet?»

«Nein. Sie wurden vorläufig festgenommen und zur Vernehmung aufs Präsidium gebracht.»

«Hat es im Rahmen der Mordermittlungen weitere Festnahmen gegeben?»

«Dazu möchte ich mich nicht äußern. Aber ich betone nochmals, dass die Durchsuchung hier bei Arendon in erster Linie mit den mutmaßlichen Wirtschaftsdelikten zu tun hat. Die eventuelle Verbindung zu dem Mordfall ist erst noch zu klären.»

Sanna Römpötti drängte sich nach vorne. Sie ärgerte sich gelegentlich darüber, dass die Fernsehreporter immer als Erste loslegten, selbst wenn sie keine vernünftigen Fragen hatten. «Um welche Art von Wirtschaftsverbrechen handelt es sich?», fragte sie. Der Fernsehreporter drehte sein Mikrophon ein wenig, sodass auch ihre Frage aufgenommen wurde.

«Der Verdacht lautet auf schwere Bestechung.»

«Gibt es im Zusammenhang mit dem Mordfall Hassinen noch andere schwere Delikte?»

Takamäki kam aus dem Konzept. War Grönlunds Tod etwa publik geworden? Verwunderlich wäre das nicht. Aber er würde das Thema auf keinen Fall hier zur Sprache bringen. «Dazu möchte ich mich momentan nicht äußern.»

«Sie wollen dazu nichts sagen?»

«Nein. Ich möchte nur noch hinzufügen, dass die Ermittlungen im Fall Hassinen gut voranschreiten», sagte Takamäki und drängte sich an den Reportern vorbei. «Das ist im Moment alles. Über eventuelle neue Entwicklungen werden wir Sie später informieren.»

Einer der Journalisten rief ihm noch eine Frage zu, doch er winkte ab und ging zu seinem Wagen. Der Kameramann filmte seine Abfahrt.

Takamäki hatte es eilig. Koski von der Zentralkripo hatte ihn nämlich angerufen, weil er auf den Fotos aus dem Parlament etwas Interessantes entdeckt hatte. Mehr hatte er am Telefon nicht sagen wollen.

# 28

Bisweilen vermittelten die Männer der Zentralkripo den Eindruck, sie lebten auf einem anderen Planeten. Eigentlich kein Wunder, dachte Takamäki, als er seinen Golf vor dem massiven Bunker parkte, der aus den Äckern am Rand des Vantaaer Ortsteils Tikkurila aufragte, zwanzig Kilometer von der Stadtmitte Helsinkis entfernt.

Takamäki schritt rasch durch den leicht geschmacklos wirkenden Torbogen aus Granit, der dem Logo der Zentralkripo nachempfunden war. Einige Regentropfen fielen auf seinen Mantel, bevor er das schützende Vordach erreichte. Er meldete sich beim Pförtner an. Kein Außenstehender – selbst wenn er ebenfalls Polizist war – durfte ohne Begleitung das streng überwachte Gebäude betreten.

Koski brauchte drei Minuten, um in die Empfangshalle zu kommen. Inzwischen hatte Takamäki einen Besucherausweis erhalten, den er am Aufschlag seines Mantels befestigte. Die beiden Männer fuhren mit dem Lift in den zweiten Stock.

Für Takamäkis Geschmack wirkte der ganze Bau ein wenig steril. Ihm fehlte das Flair der Polizeiarbeit, das beispielsweise das Präsidium in Pasila in den zwanzig Jahren seit seiner Einweihung angenommen hatte. Takamäki sah dafür zwei Gründe: Erstens gab es im Gebäude der Zentralkripo keine Schutzpolizisten, und zweitens wurden nur selten Kriminelle dorthin verfrachtet. Es roch nicht nach Schweiß, sondern nach Papierstaub, und das dominierende Geräusch war das leise Summen der Computer.

Koskis Dienstzimmer war noch kleiner als Takamäkis. Der Schreibtisch passte kaum zwischen die Regale. Koski nahm einige Papiere vom Tisch und führte Takamäki dann in den EDV-Raum.

Der etwa dreißig Quadratmeter große, fensterlose Raum war mit einem halben Dutzend Computern ausgestattet, zwischen denen sich dicke Kabel wanden. Auch einige Drucker und Scanner standen auf den Tischen. Einer der Computer hatte einen übergroßen Bildschirm.

Die beiden Männer waren allein und konnten ungestört sprechen. Koski nahm vor dem Großbildschirm Platz, Takamäki zog einen Stuhl heran und setzte sich neben ihn. «Hier haben wir das Identifikationsprogramm vom FBI. Ich war drei Wochen zum Lehrgang in Washington. Die würden uns das Programm gern verkaufen, und ich würde es mit Handkuss nehmen, aber es kostet zweihunderttausend Dollar.»

Takamäki nickte.

«Das Prinzip ist ganz einfach», fuhr Koski fort. «Die Fotos werden gescannt und auf dem Computer gespeichert, und der vergleicht ihn dann mit den Bildern der Datenbank. Es gibt wer weiß wie viele Vergleichspunkte: Gesicht, Nasenform, Haare, Ohren, die Form des Oberkörpers, Fußlänge, Handgröße … Alles Mögliche.»

Takamäki hörte interessiert zu.

«Erinnerst du dich an die Bertillonage? Diese Software greift sozusagen hundert Jahre zurück.»

«Ja, Bertillon ist mir ein Begriff», sagte Takamäki. Der Franzose Alfons Bertillon hatte 1879 ein Personenidentifikationssystem entwickelt, das auf den Maßen von insgesamt vierzehn Körperteilen beruhte. Gemessen wurden unter anderem die Länge des linken Fußes und die Spannweite der ausgebreiteten Arme von Mittelfinger zu Mittelfinger. Man hatte errechnet, dass die Wahrscheinlichkeit übereinstimmender Bertillonmaße von zwei Menschen bei eins zu dreihundert Millionen lag.

Ende des 19. Jahrhunderts wurde Bertillons System in den USA und in vielen Ländern Europas eingesetzt. Doch 1903 stieß man im Gefängnis von Fort Leavenworth auf zwei gleichnamige Häftlinge, die sich nicht nur ähnlich sahen, sondern auch in ihren Bertillonmaßen übereinstimmten. Das Einzige, was diese beiden einander unbekannten Männer unterschied, waren die Fingerabdrücke.

«Na, damals hat man Menschen vermessen», meinte Koski. «Jetzt macht der Computer dasselbe mit ihren Fotos. Die Trefferquote ist natürlich viel geringer, weil wir uns hauptsächlich auf Gesichtszüge, Kopfform und Schultern beschränken müssen. Ein Problem ist auch die schlechte Bildqualität, vor allem bei Überwachungskameras.»

«Vor Gericht ist dieses System sicher noch nicht getestet worden?», erkundigte sich Takamäki.

«In Finnland nicht. In den USA schon, aber in dem betreffenden Fall gab es auch anderes Beweismaterial. Eine echte Gerichtspraxis liegt also nicht vor.»

«Mit anderen Worten, es ist vor allem ein Instrument für die Polizeiarbeit.»

«Genau. Man kann damit Unbekannte identifizieren.»

«Und?», fragte Takamäki.

«Na ja, ich habe die Bilder aus dem Parlament ins System eingespeichert, und als Vergleichsmaterial haben wir ja unser Archiv, das auch die Fotos enthält, die für die Dienstausweise der Polizeikräfte gemacht wurden. Gerade deshalb ist die Sache so interessant.»

«So?»

Koski klickte ein Icon an, und auf dem Bildschirm erschienen acht Fotos in Briefmarkengröße. Nach einem weiteren

Klick auf das erste erschienen zwei größere Fotos auf dem Bildschirm. Das eine stammte von der Überwachungskamera des Parlaments, das andere aus der polizeilichen Datenbank. Neben dem Polizeifoto befand sich ein kleines Kästchen mit den Personalien der abgebildeten Person. «Den kennst du sicher?»

Takamäki erkannte einen Parlamentsabgeordneten.

«Er ist bei Ermittlungen in einem Fall von Unterschlagung registriert worden. Außerdem sind hier noch zwei weitere Abgeordnete vertreten. Der eine hat einen Meineid geleistet, der andere betrunken am Steuer gesessen. Aber die interessieren dich wohl nicht?»

«Nein.»

«Dann machen wir weiter», sagte Koski und klickte das nächste Bild an. Es handelte sich um einen der Arbeiter, die die Reparaturarbeiten im Parlament ausführten. Im Kasten stand der Name Roope Penttilä. Der Einunddreißigjährige war vor zwei Jahren wegen Rauschgiftdelikten registriert worden. Koski druckte das Bild aus.

«Unbekannte Größe», meinte Takamäki. «Aber mach mir trotzdem fünf Kopien davon.»

«Hier sind noch zwei Bauarbeiter», sagte Koski.

Der eine war wegen Körperverletzung registriert, der andere wegen Weitergabe alkoholischer Getränke, im Klartext also wegen Schwarzhandel mit Schnaps. Takamäki kannte keinen der beiden, ließ sich jedoch mehrere Kopien ausdrucken. Nun waren noch zwei kleine Bilder übrig.

«Das sind wohl die interessantesten, denke ich.» Offenbar hatte Koski sich von den Kriminaltechnikern anstecken lassen.

Das Bild der Überwachungskamera zeigte einen recht großen Mann in dunklem Anzug. Er hatte kurze Haare und markante Gesichtszüge und mochte etwa vierzig Jahre alt sein. Das zweite Bild war in diesem Fall kein Polizeifoto, sondern ebenfalls ohne Wissen des Mannes aufgenommen worden.

«Erinnerst du dich an den Waffenschmuggel vor ein paar Jahren, in den die russische Botschaft verwickelt war? Die Sache hat damals ziemliches Aufsehen erregt, wurde dann aber unter den Teppich gekehrt. Zwei Gesandtschaftssekretäre wurden ausgewiesen. Das hier ist einer der beiden. Gennadi Karpow, zweiundvierzig Jahre, hat 1995 bis 97 in der Botschaft in Helsinki gearbeitet. Ansonsten gibt unser Register nichts über ihn her. Die SUPO hätte sicher mehr zu bieten.»

«Bestimmt», sagte Takamäki. Dem Bild der Überwachungskamera nach hatte der Mann das Parlamentsgebäude um 17.13 Uhr verlassen.

«Und zum Schluss das Sahnehäubchen», sagte Koski und klickte. «Voilà.»

«Was?»

«Genau.»

Takamäki erkannte den Mann sofort. Die Aufnahme, die um 17.17 Uhr im Parlament gemacht worden war, zeigte definitiv dieselbe Person wie das Foto für den Dienstausweis: Johan Niskanen, Abteilungsleiter bei der Sicherheitspolizei.

Suhonen saß im Hamburger-Restaurant Carrols am Kasernenmarkt. Für zwanzig Finnmark bekam man ein Carolina-Meal, womit er ganz zufrieden war, obwohl er wusste, dass er zu oft Junkfood aß. Eigentlich müsste er dafür eine Extrarunde Konditionstraining einlegen. In letzter Zeit war er sowieso viel zu selten im Fitnessraum gewesen.

Genug Schlaf hatte er auch nicht bekommen. Vorgestern hatte er sich die Nacht damit um die Ohren geschlagen, Kolja und andere Informanten auszuquetschen, in der letzten Nacht hatte die Razzia im Schnapslager stattgefunden, und im Lauf des Tages hatte er acht Dealerwohnungen durchsucht.

Suhonen zerknüllte das Einwickelpapier und nahm eine Pillendose aus der Tasche. Er schluckte zwei Koffeintabletten und spülte mit Cola nach.

Sein Handy klingelte. Dem Display zufolge ein unbekannter Anrufer.

«Hallo», meldete er sich.

«Bist du Suhonen?», fragte eine tiefe Stimme.

«Ja.»

«Du willst Bergroth treffen?»

«Ja.»

«Okay. Heute Abend um zehn am Pestpark. Auf der Seite zum Boulevard, bei dem alten Tor. Kennst du die Stelle?»

«Ja.»

«Die Audienz ist nur für dich, kapiert? Nicht für die halbe Bullenriege.»

«Okay. Alles klar.»

Suhonen steckte das Handy in die Gürtelhalterung und überlegte, wie er das Treffen vorbereiten sollte. Zeit hatte er genug, an die sechs Stunden. Zu dumm, dass er gerade die Koffeintabletten genommen hatte. Jetzt wäre der richtige Moment für ein Nickerchen gewesen.

«Am Telefon können wir das nicht besprechen», sagte der Präsident der Sicherheitspolizei. «Am besten kommst du her.»

«Ich bring das Karhu-Team mit und steck euren Niskanen

und noch ein paar andere in den Knast», schimpfte Takamäki. Er hatte mit dem Anruf bei der SUPO gewartet, bis er wieder in seinem Auto saß.

«Keine vorschnellen Aktionen wie bei Arendon, wenn ich bitten darf.»

«Wieso vorschnell?»

«Darüber können wir reden, wenn du hier bist.»

Inzwischen hatte sich Takamäki bereits ein wenig beruhigt. «Okay, ich komme. Ich muss erst noch in Pasila vorbeifahren, aber wenn der Verkehr nicht allzu dicht ist, schaffe ich es bis halb fünf. Bei diesem Wetter kann es allerdings auch länger dauern.»

«In Ordnung. Ich bin auf jeden Fall hier.»

Als Nächstes rief Takamäki Nykänen an, berichtete von den Ergebnissen des Bildervergleichs und sagte, er werde die Fotos der Bauarbeiter im Präsidium vorbeibringen, damit man die Männer aufspüren und vernehmen konnte. Er erzählte auch von Gennadi Karpow und bat Nykänen, Informationen über ihn zu sammeln. Niskanen erwähnte er dagegen nicht, denn er wollte zuerst hören, was der SUPO-Chef zu sagen hatte.

Nykänen wiederum bat ihn, Laura Hassinen zu vernehmen. Er meinte, das Verhältnis zwischen ihm selbst und der Frau sei so gespannt, dass er nichts aus ihr herausholen könne. Takamäki versuchte sich mit Zeitmangel herauszureden, doch Nykänen ließ nicht locker. Schließlich gab Takamäki nach.

# 29

Laura Hassinen kauerte mit angezogenen Knien in einer Ecke des Vernehmungsraums, die Arme fest um die Beine geschlungen. Takamäki glaubte ein leichtes Zittern wahrzunehmen. Sie war amphetaminsüchtig, wie die Blutprobe im Krankenhaus gezeigt hatte.

Takamäki hatte das geruchlose, grobkörnige Pulver nie probiert, aber gelesen, dass es bitter schmeckte. Bei vielen Gewalttaten war Amphetamin einer der auslösenden Faktoren.

Man konnte das Mittel aber auch ganz legal bekommen. Es wurde gegen Narkolepsie und zur Behandlung hyperaktiver Kinder verschrieben. Früher hatte man es auch als Appetitzügler eingesetzt. Der Missbrauch von Amphetamin war jedoch deutlich häufiger als die legale, medizinisch notwendige Einnahme. Viele Studenten, die sich auf eine Prüfung vorbereiteten, nahmen das Mittel, um die ganze Nacht hindurch pauken zu können. Es waren auch Fälle bekannt, in denen Sportler versucht hatten, mit Amphetamin ihre Ausdauer zu steigern und ihre Erschöpfung zu überwinden.

Bei den allermeisten ging es jedoch um etwas anderes. Amphetamin löste ein euphorisches Gefühl aus, einen Zustand, in dem man scheinbar unerschöpfliche Energie besaß. Dabei bestand allerdings das Risiko einer Amphetaminpsychose, die sich in Verfolgungswahn und Halluzinationen äußerte.

Als er das Häufchen Elend in der Zimmerecke betrachtete, empfand Takamäki beinahe Mitleid. Ein junges Mädchen aus gutem Haus, das süchtig geworden war und sich verkaufte. Unweigerlich musste er an seine Söhne denken.

Nykänen hatte ihm berichtet, dass Laura Hassinen in der Klinik eine Beruhigungsspritze bekommen hatte, deren Wirkung jedoch fast abgeklungen war. Takamäki wusste, dass Laura nach der nächsten Spritze gierte.

«Wie geht es dir?», fragte er sie. Er wollte das Gespräch ruhig und freundlich eröffnen.

Laura Hassinen blickte auf und zuckte die Achseln.

«Ist dir schlecht?»

«Ein bisschen.»

«Schaffst du es, dich auf den Stuhl zu setzen? Dann können wir uns besser unterhalten», schlug Takamäki vor. Laura stand mühsam vom Boden auf, setzte sich auf einen der Holzstühle und verschränkte die Arme vor der Brust.

«Mein Beileid wegen deines Vaters», sagte Takamäki.

«Verdammtes Pech.»

«Wir wissen, dass dein Vater dich angerufen hat, kurz bevor er ermordet wurde ... Worüber habt ihr gesprochen?»

Laura ließ den Blick durch den Raum schweifen. «Ist das 'ne Vernehmung?»

Takamäki schüttelte den Kopf. «Nein. Wir kommen mit unseren Ermittlungen nicht voran, ich brauche deine Hilfe.»

Sie fuhr sich mit den Fingern durch die Haare. «Wir haben über alles Mögliche geredet.»

«He», sagte Takamäki, «wir wissen, dass der Anruf nur vier Minuten gedauert hat.»

«Er wollte mir bloß von einem Treffen erzählen.»

«Von was für einem Treffen?», hakte Takamäki nach.

«Von einem, bei dem bestimmte Dinge geregelt werden sollten.»

«Was für Dinge und mit wem?»

«Darüber darf man nicht reden.»

«Hör mal zu, Laura, es ist sehr wichtig. Es wäre besser, wenn du mir alles erzählst.»

«Warum?»

«Weil es dir sonst eventuell ziemlich schlecht ergehen könnte.»

Laura lachte höhnisch. «Schlecht? Es könnte mir schlecht ergehen! Und wenn ich mit euch rede, wird alles gut oder wie? Hä? Scheiße, das glaubst du doch selbst nicht, du Bullenschwuchtel!»

Takamäki hätte ihr am liebsten eine geknallt. «He, beruhig dich!»

«Leck mich, du schwuler Bullenwichser.»

«Mit wem wollte sich dein Vater treffen?»

Laura spuckte ihm ins Gesicht.

«Mit wem?» Takamäkis Stimme wurde lauter, obwohl er sich bemühte, ruhig zu bleiben.

«Die kriegt ihr nie!», rief Laura.

«Die? Wen?»

Sie verstummte. Takamäki wartete. Nach einer Minute sah er auf die Uhr, fluchte und stand auf. «Wenn du dich anders besinnst, sag Bescheid», sagte er und stand auf. Er war fest entschlossen, dafür zu sorgen, dass Laura Hassinen nicht so bald ein Mittel gegen ihre Entzugserscheinungen bekam.

Es war Viertel nach fünf, als Takamäki seinen Golf auf dem Parkplatz für Dienstfahrzeuge an der Ecke Ratakatu und Fredrikinkatu abstellte. Die Fahrzeuge, die von der SUPO bei der Beschattung von Verdächtigen und ausländischen Diplomaten eingesetzt wurden, parkten allerdings stets in einer riesigen Tiefgarage unter der Johanneskirche.

Takamäki nahm seine Aktenmappe, schloss den Wagen ab und ging auf den massiven Haupteingang zu. Er drückte auf den Summer. Das Hauptquartier der Sicherheitspolizei war nicht so pompös wie das Gebäude der Zentralkripo. Von außen war es kaum von einem normalen Helsinkier Stadthaus zu unterscheiden. Ein düsteres Gepräge gab ihm nur das Schild mit der Aufschrift «Sicherheitspolizei».

«Ja?», fragte eine metallische Stimme.

«Kommissar Takamäki. Angemeldet.»

«In Ordnung.» Mit lautem Knacken sprang die Verriegelung auf.

Takamäki trat ein und meldete sich noch einmal bei dem Pförtner hinter der Glaswand an. Er bekam einen Besucherausweis, den er am Mantel festklipste, und wurde mit dem Aufzug in den zweiten Stock geschickt. Das Hauptquartier der SUPO wirkte auch von innen wie ein altes Mehrfamilienhaus. Die einzelnen Abteilungen befanden sich in den ehemaligen Wohnungen, die vom Treppenhaus abgingen.

Im zweiten Stock wurde er von einer Sekretärin erwartet. «Guten Tag», sagte sie. «Kommen Sie bitte herein, Sie werden schon erwartet.»

Sie führte Takamäki durch einen großen Sitzungsraum in das Dienstzimmer des Präsidenten der Sicherheitspolizei. Wenn der Sitzungsraum früher als Esszimmer gedient hatte, dann war im Chefzimmer die Bibliothek gewesen, in der man nach dem Essen Zigarren rauchte und Kognak trank. Die dunklen Möbel erinnerten noch an diese Zeit. Nur ein Möbelstück passte nicht in die Umgebung und beherrschte gerade deshalb den ganzen Raum: der grüne Safe hinter dem Schreibtisch. Sicher fragte sich jeder, der zum ersten Mal hier war, was er wohl bergen mochte.

Der SUPO-Chef, ein kleiner, etwa fünfzigjähriger Mann

mit grauen Schläfen, gab Takamäki die Hand und bat ihn, Platz zu nehmen.

«Können wir gleich zur Sache kommen?», fragte Takamäki. Er hatte keine Lust auf den Austausch von Höflichkeiten.

«Gern. Aber vorher noch eine Frage: Möchtest du einen Kaffee?»

«Nein danke.»

Die Sekretärin nickte, ging hinaus und schloss die Tür.

«Zur Sache also», sagte der Chef mit knarrender Stimme.

«Was hatte Niskanen am Tag des Mordes im Parlament zu tun? Der Überwachungskamera zufolge hat er das Gebäude um 17.17 Uhr verlassen. Der letzte Zeitpunkt, an dem Hassinen nachweislich noch am Leben war, ist 16.37 Uhr. Da hat er Grönlund angerufen.»

«Darf ich das Bild mal sehen?»

Takamäki reichte es ihm.

«Oje», lachte der Chef. «Der Mann arbeitet seit drei Jahren bei uns und hat immer noch nicht gelernt, Überwachungskameras aus dem Weg zu gehen. Das wäre direkt ein Kündigungsgrund.»

Takamäki konnte darüber nicht einmal lächeln.

«Na schön, zur Sache», sagte der Chef trocken. «Niskanen hat euch meines Wissens ja berichtet, dass Hassinen sich mit dem Finnland-Chef des russischen Geheimdienstes getroffen hat, und zwar an gelinde gesagt merkwürdigen Orten.»

«Hat er. Von welcher Seite ging die Initiative aus?»

«Das wissen wir nicht. Wir konnten nicht so weit gehen, das Telefon des Generalsekretärs unseres Parlaments anzuzapfen. Aber die Sache hat uns höllisch interessiert. Hassinen saß immerhin auf einem ziemlich wichtigen Posten. Niskanens Besuch im Parlament hatte damit zu tun.»

«Ach ja?», unterbrach ihn Takamäki spöttisch.

«Lass mich bitte ausreden. Wir arbeiten nicht mit CIA-Methoden. Wir bringen Verdächtige nicht ‹um die Ecke›, wenn du das meinst. Heutzutage halten wir uns voll und ganz an das Gesetz. Früher wurden die Vorschriften manchmal flexibel gehandhabt, zum Beispiel beim Abhören oder bei verdeckten Operationen, aber heute haben wir präzise Regeln, und die werden auch befolgt. In diesem Fall ist Niskanen allerdings eine Spur zu weit gegangen.»

«Inwiefern?»

«Wir wollten natürlich wissen, über welches Material Hassinen verfügt und was er Michailow möglicherweise schon übergeben hat. Aufgrund internationaler Erfahrungen weiß man, dass die meisten Spione aus irgendeinem Grund Kopien von dem Material aufheben, das sie weiterleiten. Deshalb hat Niskanen, ohne mich vorher zu fragen, eine schwarze Operation organisiert.»

«Eine schwarze Operation?»

Der Chef nickte. «Was ich dir jetzt sage, ist nur für deine Ohren bestimmt, damit du deine Ressourcen nicht unnötig vergeudest. Was Niskanen betrifft, leiten wir eine interne Untersuchung ein und entscheiden dann über seine weitere Zukunft bei uns beziehungsweise über ein eventuelles Disziplinarverfahren.»

Takamäki merkte, dass es seinem Gegenüber schwerfiel, über die Sache zu sprechen.

«Niskanen hat einen unserer externen – ähm – ‹Experten› zur Unterstützung herangezogen. Die Korridore im Parlamentsgebäude sind fast immer leer, es ist relativ leicht, sich im Haus zu bewegen – zumindest wenn man weiß, wo man langgeht. Kurzum, unser Experte trug den Kittel der Putzfirma und ist in das Zimmer des Generalsekretärs eingebrochen. Er hat den Computer und einige Aktenordner mitgenommen. Niskanen war zu der Zeit auch im Haus, konnte aber nicht riskieren, selbst in Hassinens Zimmer zu gehen. Offiziell war er im Haus, um einige Mitglieder des Auswärtigen Ausschusses zu treffen.»

«Was ist mit dem Computer und dem sonstigen Material passiert?»

«Alles sollte in die große Parlamentsgarage gebracht werden, und das ist auch planmäßig geschehen. Zu dem Zeitpunkt saß Niskanen dort bereits in einem unserer inoffiziellen Kleintransporter. In dem Wagen wollte er die Festplatte des Computers kopieren und die interessantesten Seiten aus den Ordnern fotografieren.»

«Ihr habt einen Wagen, in dem man das tun kann?»

«Das ist nichts Besonderes, die meisten Computerfirmen haben so etwas. Unser Wagen ist auch mit den Aufklebern einer Firma versehen. In die Garage gelangt man so leicht wie in das Gebäude selbst. Die Kontrolle ist nicht der Rede wert – vor allem, wenn man vorher die Überwachungskameras in der Parkhalle außer Betrieb setzt.»

«Hat es mit dem Kopieren nicht geklappt?»

«Doch. Es hat allerdings etwas länger gedauert, als Niskanen gedacht hatte, und obendrein war die Plenarsitzung früher beendet als vorgesehen. Mit anderen Worten, die Zeit reichte nicht mehr, um den Computer und die Ordner zurückzubringen. Da ist Niskanen leider in Panik geraten. Zudem hatte er keinen Ausweichplan. Es wäre natürlich ganz einfach gewesen: Er hätte den Computer nur vor der Tür der EDV-Zentrale abzustellen brauchen, dann hätte man geglaubt, er wäre irrtümlich zur Wartung gebracht worden. Die Ordner hätte er in eine der gelben Kisten bei der Postzentrale legen können. Die Situation war verdammt peinlich.»

«Warum in aller Welt war die ganze Operation überhaupt nötig?»

«Es ging um eine sehr brisante Angelegenheit. Der höchste Beamte im Staat unter Spionageverdacht! Wir durften nicht riskieren, dass die Sache in irgendeiner Weise publik wurde. Das hätte Hassinens Karriere ruiniert und wäre für die politische Führung des Landes verdammt peinlich gewesen. Auch hier im Haus wussten nur Niskanen und ich davon. Wir mussten absolut diskret vorgehen, um konkrete Beweise für Landesverrat zu finden. Erst danach hätten wir offizielle Ermittlungen einleiten können.»

«Hat Niskanen die Sachen mitgenommen?»

«Genau genommen nicht; unser Experte hat sie im Kleintransporter rausgebracht. Niskanen selbst ist von der Garage noch ins Parlamentsrestaurant gegangen und hat sich mit einem Abgeordneten unterhalten, bevor er das Gebäude verließ.»

«Und das ist die ganze Wahrheit?»

«Ja», sagte der SUPO-Chef. «Ein äußerst bedauerliches Zusammentreffen der Ereignisse.»

«Hassinen hatte nach der Plenarsitzung möglicherweise ein Treffen vereinbart. War Niskanen mit ihm verabredet?»

«Nein. Warum auch? Es ging ja gerade darum, Belastungsmaterial zu suchen, ohne dass Hassinen Verdacht schöpft. In so einer Situation sucht doch keiner von uns das Gespräch mit dem Objekt.»

«Aber Niskanen hat sich trotzdem ins Parlament gewagt?»

«Ja. Er konnte unseren Experten nicht allein hinschicken.»

«Und der hier?», fragte Takamäki und zeigte das zweite Foto vor.

«Gennadi Karpow.» Der Chef erkannte den Mann sofort. «War er auch …»

«Er hat das Parlamentsgebäude vier Minuten vor Niskanen verlassen, und zwar durch denselben Ausgang. Ist auch das nur ein Zufall?»

«Wir wussten nicht einmal, dass Karpow wieder im Land ist», sagte der Chef und sah ehrlich erstaunt aus.

«Ihr wisst also nicht, wo er sich aufhält?»

«Wir haben nicht die geringste Ahnung. Natürlich kennen wir ihn. Durch diese Waffengeschichte bist du sicher über seinen Hintergrund informiert, nicht wahr?»

«Das bin ich.»

Der Chef rief an seinem Computer verschiedene Register auf. «Unseren Informationen nach war Karpow nicht mehr in Finnland, seit er 1997 ausgewiesen wurde. Vermutlich hat er sich eine neue Identität zugelegt.»

Er klickte noch ein paarmal. «Im Oktober 98 haben wir von den Deutschen die Information erhalten, dass Karpow aus dem russischen Geheimdienst ausgeschieden ist und in der Sankt Petersburger Region arbeitet.»

«Könnte er der Täter sein?»

«Er wäre natürlich zu der Tat fähig, aber warum sollte er den Generalsekretär des finnischen Parlaments ermorden, und noch dazu in dessen Dienstzimmer? Dafür hätte er sich bestimmt einen geeigneteren Ort ausgesucht», dachte der Chef laut, während er zum Telefon griff. Er suchte eine Nummer in seinem Taschenkalender und wählte sie. Es dauerte einen Moment, bevor am anderen Ende abgenommen wurde.

Obwohl es sich um eine geschützte Verbindung handelte, nannte der SUPO-Chef seinen Namen nicht. Ein Codewort verriet dem Kontaktmann der Polizei beim finnischen Konsulat in Sankt Petersburg, wer der Anrufer war. Die Codes wurden in unregelmäßigen Abständen gewechselt.

«Gennadi Karpow. Früher Gesandtschaftssekretär in Helsinki. Alias, Hintergründe und Visa», sagte der Chef.

Das Gespräch dauerte nicht länger als fünfzehn Sekunden, und die angeforderten Informationen würden in einigen Stunden vorliegen. Der Verbindungsmann in Sankt Petersburg war ein ehemaliger Mitarbeiter der Sicherheitspolizei und kannte die «Kunden».

Takamäki wurde sich nicht schlüssig darüber, ob der SUPO-Chef ihm gegenüber aufrichtig war. Hatte Niskanen tatsächlich eigenmächtig gehandelt, oder musste er jetzt nur als Sündenbock herhalten? Jedenfalls war der Einbruch im Dienstzimmer des Generalsekretärs des Parlaments ein verdammt heißes Eisen. Wenn die Sache aufflog, wackelte mindestens der Stuhl des Innenministers.

Allerdings war Takamäki überzeugt, dass die Sicherheitspolizei sich abgesichert hatte. Bestimmt lag für alle Fälle längst ein Durchsuchungsbefehl für Hassinens Dienstzimmer bereit. Womöglich im Safe des Chefs.

Ob der SUPO-Chef die ganze oder wenigstens die halbe Wahrheit sagte oder ein begnadeter Schauspieler war, mochte dahingestellt sein. Takamäki entschloss sich jedenfalls, von seinen eigenen Erkenntnissen zu berichten.

«Weißt du von dem Grönlund-Material, wegen dem wir die Razzia bei Arendon gemacht haben?»

«Wir haben gehört, dass in Grönlunds Haus einige Pornovideos gefunden wurden.»

«Es steckt mehr dahinter. Hassinens Tochter und ihre Kolleginnen sind bienenfleißig gewesen und scheinen alle, aber auch wirklich alle sexuellen Praktiken zu kennen. Die Analyse des Materials ist noch nicht abgeschlossen, aber unter den Freiern sind russische Geschäftspartner von Arendon und eine ganze Reihe Finnen, von Gangstern über Topmanager bis hin zu mittelschweren Politikern.»

Der Chef pfiff durch die Zähne. «Für eine Erpressung wäre das ein hübsches Arsenal.»

«Zweifellos», sagte Takamäki.

«Können wir das Material bekommen?»

«Wozu?»

«Wir sollten doch wissen, um wen es sich im Einzelnen handelt, denke ich.»

«Mal sehen», sagte Takamäki. Die Bitte war nicht unangemessen, doch das heikle Material konnte für die SUPO auch nützlich sein. Allerdings wollte die Sicherheitspolizei wohl niemanden erpressen. Oder etwa doch?

«Es hat keine Eile damit», ließ der Chef die Leine ein wenig locker.

«Grönlunds Material spielt allerdings eine zentrale Rolle in Bezug auf den Arendon-Skandal …»

«Kopien genügen uns auch.»

«… und bei den Ermittlungen wegen Kuppelei», fuhr Takamäki fort.

«Kuppelei?» Nun verstand der Chef gar nichts mehr.

«Grönlunds Business, das mit Arendon und anderen Unternehmen verflochten ist. Wir klären ab, ob es da außer Grönlund noch andere Drahtzieher gab.»

«Natürlich.»

«Um noch einmal auf Michailow zurückzukommen: Wie können wir in Erfahrung bringen, weshalb er sich mit Hassinen getroffen hat?»

«Frag ihn doch.»

«Einfach so?», wunderte sich Takamäki.

«Ja. Wir können dir den Kontakt vermitteln. Eigentlich

würdest du uns damit einen Dienst erweisen. Das wäre nämlich eine zivilisierte Methode, der Gegenseite auf die Finger zu klopfen, weil einer ihrer Vertreter sich heimlich mit einem hohen finnischen Beamten getroffen hat. Natürlich müssen wir das Außenministerium informieren, die mögen keine Überraschungen.»

«Wie offiziell wird das Ganze?»

«Es wird weder Wodka und Trinksprüche geben noch ein Balalaika-Konzert. Wir wenden uns über das Außenministerium an die russische Botschaft, du wirst dann direkt von dort angerufen.»

«Und wie lange dauert diese Bürokratie?»

«Michailow ist in Helsinki akkreditiert. Wenn er einverstanden ist, kann es noch heute klappen, würde ich sagen.»

«Warum sollte er überhaupt zustimmen?»

«Warum nicht? Wir pflegen freundschaftliche Beziehungen. Die Russen haben keinen Grund, unsere Mordermittlungen zu sabotieren. Was zu Papier gebracht oder letztlich öffentlich gesagt wird, ist eine andere Sache. Darüber können wir uns doch später den Kopf zerbrechen.»

Takamäki nickte. «Ich schreibe diesen Karpow zur Fahndung aus und beantrage beim Amtsgericht seine Verhaftung. Dann kann ich ihn auf die internationale Fahndungsliste setzen lassen, und die Auslieferungskriterien sind erfüllt.»

«Tu das lieber noch nicht», riet der SUPO-Chef.

«Warum nicht?»

«Warte das Gespräch mit Michailow ab. Manchmal ist es besser, solche Dinge zunächst inoffiziell in Gang zu bringen. Dann laufen sie flexibler und effektiver.»

«Dem Protokoll nach müssten wir aber über die Zentralkripo gehen. Das finnisch-russische Abkommen über die Bekämpfung der Kriminalität …»

«Vergiss das Abkommen», unterbrach ihn der Chef. «Das funktioniert nur, wenn du ein, zwei Monate warten kannst. Wenn ich dich richtig verstehe, hast du es eilig. Deshalb brauchst du den direkten Kontakt.»

Takamäki zuckte die Achseln. «Soll mir recht sein ... Ach ja, eins noch. Was habt ihr auf Hassinens Computer und in seinen Mappen gefunden?»

«Dokumente und Akten.»

«Sicher, aber was für welche?»

«Interessante.»

«Interessant für wen?»

«Auch für unseren Nachbarn im Osten.»

«EU-Unterlagen?»

Der Chef nickte.

«Haben die Russen sie bekommen?»

«Das weiß ich nicht. Ich würde eher sagen, nein. Jedenfalls hatte Hassinen bei den Treffen, die wir beobachtet haben, keine Dokumente bei sich. Andererseits wird heutzutage ja vieles elektronisch übermittelt, und das ist nicht so leicht zu kontrollieren. Zum Beispiel haben wir den E-Mail-Verkehr des Parlaments nicht überprüft, aber ich würde trotz allem darauf tippen, dass es sich bei den Treffen zwischen Hassinen und Michailow um Vorgespräche handelte.»

«Ich würde mich gern noch mit eigenen Augen davon überzeugen, dass der Computer und die Ordner wirklich hier sind», sagte Takamäki. «Bloß zur Kontrolle.»

Der Chef lächelte. «Das lässt sich machen.»

«Jetzt?»

«Ja, jetzt sofort.»

# 30

Eine Stunde später saß Takamäki in seinem Dienstzimmer im Polizeipräsidium und dachte über seine Begegnung mit dem SUPO-Chef nach. Vor allem beschäftigte ihn die Frage, ob der Chef ihm möglicherweise etwas verschwiegen hatte.

Offenbar hatte die Sicherheitspolizei Grund gehabt, gegen Hassinen zu ermitteln. Aber warum hätte der Mann sich auf ein Agentenspiel einlassen sollen? Geld hatte er genug gehabt, und die politischen Spielregeln hatte er besser gekannt als jeder andere. Das Risiko, erwischt zu werden, war enorm, und ein Spionageverdacht, selbst wenn er sich nicht bestätigte, bedeutete für jede politische Karriere das Aus.

Bei seiner Rückkehr von der Sicherheitspolizei hatte Takamäki auf seinem Schreibtisch Berichte über die kriminaltechnischen Untersuchungen vorgefunden. Ein Ergebnis interessierte ihn ganz besonders, denn es erhärtete den Verdacht gegen Gennadi Karpow. In Grönlunds Haus war nämlich eine Stofffaser sichergestellt worden, die mit einer Faser aus Hassinens Dienstzimmer übereinstimmte. Der Farbe nach konnten beide von dem Mantel stammen, den Karpow bei seinem Besuch im Parlament getragen hatte. Inzwischen stand auch fest, dass Karpow nicht der Unbekannte war, den Hassinen um ein Uhr, kurz vor der Plenarsitzung, getroffen hatte. Vielmehr handelte es sich um einen Beamten des Arbeitsministeriums, der die Vorlage eines Gesetzesentwurfs beschleunigen wollte. Er war um 12.46 Uhr als Besucher registriert worden und hatte das Gebäude um 13.48 Uhr verlassen. Der Mann hatte sich selbst bei der Polizei gemeldet und diese Angaben gemacht.

Takamäki nahm an, dass Karpow derjenige war, mit dem Hassinen nach der Plenarsitzung verabredet war. Hassinen hatte kurz nach halb fünf mit seiner Tochter und Grönlund telefoniert, und Karpow hatte das Parlament gegen Viertel nach fünf verlassen. Der Mord musste innerhalb dieser Zeitspanne geschehen sein.

Der von der Sicherheitspolizei organisierte Einbruch in Hassinens Dienstzimmer brachte das Bild jedoch durcheinander. Handelte es sich wirklich nur um ein zufälliges Zusammentreffen der Ereignisse?

Interessant war auch, dass weder Karpow noch Niskanen von einer der Überwachungskameras erfasst worden waren, als sie das Parlament betraten. Folglich mussten beide durch die Garage gekommen sein, deren Kameras an dem betreffenden Tag nicht funktioniert hatten. Die Einfahrt zur Tiefgarage war immer geschlossen, aber wer keine Magnetkarte hatte, brauchte nur auf den Summer zu drücken, dann öffnete der Pförtner das Tor.

Von Martens stürmte herein.

«Was gibt's?», fragte Takamäki.

«Wir haben drei Fuhren mitgebracht. Es wird eine Weile dauern, das Material gründlich durchzusehen, aber auf die Schnelle haben wir schon festgestellt, dass Grönlunds Idol Consulting mehr als eine Million Finnmark Beraterhonorare von Arendon kassiert hat, die als Ausgaben für den Russland-Kontrakt verbucht wurden.»

«Reicht das Material für ein Verfahren?»

«Schwer zu sagen. Auf jeden Fall lohnt es sich, die Sache genauer zu untersuchen. Wir haben übrigens noch was anderes gefunden.»

«Was denn?»

«Mit deinem Fall hat es nichts zu tun, aber vielleicht interessiert es dich trotzdem, dass Arendon sich auch staatsbürgerlich engagiert hat. Bei der letzten Präsidentschaftswahl hat die Firma den sozialdemokratischen Kandidaten mit zweihundertfünfzigtausend Mark unterstützt.»

«Oho!»

«Tja. Die Konservativen und die Zentrumspartei haben je hunderttausend bekommen. Es ist halt besser, nicht alle Eier in einen Korb zu legen. Aber das ist ja völlig legal.»

Bevor Takamäki sich dazu äußern konnte, klingelte sein Telefon. Michailow rief an und schlug ein Treffen um neun Uhr vor. Takamäki fühlte sich nicht ganz wohl bei dem Gedanken, die Botschaft in der Tehtaankatu zu betreten, die immerhin russisches Territorium war. Doch nur dort war Michailow bereit, mit ihm zu sprechen.

# 31

Takamäki saß in der russischen Botschaft in einem kleinen Büro, das nach Machorkas roch. Vorsichtig probierte er den Tee, den man ihm gebracht hatte, und stellte fest, dass er gut schmeckte. Mittlerweile war es 21.15 Uhr, er wartete schon fast zwanzig Minuten.

Bevor er zur Botschaft gefahren war, hatte er von der SUPO Informationen über Karpow erhalten. Den Unterlagen zufolge war der Mann tatsächlich aus dem FSB ausgeschieden und arbeitete nun für einen privaten Sicherheitsdienst. Die Papiere zeigten auch, dass die SUPO gute Beziehungen zu anderen westlichen Geheimdiensten hatte. Der Informationsaustausch schien zu funktionieren.

Die grundlegenden Fakten wurden durch eine Analyse des Polizeivertreters in Sankt Petersburg ergänzt. Dank seiner alten Kontakte hatte Karpows eigene Firma eine Zeitlang floriert, war dann jedoch von Sekur, einem größeren Konsortium der Sicherheitsbranche, aufgekauft worden. Dem SUPO-Bericht zufolge gehörte dieses Unternehmen der Mafia oder hatte zumindest enge Kontakte zur organisierten Kriminalität.

Offiziell bot Sekur Wachdienst und Personenschutz an, aber man sprach auch von sogenannter präventiver Tätigkeit. Dem Kontaktmann der Polizei zufolge bedeutete dies, dass Sekur im Auftrag ihrer Kunden die Geschäftstätigkeit konkurrierender Unternehmen störte, wobei die Methoden von Drohung über Erpressung und Bestechung bis hin zum Mord reichten.

Nykänen hatte bereits begonnen, die Fahndung nach

Karpow einzuleiten. Aller Wahrscheinlichkeit nach hatte der Mann das Land zwar längst verlassen und besaß einen gewaltigen Vorsprung. Aber es bestand immerhin die geringe Chance, dass er sich noch in Finnland aufhielt.

Ein Mann trat ein, in dem Takamäki anhand des Fotos, das er bei der SUPO gesehen hatte, Alexander Michailow erkannte. Die beiden schüttelten sich die Hand, dann bat Michailow den Kommissar höflich, wieder Platz zu nehmen. Der Gesandtschaftssekretär trug einen Hugo-Boss-Anzug, war etwa vierzig und wirkte körperlich fit; seine breiten Schultern verrieten, dass er regelmäßig ins Fitnessstudio ging. Er hatte eine Stirnglatze, graue Haare und einen scharfen Blick.

Michailow bot Takamäki eine Zigarette an. «Keine russischen», lachte er. Dennoch lehnte Takamäki dankend ab. Michailow nahm eine Tasse Tee und steckte sich selbst eine Zigarette an.

«Sie haben ein dringendes Anliegen?», fragte er. Er sprach fließend Finnisch, doch Takamäki hörte einen leichten russischen Akzent heraus.

«Ja. Ich arbeite bei der Helsinkier Kriminalpolizei und untersuche den Mord an Generalsekretär Teuvo Hassinen.»

«Ich weiß. Ich habe Sie gerade in den Nachrichten gesehen. Eine große Razzia. Arendon hat auch in Russland wichtige Geschäftspartner. Höchst bedauerlich, wenn es in der Firma tatsächlich Unregelmäßigkeiten gegeben haben sollte», sagte Michailow und zog an seiner Zigarette.

«Meine Frage betrifft allerdings nicht Arendon, sondern Teuvo Hassinen.»

«So?»

«Sie haben sich innerhalb kurzer Zeit dreimal mit ihm getroffen.»

«Tatsächlich?» Michailow sah ihn überrascht an. «Woher haben Sie diese Information?»

«In Finnland arbeiten die Polizeikräfte eng zusammen.»

Michailow lachte auf. «Aha, die Sicherheitspolizei denkt also, ich wäre noch immer beim Geheimdienst. Das trifft nicht zu. Mein Interesse gilt jetzt der Kultur.»

Die Formulierung amüsierte Takamäki. Michailow mochte sich für Kultur interessieren, aber seine Aufgaben lagen mit Sicherheit ganz woanders. Der Kommissar verzog jedoch keine Miene. «Jedenfalls haben Sie sich mit Hassinen getroffen», wiederholte er.

«Das stimmt.»

«Warum?»

«In einer rein persönlichen Angelegenheit.»

«Welcher Art war diese persönliche Angelegenheit? Ich muss das wissen.»

Michailow blies Rauch in die Luft und trank einen Schluck Tee. «Es ging um seine Tochter. Sie hatte Probleme, und Hassinen bat mich um Hilfe.»

«Was für Probleme und welche Art von Hilfe?»

«Sie sind ja hartnäckig wie früher der KGB», lächelte Michailow. «Sie wissen wohl, dass das Mädchen drogensüchtig und eine Hure ist. Sie hatte Probleme mit einigen Russen.»

«Mit wem?»

Michailow ignorierte die Frage. «Generalsekretär Hassinen war mit der Situation nicht glücklich, darum fragte er mich, ob ich ihm helfen könnte.»

«In welcher Weise?»

«Das Mädchen stand unter Druck, und er wollte, dass …» Michailow suchte offenbar nach dem passenden Ausdruck, fand ihn jedoch nicht und fuhr fort: «… dass der Druck weggenommen wird. Als Kulturattaché habe ich allerdings nur geringen Einfluss.»

«Was hat diesen Druck verursacht?»

Michailow zuckte die Achseln. «Die Probleme. Sie glauben hoffentlich nicht, dass ich oder sonst jemand von unserer Botschaft in den Mord verwickelt ist?»

Diesmal war es Takamäki, der die Gegenfrage überhörte. «Und was wollten Sie von Hassinen?» Der Präsident der Sicherheitspolizei hatte ihn gebeten, diese Frage zu stellen. Zweifellos handelte es sich um eine diskrete Warnung.

«Gar nichts. Wir waren alte Freunde, und unter alten Freunden hilft man sich, ohne eine Gegenleistung zu erwarten», erwiderte Michailow leicht gereizt. Takamäki hatte den Eindruck, dass die Botschaft der SUPO angekommen war.

«In Ordnung», sagte er. Mehr würde er aus dem Mann nicht herausholen können. «Dann wäre da noch eine zweite Sache. Wir haben den begründeten Verdacht, dass dieser Mann in den Mord an Teuvo Hassinen verwickelt ist.» Er zeigte Michailow das Foto von Gennadi Karpow.

«Ach, Gennadi. Er hat früher hier gearbeitet.»

«Im Bereich Kultur?»

Michailow lachte gezwungen, sagte aber nichts.

«Wir suchen nach diesem Mann. Ob er sich in Finnland, Russland oder anderswo aufhält, wissen wir nicht. Wahrscheinlich werden wir ihn international zur Fahndung ausschreiben und die russischen Behörden um Amtshilfe bitten, damit er nach Finnland ausgeliefert wird – sofern er sich in Russland aufhält. Man hat mir jedoch geraten, Ihnen die Sache zunächst inoffiziell vorzutragen.»

«Das war ein guter Rat.»

«Die Sache ist hiermit vorgetragen.»

«Gut. Ich werde sehen, ob wir – über meine alten Kontakte natürlich – im Vorfeld etwas tun können. Die Bürokratie ist nämlich auf beiden Seiten der Grenze und ganz besonders über die Grenze hinweg sehr, sehr langsam.»

«Irgendein Schriftverkehr ist vorläufig nicht nötig?», fragte Takamäki.

«Nicht in diesem Stadium. Wenn nötig, erledigen wir das später.»

«Dann hören wir also voneinander.» Takamäki stand auf.

«Ja, wir kommen auf die Sache zurück», sagte Michailow und gab ihm die Hand. «Ich freue mich, dass die Beziehungen zwischen Finnland und Russland solide und vertrauensvoll sind – fast wie in alten Zeiten.»

Takamäki verließ das Gebäude und ging zum Seiteneingang des Botschaftsgeländes in der Ullankatu. Der Pförtner, der ihn begleitet hatte, blieb an der Tür stehen. Takamäki öffnete den Schirm, merkte aber, dass er ihn nicht brauchte, denn es nieselte nur noch ganz leicht. Also klappte er ihn wieder zu. Als der Pförtner auf dem Monitor sah, dass Takamäki das Tor in der Umzäunung erreicht hatte, öffnete er die elektrische Verriegelung.

Das Gespräch hatte bei Takamäki ein unangenehmes Gefühl hinterlassen. Michailow sprach dieselbe Sprache wie der Chef der Sicherheitspolizei, eine Diplomatensprache, bei der die Verantwortung für den Inhalt immer beim Zuhörer lag. Takamäki aber interpretierte nicht gern.

Er drückte das Tor auf und kehrte auf finnischen Boden zurück. Sein Wagen stand in der Tehtaankatu, bei der St. Henrikskirche. Auf dem Weg dorthin schaltete er das Handy ein. Es war vierzig Minuten ausgeschaltet gewesen und piepte sofort. Es waren vier Mitteilungen in der Mailbox.

Die beiden ersten übersprang er, sobald er merkte, dass sie von den Medien kamen. Die dritte Mitteilung stammte von Nykänen. Er berichtete, die Begeka-Leute hätten Hinweise auf Karpow erhalten, die gerade überprüft würden. Die vierte Nachricht hatte Takamäkis Frau hinterlassen. «Kari, komm bitte nach Hause. Sofort.» Ihre Stimme klang kühl, und Takamäki spürte, dass etwas nicht stimmte.

Er rief zu Hause an. Doch obwohl er das Telefon zehnmal klingeln ließ, nahm niemand ab. Auch am Handy meldete seine Frau sich nicht. Hastig lief Takamäki zum Auto und fuhr nach Espoo.

Suhonen sah auf die Uhr. Fünf vor zehn. Es regnete nicht mehr, aber die Straße war noch nass. Die graubraunen Steine des Boulevards reflektierten das Licht der Straßenlampen. Eine Straßenbahn rumpelte vorbei, aber im Übrigen lag der Park vor der Alten Kirche so still da wie die dort beerdigten Pestopfer.

Am Straßenrand waren nur wenige Autos geparkt. Überhaupt wirkte die Stadt ungewöhnlich ruhig. Das gleiche Phänomen hatte man nach dem Polizistenmord vor einigen Jahren beobachten können. Die Leute fühlten sich unsicher, hatten vielleicht auch Angst.

Suhonen wartete wie vereinbart am Tor. Gegenüber lag das mächtige Gebäude des Verlags WSOY. Das Tor zum Friedhof hatte traurige Berühmtheit erlangt, als ein Verlagsmanager, dem Wirtschaftsvergehen vorgeworfen wurden, sich daran erhängt hatte.

Suhonen war nicht allein unterwegs, er hatte zwei Männer zur Rückendeckung dabei. Einer von ihnen wartete in einem Kleintransporter, der an der Ecke der Annankatu parkte. Er saß nicht auf dem Fahrersitz, sondern auf dem hinten eingebauten Beobachterposten. Durch das abgedunkelte Fenster sah man nach draußen, aber nicht ins Wageninnere.

Der zweite Mann saß in einem ähnlichen Wagen an der anderen Ecke des Parks in der Yrjönkatu. Etwas weiter entfernt – außer Sichtweite – waren außerdem für alle Fälle zwei Männer in einem Pkw postiert.

Die beiden Kleintransporter waren bereits am Nachmittag an Ort und Stelle gebracht worden, und die Männer hatten seitdem die ganze Zeit auf ihrem Posten gesessen. Umfassendere Sicherheitsvorkehrungen hatte Suhonen nicht für nötig gehalten, denn der Treffpunkt war offen zugänglich und dank der Straßenlampen gut beleuchtet.

Suhonen glaubte nicht, dass Bergroth zu Fuß kommen würde. Wahrscheinlich würde er mit ein paar Gorillas im Auto vorfahren. Das Gespräch würde entweder im Park oder im Wagen stattfinden.

Aus Richtung Hafen war Motorengeräusch zu hören. Ein Taxi fuhr vorbei. Aus der Gegenrichtung kam der Bus in den Vorort Lauttasaari.

In den nächsten zehn Minuten tat sich nichts. Suhonen beschlich der Verdacht, dass Bergroth ihn versetzt hatte, doch da bog plötzlich von der Yrjönkatu her ein dunkelgrüner Opel Vectra auf den Boulevard ein. Suhonen war sich nicht sicher, ob außer dem Fahrer eine oder zwei weitere Gestalten im Wagen saßen. Instinktiv prägte er sich das Kennzeichen ein.

Der Vectra hielt unmittelbar vor ihm, die Tür zum Fond ging auf.

«Einsteigen!», befahl eine raue Stimme, die Suhonen bereits am Telefon gehört hatte.

Suhonen sah sich noch einmal um, bevor er einstieg. Im selben Moment wurde ihm ein schwarzer Sack über den Kopf gezogen. «Was zum …»

«Schnauze», sagte die raue Stimme.

Suhonen spürte einen Pistolenlauf am Kopf. Eine Hand tastete nach seiner Dienstwaffe und nahm sie aus dem Achselhalfter. Dann wurden ihm die Hände gefesselt. Das Auto ruckte an. «Wohin fahren wir?»

«Du landest im Hafenbecken, du Scheißschnüffler.»

Suhonen spürte, dass der Wagen nach links abbog. Vermutlich in die Annankatu. Dann ging es wieder nach links. Also fuhren sie nun auf der Uudenmaankatu in Richtung Erottaja.

Nachdem sie noch ein halbes Dutzend Mal abgebogen waren, hatte Suhonen die Orientierung verloren. Er nahm an, dass sie sich irgendwo im Stadtteil Punavuori befanden. Der Wagen hielt. Suhonen hörte ein Knacken: Der Schlagbolzen eines Revolvers wurde zurückgezogen. Wollen sie es gleich hier erledigen?, dachte er.

«Hast du Schiss, du Knilch?», fragte die raue Stimme.

Suhonen gab keine Antwort. Natürlich hatte er Angst.

Die Tür ging auf, und er wurde aus dem Wagen gezerrt. Den Sack nahm man ihm nicht ab. Suhonen vermutete, dass der Wagen in einer Toreinfahrt stand, denn das Motorengeräusch hallte von den Wänden wider.

«Taste ihn ab», sagte die raue Stimme.

Suhonen spürte Hände, deren Besitzer nach Schweiß roch. Die Untersuchung war gründlich. «Er hat 'ne Weste an», verkündete der Verschwitzte. Offenbar war das in Ordnung, denn niemand befahl Suhonen, die Weste auszuziehen.

«Jetzt noch elektronisch.»

Suhonen erriet, dass man nach einem Mikrophon oder einem Peilsender suchte. Er trug jedoch nichts dergleichen an sich.

«Zurück ins Auto.»

Sie bugsierten Suhonen wieder in den Vectra. Die Türen wurden zugeschlagen, und der Wagen fuhr rückwärts aus der Toreinfahrt heraus. Der ganze Vorgang hatte weniger als eine Minute in Anspruch genommen.

Der Wagen fuhr rund fünfzehn Minuten durch die Straßen, wobei er ständig die Richtung wechselte. Suhonen versuchte vergeblich, die Route nachzuvollziehen. Kopfsteinpflaster und Straßenbahnschienen waren die einzigen Anhaltspunkte; er hätte nicht sagen können, ob sie sich noch in Südhelsinki befanden oder im Stadtteil Töölö.

Plötzlich hielt das Auto, der Beifahrer stieg aus und schlug die Tür zu. Kurz darauf fuhr der Wagen noch etwa zehn Meter weiter. Dann wurde der Motor abgestellt, und Suhonen hörte hinter sich ein dumpfes Geräusch. Offenbar befanden sie sich in einer Garage.

Suhonens Tür wurde geöffnet. Der Verschwitzte zog ihn aus dem Wagen. Besonders groß konnte die Garage nicht sein, denn Suhonen spürte die kalte Betonwand an der Schulter. Im selben Moment nahm man ihm den Sack vom Kopf.

Er sah vier Männer vor sich – drei trugen Kommandomützen, der vierte nicht. Ihn erkannte Suhonen sofort: Stig Bergroth. Seit ihrer letzten Begegnung vor einem Jahr hatte Bergroth abgenommen. Doch die Angaben der alten Fahndungsmeldungen trafen noch zu: 183 cm, normaler Körperbau, schmales Gesicht, dunkle Haare, 4 cm lange Narbe an der linken Wange.

Bergroth trug einen halblangen schwarzen Mantel und schwarze Jeans. Um den Hals hing ihm eine dicke Goldkette. «Grüß dich», grinste der Gangsterboss.

Takamäki parkte den Golf vor seinem Haus. Eigentlich galt vor dem zweistöckigen, hellen Reihenhaus Halteverbot, doch das war ihm im Moment gleichgültig. Während der Fahrt hatte er einen Bekannten bei der Espooer Polizei angerufen, und dessen Bericht hatte ihn ein wenig beruhigt: Bisher war die Bombendrohung jedenfalls nicht verwirklicht worden. Auch die Zivilstreife, die sein Haus bewachte, hatte nichts Ungewöhnliches bemerkt.

Alles sah friedlich aus. Bis auf einen Mann, der seinen Hund ausführte, war niemand zu sehen. Takamäkis Haus stand an einer vierhundert Meter langen, zu beiden Seiten bebauten Sackgasse. Die Zivilstreife parkte am Anfang dieser Straße. Takamäki hatte die Männer im Vorbeifahren gegrüßt.

Er lief zur Haustür. Die obere Etage war dunkel, aber im Erdgeschoss brannte Licht. Takamäki schloss auf. Die Tür zwischen Windfang und Wohnung war geschlossen, und durch das Milchglas konnte er nichts sehen. Zu hören war auch nichts. Vorsichtig machte er die Tür auf.

Im Flur war niemand. Die Schuhe standen ordentlich aufgereiht, und die Mäntel hingen an der Garderobe. So wie immer. Takamäki ging weiter. Er hörte ein Schluchzen.

Dann sah er seine Frau. Sie saß am Küchentisch und hatte die Hände vors Gesicht geschlagen.

«Kaarina, was ist passiert?», fragte er.

Sie schrak auf und drehte sich um. Ihr Gesicht war verweint.

«Was ist passiert?», fragte Takamäki noch einmal. «Ist was mit den Jungen?»

Kaarina stand auf und warf sich in seine Arme. Takamäki drückte sie fest an sich. Nach einer Weile schob er sie behutsam ein Stück von sich, hielt aber ihre Hände. «Was ist passiert? Warum bist du nicht ans Telefon gegangen?»

«Ich hab mich nicht getraut. Jemand will unser Haus in die Luft jagen», stammelte sie.

«Du brauchst keine Angst zu haben», beruhigte Takamäki sie. «Alles ist in Ordnung.»

«Wieso in Ordnung?» Ihre Stimme wurde schärfer. «Hast du nicht gehört, was ich gesagt habe? Wir haben eine Bombendrohung bekommen.»

«Ich weiß. Trotzdem ist alles in Ordnung. Draußen hält eine Polizeistreife Wache.»

Sie sah ihn verwundert an. «Du kannst doch gar nichts davon wissen. Der Anruf ist erst vor einer halben Stunde gekommen, und ich hab keinem davon erzählt.»

«Welcher Anruf?»

«Ein Mann hat angerufen und gedroht, unser Haus in die Luft zu sprengen.»

«Hier? Vor einer halben Stunde?»

Jetzt begriff sie. «Hat es noch mehr Drohungen gegeben?»

Takamäki gab keine Antwort.

«Du hast von der Bombendrohung gewusst! Du hast also auch eine bekommen», sagte seine Frau und riss sich von ihm los.

«Ich persönlich nicht, aber im Präsidium ist heute ein Anruf eingegangen.»

«Und du hast mir nichts gesagt! Du hast uns einfach hier hockenlassen!»

«Die Drohung war nicht ernst zu nehmen», sagte Takamäki.

«Eben hat es aber ernst geklungen, zumindest in meinen Ohren!»

«War es ein Mann? Was hat er gesagt? Hat er finnisch gesprochen?»

«Ein Mann, ja, und natürlich hat er finnisch gesprochen. Er hat nur gesagt, bald geht bei euch eine Bombe hoch. Dann hat er aufgelegt.»

«Na, das klingt nicht so gefährlich.»

«Wieso?»

«Na ja, die Drohung ist nicht besonders detailliert. Er hat zum Beispiel nicht gesagt, warum er eine Bombe zünden will, und eine Botschaft hat er auch nicht übermittelt.»

«Was denn für eine Botschaft, um Himmels willen?»

«Beruhige dich. Diese Typen sind einfach krank. Eine so vage Drohung ist aller Wahrscheinlichkeit nach bloß ein böser Scherz. Wenn der Anrufer zum Beispiel gesagt hätte, dein Haus fliegt in die Luft, weil dein Mann mich ins Gefängnis gebracht hat und ich ihn hasse, dann müsste man die Drohung ernster nehmen. Und wenn uns wirklich jemand Schaden zufügen wollte, würde er uns doch nicht warnen.»

«Aber er hat hier angerufen!»

«Reg dich nicht auf. Bei solchen großen Fällen sind Drohanrufe ganz normal. Irgendwer hat mich im Fernsehen gesehen und versucht die Ermittlungen zu stören. So was passiert ziemlich oft.»

«Warum hast du nichts getan?»

«Hab ich doch!» Takamäki wurde allmählich ärgerlich. «Die Polizei hat unser Haus die ganze Zeit bewacht.»

«Aber du hast uns hierbleiben lassen!», schrie Kaarina.

«Mach dich nicht verrückt. Wo sind die Jungen?»

«Was kümmert dich das?»

«Kaarina, wo sind die Jungen?»

Sie schluchzte auf. «Bei den Vartios. Ich hab sie hingeschickt.»

Takamäki nickte. Der Sohn der Vartios spielte in derselben

Eishockeymannschaft wie sein Ältester. «Okay, wir machen es so ...»

Sein Handy unterbrach ihn. «Hallo», meldete er sich.

Kaarina sah, wie sich seine Miene verfinsterte.

«Was?», sagte er. «Niedergeschossen? Verdammte Scheiße! ... Wo? ... Gerade eben? ... Okay. Klar, ich komm sofort hin.»

Takamäki steckte das Handy ein und wandte sich an seine Frau. «Ein Polizist ist niedergeschossen worden. Ich muss sofort hin.»

«Und mich lässt du hier?», fragte sie eisig.

«Ja, das heißt nein. Nur ganz kurz. Jemand von der Espooer Polizei holt dich gleich ab. Pack inzwischen für dich und die Jungs Sachen für ein paar Tage ein. Du kannst mit den Polizisten zu den Vartios fahren und die Jungen abholen. Ihr zieht vorübergehend ins Hotel.»

«In welches?»

«Mir egal. Wohin du willst.»

«Ich will in kein Hotel.»

«Willst du hier bleiben?»

«Nein. Wir fahren zu meiner Mutter.»

«Das ist auch eine Möglichkeit», nickte Takamäki. Er verkniff sich den Hinweis, dass das Haus seiner Schwiegermutter nicht der sicherste Ort wäre, wenn es sich um eine ernsthafte Bombendrohung handeln würde. Da der Anrufer es geschafft hatte, Takamäkis geheime Adresse und Telefonnummer herauszufinden, würde er mit Leichtigkeit feststellen können, wo seine Schwiegermutter wohnte. Er nahm die Drohung jedoch nach wie vor nicht ernst.

«Genau. Das ist eine Möglichkeit», sagte Kaarina.

«Ihr bleibt ein paar Tage, und dann hole ich euch ab.»

«Kari, ich bin nicht sicher, ob wir mit dir kommen.»

«Nicht mit mir, ich hab jetzt keine Zeit, euch hinzubringen. Das macht die Espooer Polizei.»

«Ich meine, wenn du uns abholst.»

«Lass den Quatsch», sagte Takamäki. Die Reaktion seiner Frau ging ihm allmählich auf die Nerven.

«Es geht um deine Wertvorstellungen.»

«Fang jetzt nicht damit an, Herrgott nochmal! Ein Polizist ist niedergeschossen worden, und der Mörder des Generalsekretärs läuft frei herum, die Ermittlungen stecken total fest. Das ist jetzt meine erste Priorität.»

«Es ist dir wichtiger als deine Familie.»

Takamäki versuchte, seiner Frau einen Kuss zu geben, doch sie wehrte ihn ab.

«He, jetzt dramatisiere das nicht unnötig. Jemand hat auf meinen Kollegen geschossen!» Takamäki zwang sich, ruhig zu bleiben. «Ich kümmere mich darum, dass die Espooer Kollegen euch in Sicherheit bringen. Ich würde es ja selbst tun, aber das geht jetzt einfach nicht. Pack ein paar Sachen ein, dann bringt euch die Streife, wohin du willst», sagte er und ging in den Flur. «Vergiss nicht, dass du mit einem Polizisten verheiratet bist. Da kann so was vorkommen.»

Er nahm sein Handy und rief seinen Bekannten bei der Espooer Polizei an, der ihm versprach, alles in die Wege zu leiten.

«Ich brauche keine Polizei», sagte Kaarina. «Ich kann mit unserem Auto zu meiner Mutter fahren.»

Takamäki öffnete die Haustür. «Würde ich an deiner Stelle nicht tun. Die Bombe könnte ja auch im Auto liegen.»

«Kari!»

«Das war nur ein Witz. Reg dich nicht auf. Ich ruf dich an. Bis bald», sagte Takamäki im Hinausgehen. «Ich liebe dich.»

«Leb wohl.»

Das Schloss knackte, als Takamäki die Tür zudrückte.

Die drei Männer, die neben Bergroth standen, erinnerten mit ihren schwarzen Kommandomützen an IRA-Kämpfer, trugen allerdings keine Tarnanzüge, sondern Jeans und Lederjacken. Einer hielt eine Waffe in der Hand.

Der Opel war vorwärts in die Garage gefahren worden, und die Männer standen an der Rückwand. Suhonen hatte kaum Platz zwischen dem Wagen und der kalten Seitenwand. Obwohl die Garage nur schwach beleuchtet war, erkannte er in der Waffe seine eigene Glock-Pistole. Er warf einen Blick über die Schulter. Dicht hinter ihm stand noch ein Mann mit Kommandomütze. Wenn man Bergroth mitzählte, waren also fünf Ganoven in der Garage.

«Du hast in den letzten Tagen so viele Razzien veranstaltet, dass ich keine Lust habe, dir noch mehr Gesichter oder Adressen zu liefern. Deshalb diese Operation.»

Suhonen nickte. Vielleicht hatte Bergroth doch nicht vor, ihn zu töten.

«Ich nehme an, es geht um den Fall Hassinen», fuhr Bergroth fort.

«Ja», sagte Suhonen. Die Fessel saß zu eng, in seinen Händen begann es unangenehm zu kribbeln.

«Ihr Bullen seid deswegen ja total aus dem Gleis. Du zum Beispiel machst überflüssige Razzien in den Buden von kleinen Dealern. An sich gut, dass ich jetzt weiß, welche Löcher ihr kennt. Da kann ich ein bisschen umorganisieren. Aber du hast auch die anderen Dealer nervös gemacht.»

«Hoffentlich. Politiker werden schließlich nicht alle Tage ermordet.»

«Nein. Und das ist auch der einzige Grund, weshalb ich

dir jetzt helfe. Wenn ihr den Fall nicht aufklärt, fordert garantiert bald wieder irgendwer mehr Kompetenzen für die Polizei. Ich finde, ihr habt längst mehr als genug. Eure verdeckten Ermittlungen und Abhöraktionen machen uns ganz schön zu schaffen.» Bergroth lachte, wurde aber gleich wieder ernst. «Du weißt, was ich tue, und ich weiß, wer du bist. Reden wir also ganz offen. Was willst du wissen?»

«Wer steckt dahinter?»

«Ich jedenfalls nicht.»

«Du kennst aber Hassinens Tochter.»

«Stimmt. Ein Rasseweib. Hat Feuer und macht alles mit. Kann ich empfehlen», lachte Bergroth.

«Ich weiß», sagte Suhonen. «Ich hab euch auf Video gesehen.»

«Ach, von mir gibt's auch eins? Donnerwetter! Machst du mir 'ne Kopie? So was wärmt das Herz an kalten Wintertagen.»

«Ach ja, im Knast darf man ja neuerdings Video gucken», grinste Suhonen. Bergroth lachte. «Deine Leute stecken also nicht dahinter?», hakte Suhonen noch einmal nach.

«Nein.» Schlagartig wurde Bergroth wieder ernst. «Andernfalls wärst du jetzt nicht hier. Außerdem sind wir nicht so blöd, Politiker umzulegen.»

Suhonen nickte. Der Ansicht war er auch.

«Es war ein Russe», sagte Bergroth. «Er nennt sich Anatoli. Eins neunzig ungefähr, ein harter Bursche. Irgendwer hat mir erzählt, er hätte früher in der russischen Botschaft gearbeitet. Vom Geheimdienst wird auch gemunkelt, aber das weiß ich nicht mit Sicherheit.»

«Anatoli?»

«Den Namen benutzt er. Angeblich ist er schon wieder in Russland.»

«Woher weißt du das?»

Bergroth holte einen kleinen Plastikbeutel aus der Tasche. Suhonen glaubte zuerst, drei Würstchen darin zu erkennen, begriff aber im nächsten Moment, dass es Finger waren.

«Der kleine Finger hat diesmal nicht gereicht. Die beiden Zeigefinger haben auch noch dran glauben müssen, aber dann hat er uns alles erzählt.»

«Wer?»

Bergroth überhörte die Frage. «Die Kohle, die sie fürs Ficken kriegt, hat der Hassinen nicht gereicht. Die Nutte hat sich mit Grönlund zusammengetan, und dann haben sie den Kerlen zusätzliche Mäuse aus der Tasche gezogen. Ein gutes Geschäft. Sie haben sich ihre Opfer sorgfältig ausgesucht. Verheiratete Beamte, Manager und so. Die Summen waren erträglich, also haben die Typen brav gezahlt. Aber dann haben die beiden einen Fehler gemacht. Grönlund hat bei irgendeinem Geschäft russische Manager geschmiert und anschließend versucht, sie zu erpressen. Angeblich haben die Russen daraufhin gedroht, den Hintergrund des Geschäfts an die Öffentlichkeit zu bringen.»

«Ging es um Arendon?», fragte Suhonen.

«Den Namen hab ich gehört, ja. Aber die Erpressung war ein Fehler – und zwar ein großer. In unserem Nachbarland hält man überhaupt nichts von erpresserischen Huren. Also hat man mit Grönlund Kontakt aufgenommen und ihn freundlich gebeten, die Sache fallenzulassen. Aber Grönlund war dumm und geldgierig. Verdammt nochmal, der Kerl hatte ein Haus im Westend und Schwarzgeldkonten noch und noch, aber er konnte den Hals nicht vollkriegen.»

Suhonen hörte schweigend zu. Seine Hände schmerzten.

Bergroth schüttelte den Kopf. «Und dann haben sie auch

noch versucht, diesen Politikerarsch für sich einzuspannen …»

«Hassinen?», vergewisserte sich Suhonen.

«Ja. Der hat sich für seine Tochter starkgemacht und versucht, dabei irgendwelche alten Russlandkontakte zu nutzen. Das hat die russischen Bosse endgültig auf die Palme gebracht. Also haben sie Anatoli losgeschickt. Ein Generalsekretär des finnischen Parlaments hat für die doch überhaupt keine Bedeutung. Bei denen werden noch viel höhere Herren umgelegt.»

«Woher weiß dieser fingerlose Mann das alles?»

«Er war der Mittelsmann zwischen Anatoli und den beiden Jammerlappen, die jetzt bei euch in der Zelle hocken.»

«Einer von deinen Leuten, nehme ich an?»

Bergroth nickte. «Der Scheißkerl hat auf eigene Rechnung gearbeitet. Hätte er nicht tun sollen.»

«Und wer ist dieser Herr, der seine Finger im Plastikbeutel aufbewahrt?»

Bergroth trat vor Suhonen und nahm einen der Finger aus dem Beutel. Er hob Suhonens gefesselte Hände hoch, presste ein paar Tropfen Blut auf einen Handrücken und drückte die Spitze des amputierten Fingers darauf. «Das musst du selbst rausfinden. Ihr habt ihn im Register.»

Suhonen schaute auf seine Hand. Der Fingerabdruck war deutlich zu erkennen.

«Aber du wirst den Kerl nicht finden. Dem hat das Gewissen so zugesetzt, dass er sich eine Kugel in den Kopf gejagt hat …»

«Ohne Finger?», fragte Suhonen.

Bergroth redete ungerührt weiter. «Vorher hat er uns gebeten, ihn auf See zu bestatten – oder wollte er verbrannt werden? Ich erinnere mich nicht mehr … Jedenfalls weißt du jetzt Bescheid und kannst mit deinen albernen Razzien aufhören. Wenn ihr mich in den Knast bringen wollt, versucht wenigstens, einen vernünftigen Fall zu konstruieren. Nicht so einen Firlefanz.»

«Und …»

«Jetzt reicht's. Das war alles», sagte Bergroth und gab einem seiner Männer einen Wink. Der stülpte Suhonen den Sack über den Kopf.

«Dieses Treffen hat nie stattgefunden, kapiert? Bringt den Bullen in den Park zurück. Wir erschießen ihn ein andermal», lachte Bergroth.

# 32

Takamäki bog beim Einkaufszentrum in die Itälahdenkatu ein. «Sesto» stand auf der Leuchtreklame des Supermarkts. Der südliche Teil des Vororts Lauttasaari war früher Industriegebiet gewesen, hatte sich aber allmählich in ein Wohngebiet verwandelt. Es gab jedoch immer noch viele Büros und Lager, nur die Fabriken waren verschwunden.

Bevor er losgefahren war, hatte Takamäki das mit einem Magnet versehene Blaulicht, das seinen Strom aus dem Zigarettenanzünder bezog, auf das Dach gesetzt und eingeschaltet. Trotzdem hatte er darauf verzichtet, voll aufs Gas zu treten. Bei der kurzen Entfernung lohnte sich das kaum. Er hatte für die fünfzehn Kilometer acht Minuten gebraucht.

Der Wortwechsel mit seiner Frau und die Nachricht, die er am Telefon bekommen hatte, machten ihn gleichermaßen nervös. Was war in Lauttasaari passiert? Und warum zum Teufel konnte seine Frau ihn nicht verstehen? Takamäki überlegte sich, dass er mit seiner Familie eine Woche Urlaub auf den Kanarischen Inseln machen würde, wenn dieser Fall abgeschlossen war.

Auf der breiten Itälahdenkatu herrschte kaum Verkehr, und Takamäki beschleunigte auf neunzig Stundenkilometer. Er kam an einem palastartigen Bürogebäude vorbei, bremste an der Kreuzung und beschleunigte erneut. Linker Hand lag eine alte, verlassene Werkstatt. Ihre Wände waren mit Graffitis beschmiert, die Fenster eingeschlagen.

Einen Stadtplan brauchte der Kommissar nicht. Er kannte die Melkonkatu. In diesem Viertel hatte er als Ermittlungsleiter einen Mord aus Eifersucht aufgeklärt – ein junger Bursche hatte seine Freundin erstochen.

Takamäki sah das Blaulicht eines Streifenwagens. Noch fünfhundert Meter.

Als er auf hundert Meter an den Streifenwagen herangekommen war, verringerte er das Tempo. Die Umgebung war bereits abgeriegelt, obwohl der Zwischenfall erst vor rund einer halben Stunde passiert war. Gut, dachte Takamäki. Er fuhr an dem Lokal «Fröhlicher Cider» und an einem Gelenkbus der Helsinkier Verkehrsbetriebe vorbei, der an der Endhaltestelle stand. Aus den Augenwinkeln sah er uniformierte Polizisten, die den Busfahrer und einige Leute vor der Kneipe befragten.

Der Streifenwagen stand mitten auf der Kreuzung und versperrte die Zufahrt zu der kleinen Querstraße. Takamäki überquerte die Kreuzung und parkte am linken Straßenrand.

Er stieg aus dem Auto und schloss ab. Sein Herz klopfte zum Zerspringen – vielleicht war er doch zu schnell gefahren. Ein Schupo kam auf ihn zu. Takamäki erkannte ihn: Es war Eronen, der junge Polizeianwärter, der Maserati und Ström bei der Verkehrskontrolle angehalten hatte.

«Grüß dich», sagte Takamäki.

«Der Tatort ist im letzten Wohnhaus vor der Kreuzung», sagte Eronen und zeigte auf ein fünfstöckiges weißes Haus an der linken Straßenseite. Takamäki nickte und machte sich auf den Weg. In der Querstraße stand ein halbes Dutzend weitere Streifenwagen.

Die Strecke zu dem fraglichen Haus betrug knapp fünfzig Meter. Hagebuttensträucher säumten den Bürgersteig. Das Schauspiel hatte zahlreiche Zuschauer auf die Balkons des Wohnblocks gelockt. Einer von ihnen hantierte mit einer

Videokamera; vermutlich würde die Aufnahme später in irgendeiner Nachrichtensendung gezeigt werden. Takamäki prägte sich den Balkon ein, denn das Video konnte auch für die Polizei interessant sein.

Als Takamäki näher kam, sah er, dass der unterste Balkon am Eckhaus von einer großen, am Geländer des darüberliegenden Balkons festgezurrten Plane verhüllt war. Der Hauseingang befand sich nicht in der Querstraße, sondern in der Melkonkatu. Dort standen weitere Streifenwagen und der Kleintransporter der Spurensicherung.

Auf dem Plattenweg, der zur Haustür führte, traf Takamäki auf Kriminalhauptmeister Tuomisto, einen seiner engsten Mitarbeiter, der sich mit zwei Streifenbeamten unterhielt.

«Grüß dich», sagte er.

«Scheiße, der Kerl hat auf Nykänen geschossen», erwiderte Tuomisto.

Das hatte Takamäki bereits am Telefon erfahren. Der Schuss hatte Nykänen in den Hals getroffen. Es war eine lebensgefährliche Verletzung; Nykänen war in die Universitätsklinik gebracht worden und wurde gerade operiert.

«Ja, schlimme Sache. Genaueres weiß ich noch nicht. Kannst du mir sagen, was passiert ist?» Die beiden Streifenbeamten zogen sich zurück.

Die Straßenlampen tauchten den Hof in fahles Licht. Vor der Haustür sah Takamäki eine schwärzliche Blutlache. Nykänens Blut, verdammt nochmal, dachte er. Ein Mann von der Spurensicherung kam heran und begann den Bereich mit einem blauweißen Band abzusperren.

Takamäki und Tuomisto traten einige Schritte zur Seite. «Ich war bei ihm. Ich dachte, er stirbt», sagte Tuomisto.

Takamäki sah die Erschütterung in seinen Augen. «Erzähl mal von Anfang an.»

«Ich hab sogar schon für ihn gebetet.»

«Reiß dich zusammen. Nykänen ist in der Klinik. Du musst mir jetzt erzählen, was passiert ist.»

Tuomisto atmete ein paarmal tief durch. «Es war ein ganz normaler Hinweis. Die Wohnung im ersten Stock musste überprüft werden. Alle Leute von der Begeka waren unterwegs, deswegen wollte Nykänen die Sache selbst checken. Er hat mich gebeten mitzukommen. Zuerst wollte er noch warten, bis eine Hundestreife frei war, aber ich hab gesagt, das schaffen wir auch zu zweit. Dann ist er niedergeschossen worden. Scheiße, was war ich blöd! Mit der Kugelweste fühlt man sich so verdammt sicher.»

«Die Westen hattet ihr also an?», fragte Takamäki.

«Ja, aber die haben nichts genützt. Verdammte Scheiße!»

«Ganz ruhig jetzt. Worum ging es bei dem Tipp?»

«Einer von der Begeka hatte gehört, dass hier jemand wohnen soll, der vielleicht was über Karpow weiß. Er konnte es aber nicht selbst überprüfen, weil er gerade was anderes am Laufen hatte.»

«Es war aber nicht die Rede davon gewesen, dass Karpow selbst hier wäre?», fragte Takamäki nach. Das war ein wichtiger Punkt. Wenn nämlich auch nur der geringste Verdacht bestand, dass Karpow sich in der Wohnung aufhielt, wäre es von Nykänen und Tuomisto ein schwerer Fehler gewesen, auf eigene Faust loszuziehen.

«Nein. Wir wollten uns hier nur Informationen über mögliche andere Verstecke holen», sagte Tuomisto.

«Und?»

«Wir sind erst mit dem Auto um den Block gefahren und haben gesehen, dass in der Wohnung Licht brannte. Das war der Punkt, wo Nykänen die Hundestreife anfordern wollte. Er hat bei der Zentrale angefragt, aber es war keine frei. Weil wir noch so viel anderes am Hals hatten, hab ich ihn überredet, die Sache sofort zu erledigen. Na ja, und dann haben wir den Wagen da drüben in der Melkonkatu geparkt und sind hier durch diese Tür rein. Wir sind die Treppe hoch in den ersten Stock und haben an der Wohnungstür gelauscht. Drinnen war es ganz still. Die Tür zu der Wohnung ist an einer total beschissenen Stelle, wie in einer Nische. An der rechten Seite, wo die Scharniere sind, kommt gleich die Wand, und links ist höchstens ein halber Meter Platz. Ich bin auf die Scharnierseite gegangen und hab geklingelt. Dabei hab ich den Daumen auf das Guckloch gelegt. Nykänen stand auf der anderen Seite, an die Wand gedrückt. Wir hatten beide die Waffe gezogen. Es hat sich nichts gerührt, ich musste noch ein paarmal klingeln. Dann war ein Rascheln zu hören, und die Tür ging langsam auf. Nykänen hat einen Fuß dazwischengeschoben und wollte gerade ‹Polizei!› rufen, als es knallte. Er hat sich an den Hals gefasst, es hat fürchterlich geblutet. Ich war halb taub, aber ich habe Nykänen so weit zu fassen gekriegt, dass er nicht mit dem Kopf auf den Boden schlug. Der Kerl hat versucht, die Tür zuzuziehen, aber Nykänens Fuß war im Weg. Da hab ich gerufen: ‹Polizei, verdammt!›, mindestens dreimal. Ich bin hinter die Wand gegangen und hab über Funk Hilfe alarmiert. Es kam mir vor, als ob ich mindestens eine halbe Minute an der Wand gestanden und bloß geschluckt hätte. In meinen Ohren hat es so fürchterlich gerauscht. Nykänen lag da und hielt sich den Hals. Er wollte was sagen, aber es war nicht zu verstehen. Er hat bloß geröchelt. Und geblutet, Unmengen von Blut kamen aus seinem Hals. Dann hatte ich plötzlich das Gefühl, dass ich was tun muss. Mir fiel ein, dass der Kerl versuchen könnte, über den Balkon zu türmen. Ich hab vorsichtig in die Wohnung geguckt. Von der Tür aus sieht man den Flur und ein Stück vom Wohnzimmer. Da war niemand, also bin ich schnell rein. Dann stand da so eine Art Kleiderschrank, der sozusagen den Flur vom Wohnzimmer abteilt. Ich bin bis zur Ecke von dem Ding gegangen und hab einen Blick riskiert. Scheiße, da stand er tatsächlich an der Balkontür. HALT, POLIZEI!, hab ich gebrüllt, und er hat sich umgedreht und auf mich angelegt. Dann hab ich wieder einen fürchterlichen Knall gehört. Der Kerl hatte geschossen, aber die Kugel ist in die Wand gegangen. Ich hab zweimal abgedrückt, ganz automatisch, und ihn in die Brust getroffen, er ist durch die Glastür auf den Balkon gefallen. Ich hab schnell nachgeguckt, er sah aus wie tot. Dann bin ich zurück zu Nykänen. Der war inzwischen bewusstlos. Ich hab seinen Puls zwar noch gespürt, aber ich war sicher, dass er stirbt. Verdammt nochmal, und ich wusste nicht, was ich tun sollte. Künstliche Beatmung oder was? Ich hab ins Treppenhaus gerufen, ein Polizist ist angeschossen worden, kommt und helft mir. Keiner ist gekommen. Ich hab mich so verflucht hilflos gefühlt. Mindestens dreimal hab ich ins Funkgerät gebrüllt, kommt endlich und helft uns, zum Teufel. Es kam mir wie eine Ewigkeit vor, bis die Streifenwagen und die Ambulanz endlich da waren. Der eine Sanitäter ist bei Nykänen geblieben, der zweite ist zu dem anderen gegangen. Dann kam er zurück und sagte: Schwer verletzt. Nykänen war noch am Leben. Irgendwer hat mich da auf die Stufen gesetzt, damit ich nicht im Weg bin. Sie haben Nykänen auf die Trage gelegt und weggebracht, und den anderen auch. Ich hab ewig lange auf der Treppe gehockt und geflucht. Und seitdem lauf ich hier rum wie ein Zombie.»

«Wer ist der Mann, der auf Nykänen geschossen hat?»

«Irgendein Junkie. Riku Harju heißt er, mehr weiß ich auch nicht. Nachdem die Verstärkung da war, hab ich mir die Wohnung angesehen. Da lag eine ordentliche Portion Amphetamin, vielleicht ein Kilo. Der hat bestimmt gedacht, wir wären Einbrecher. Er hat ja schon geschossen, bevor Nykänen Polizei sagen konnte.» Tuomisto rieb sich das Gesicht. Er hatte noch Blut an den Händen, das einen roten Streifen auf der Stirn hinterließ. «Scheiße, hätten wir bloß auf die Hundestreife gewartet, dann wäre das alles nicht passiert. Wenn Nykänen nun stirbt, verdammt nochmal, wegen nichts und wieder nichts … Scheiße!»

Takamäki hätte beinahe gesagt, dass so etwas eben passieren kann. Aber das stimmte nicht. Es passierte nicht oft. Eigentlich hätte es gar nicht passieren sollen. Ein durchgedrehter Chemoclown, verdammt nochmal, und Nykänen kämpfte auf der Intensivstation um sein Leben. Und von Karpow keine Spur.

# 33 | Samstagmorgen

Auf dem Tisch dampften drei Kaffeetassen. Takamäki und von Martens saßen schon in dem engen Dienstzimmer des Kommissars, als Suhonen eintrat. Alle drei hatten die Nacht – oder zumindest einige Stunden – im Mannschaftsraum verbracht. Takamäki, der den Kaffee schon im Voraus eingegossen hatte, hätte liebend gern eine vierte Tasse gefüllt, denn auch Nykänen hätte an der für acht Uhr angesetzten Besprechung teilnehmen sollen.

«Wie geht's Nykänen?», erkundigte sich Suhonen, kaum dass er das Zimmer betreten hatte.

«Immer noch auf der Intensivstation. Die Operation hat sechs Stunden gedauert. Akute Lebensgefahr besteht nicht mehr», sagte Takamäki. «Zum Glück hat die Kugel ihn nicht mitten in den Hals getroffen, sondern ein bisschen weiter rechts, neben der Hauptschlagader. Und zum Glück war es ein kleines Kaliber. Bei neun Millimeter wäre es aus gewesen. Die Kugel hat den Halsmuskel hier an der Seite durchdrungen.» Takamäki zeigte die Stelle an seinem Hals. «Vier Zentimeter weiter links, und Nykänen wäre tot gewesen. Ob er durchkommt, weiß man allerdings noch nicht. Bei so einer Verletzung kann es alle möglichen Komplikationen geben, habe ich mir sagen lassen.»

Takamäki war in der Nacht selbst zu Nykänens Frau gefahren und hatte ihr erzählt, was passiert war. Das war keine leichte Aufgabe gewesen, aber zum Glück bestand noch Hoffnung. Gegen Mitternacht hatte er dann seine Frau angerufen und sie gebeten, in die Klinik zu kommen, um Nykänens Frau beizustehen. Es war vielleicht nicht die gescheiteste Idee gewesen, die beiden erschütterten Frauen zusammenzubringen, aber wenigstens wurde Kaarina dadurch von der Bombendrohung abgelenkt. Takamäkis Söhne waren bei der Oma geblieben.

«Sollten wir ihm Blumen schicken?», fragte von Martens.

«Vorläufig vielleicht noch nicht», meinte Takamäki. Es war schließlich möglich, dass sie statt Blumen einen Kranz kaufen mussten.

«Und Tuomisto?»

«Geschockt», sagte Takamäki. «Er war die Nacht über hier und behauptet, es gehe ihm gut – in Anbetracht der Umstände.»

Tuomisto hatte seinen Bericht über die Ereignisse offiziell zu Protokoll gegeben, und die Zentralkripo hatte eine Untersuchung eingeleitet. Gegen Tuomisto wurde wegen versuchten Totschlags ermittelt. Dabei handelte es sich nach den bisher bekannten Fakten um einen klaren Fall von Notwehr. Der Junkie hatte Nykänen niedergeschossen und auch Tuomisto umbringen wollen. In einer solchen Situation hatte die Polizei das Recht, zurückzuschießen. Warnschüsse wurden schon längst nicht mehr abgegeben. Wenn ein Polizist begründeten Anlass hatte zu schießen, hatte er auch das Recht zu töten. Takamäki wusste jedoch, dass die Ereignisse vor Gericht tagelang durchgekaut werden würden. Irgendein Anwalt würde fragen, warum Tuomisto schießen musste, und warum zweimal. Warum in die Brust und nicht in die Beine? Hätte es nicht andere Möglichkeiten gegeben, Harju festzunehmen? Es war leicht, im Gerichtssaal über solche Fragen zu spekulieren. Verdammt nochmal, die Juristen sollten erst mal Erfahrung im Polizeidienst sammeln, ehe sie mit ihren Fragen ankamen.

Nach der Vernehmung hatte Tuomisto noch mit dem

Polizeipsychologen gesprochen. Es war wichtig, belastende Ereignisse durchzusprechen, damit sie einem nicht im Kopf herumspukten.

«Und dieser Riku Harju ist also auch außer Lebensgefahr?», fragte von Martens.

«Leider ja», schnaubte Suhonen. «Ich hab übrigens heute Nacht mit einer Frau gesprochen, die ihn kennt. Sie sagt, er habe in letzter Zeit irrsinnig viel gefixt und entsprechend hohe Schulden gemacht. Außerdem geht das Gerücht, er habe von einer größeren Lieferung Amphetamin einen Teil für sich behalten.»

«Das würde seine Panik erklären, und das Kilo Speed, das bei ihm gefunden wurde, passt auch ins Bild», meinte von Martens.

«Du musst der Zentralkripo den Namen dieser Frau geben, damit die Kollegen sie vernehmen können», wandte sich Takamäki an Suhonen. «Für Tuomisto kann ihre Aussage wichtig sein.»

«Schon erledigt.»

«Okay, dann kommen wir jetzt zum Fall Hassinen», schlug Takamäki vor. Die beiden anderen nickten. Es musste weitergehen, auch wenn einer der Hauptermittler auf der Intensivstation lag. Takamäki trank von seinem Kaffee, der noch schlechter schmeckte als gewöhnlich. «Ich habe gestern Abend noch einmal mit Laura Hassinen gesprochen, aber ohne Erfolg. Selbst als ich Karpow erwähnt habe, hat sie nicht reagiert, und mein Angebot, ihr Schmerzmittel zu besorgen, hat auch nicht gezogen.»

«Strömberg und die beiden anderen Arendon-Bosse hüllen sich ebenfalls in Schweigen. Wenn sie überhaupt den Mund aufmachen, dann nur, um darüber zu schimpfen, dass wir uns erdreistet haben, den guten Ruf ihrer Firma in den Dreck zu ziehen. Sie wollen uns auf Schadenersatz verklagen», berichtete von Martens.

«Und Bergroth?», wandte sich Takamäki an Suhonen.

«Der Fingerabdruck und natürlich auch die Finger stammen von einem gewissen Lauri Vainio, fünfunddreißig. Er war bei dieser Baufirma beschäftigt, bei Aalto. Bei uns ist er wegen Drogendelikten und Körperverletzung registriert.»

«Und er ist nicht aufzufinden?»

«Nein. Letzte Nacht wurde ein halbes Dutzend Wohnungen überprüft, in denen er sich theoretisch aufhalten könnte. Keine Spur von ihm, niemand weiß, wo er steckt. Er ist nicht verheiratet, und seine Eltern sind tot», erklärte Suhonen, der Takamäki bereits in der Nacht über seine Begegnung mit Bergroth informiert hatte. «Ich nehme an, dass er umgebracht worden ist.»

«Reicht das zu einer Anklage gegen Bergroth?», fragte von Martens.

«Zuerst müssten wir die Leiche finden, oder wenigstens den Ort, wo Vainio umgebracht wurde», meinte Takamäki. «Bergroths Telefone werden aber jetzt abgehört. Zumindest die Anschlüsse, die wir kennen …»

«Und was ist mit der Garage, in der du Bergroth getroffen hast?», fuhr von Martens fort.

«Die haben wir heute Nacht gefunden, in Töölö», antwortete Suhonen. «Sie war natürlich leer. Nach Auskunft der Hausverwaltung ist sie an die Baufirma Aalto vermietet.»

«Die Schlüsselfigur ist also jetzt dieser Gennadi Karpow alias Anatoli», stellte Takamäki fest. Die Ermittlungen der SUPO im Parlament erwähnte er nicht; vorläufig wollte er der Bitte des SUPO-Chefs nachkommen und Stillschweigen wahren. «Fotos, Fasern und Telefondaten zeigen, dass Karpow Hassinen im Parlament getroffen hat. Im Hintergrund steht irgendein Dreiecksspiel, denn der Generalsekretär, Grönlund und das Mädchen haben sich gegenseitig angerufen. Wenn es tatsächlich um Erpressung ging, sollte bei dem Treffen wahrscheinlich eine Vereinbarung ausgehandelt werden.»

«Oder eine Warnung erteilt werden», schaltete sich von Martens ein. «Ich könnte mir denken, dass Karpow die Videos haben wollte, auf denen diese russischen Manager zu sehen sind.»

Suhonen ergänzte: «Vielleicht hatte Teuvo Hassinen Angst vor Karpow und hat sich deshalb im Parlament mit ihm verabredet, weil er sich dort in Sicherheit glaubte.»

«Es könnte auch sein, dass er dachte, Karpow würde ihm das Geld bringen», überlegte von Martens.

«Nein, das glaube ich nicht», widersprach Takamäki. «Der Generalsekretär war offenbar in keiner Weise aktiv an dem Erpressungsversuch beteiligt. Bergroth zufolge hat er nur versucht, seiner Tochter aus der Patsche zu helfen, indem er als eine Art Vermittler auftrat. Dazu hat er obendrein seinen alten Bekannten Michailow um Hilfe gebeten, der wiederum aller Wahrscheinlichkeit nach sein eigenes Süppchen kochte. Aber warum wurde Hassinen im Parlament erschossen?»

«In dem Punkt schließe ich mich Bergroth an», sagte Suhonen. «Einem eiskalten Typen von Karpows Kaliber ist es völlig egal, wen er umbringt und wo.»

«Die Frage ist auch, ob wir wirklich alle Videos von Grönlund und Laura Hassinen haben», warf von Martens ein. «Es wäre schon interessant zu erfahren, wer alles erpresst worden ist. Haben diejenigen, die gezahlt haben, ihr Video ausgehändigt bekommen? Ich würde jedenfalls darauf bestehen, wenn ich in der Situation wäre. Andererseits sind die Dinger ja leicht zu kopieren.»

«Glaubst du etwa, die Opfer würden zugeben, dass sie erpresst worden sind?», grinste Suhonen.

«Nochmal: Karpow ist die Schlüsselfigur», sagte Takamäki. «Meiner Meinung nach müssen wir davon ausgehen, dass er nicht mehr in Finnland ist. Wenn von den Russen keine Hilfe kommt, geben wir die internationale Fahndungsmeldung raus. Und dann können wir nur noch warten. Falls wir Karpow nach Finnland bekommen, fragen wir ihn über die Rolle von Arendon aus. Es würde mich interessieren, wie aktiv die finnischen Manager an der Sache beteiligt waren. Wussten sie von den Morden, oder war das ein privater Rachefeldzug der Russen?»

Die anderen nickten.

Takamäkis Handy klingelte.

«Hallo», meldete er sich.

«Michailow hier. Takamäki?»

«Am Apparat», sagte der Kommissar. Er legte einen Finger auf die Lippen, die beiden anderen verstummten.

«Gute und schlechte Nachrichten. Karpow wurde gestern in einem Restaurant in Sankt Petersburg aufgegriffen. Er wurde noch am Abend verhört und hat ein volles Geständnis abgelegt.»

«Ein Geständnis?», fragte Takamäki verblüfft.

«Ja. Es gibt darüber ein Protokoll.»

«Bekommen wir den Mann nach Finnland?»

«Leider nicht», antwortete Michailow.

«Wieso nicht?»

«Er hat am frühen Morgen versucht, aus der Milizstation auszubrechen, und wurde auf der Flucht erschossen.»

«Erschossen?»

«Ja, leider. Aber ich faxe Ihnen jetzt gleich das Vernehmungsprotokoll. Später bekommen Sie einen Polizeibericht über den Fluchtversuch. Wie ist Ihre Faxnummer?»

Takamäki nannte sie ihm.

«Das Protokoll kommt umgehend. Auf Wiederhören.»

«Auf Wiederhören», sagte Takamäki kopfschüttelnd.

Sechs Minuten später druckte das Faxgerät drei Seiten aus. Bei der ersten Seite handelte es sich um das wappengeschmückte Begleitschreiben der russischen Botschaft. Die zweite enthielt das Vernehmungsprotokoll in russischer Sprache mit der Unterschrift des Mannes, bekräftigt durch seinen Fingerabdruck, der auf dem Fax allerdings nur undeutlich zu sehen war. Auf der dritten Seite fand sich die finnische Übersetzung des Geständnisses.

Takamäki las den finnischen Teil vor.

«Ich, Anatoli Sajurin (früher Gennadi Karpow) gestehe in dieser Vernehmung, dass ich in Helsinki zwei finnische Staatsbürger getötet habe, Teuvo Hassinen vor drei und Kurt Grönlund vor zwei Tagen. Ich habe beide durch Kopfschuss getötet, Hassinen in seinem Dienstzimmer im Parlament, Grönlund in seinem Haus in Espoo. Die Waffe, eine Makarow 9 Millimeter, habe ich ins Meer geworfen.

Hassinens Leiche habe ich in einen Teppich gerollt und in den Keller des Parlamentsgebäudes geschafft, wo ein Finne namens Lauri Vainio wartete, den ich als Helfer angeheuert hatte. Wir haben die Leiche in den Kofferraum eines Pkw gelegt, mit dem Vainio die Tiefgarage verließ. Er hatte den Auftrag, den Toten verschwinden zu lassen. Grönlunds Leiche habe ich in seinem Haus in Espoo liegengelassen. Es war nicht nötig, sie fortzuschaffen, da Hassinens Leiche zu diesem Zeitpunkt bereits gefunden worden war.

Ich bereue meine Taten und bitte die Angehörigen der Männer um Vergebung.

Der Grund für beide Taten waren Spielschulden, die vor einigen Monaten entstanden waren. Ich hatte mich mit Hassinen im Parlament verabredet und erwartete, dass er seine Schulden, insgesamt fünfzigtausend Finnmark, begleichen würde. Doch er weigerte sich, und auch Grönlund wollte nicht zahlen, obwohl ich ihn mehrfach gemahnt hatte. Ich geriet darüber in Wut und beging die Taten, deren ich mich nun schäme. Andere Motive hatte ich nicht.»

«Soso», schnaubte Takamäki.

# 34

Takamäki betrat das Zimmer des Dezernatsleiters. Karhuvuori saß an seinem Schreibtisch, während Polizeipräsident Pettersson und der Präsident der Sicherheitspolizei an dem kleinen Konferenztisch Platz genommen hatten. Pettersson sprach am Handy.

«Ja», sagte er. «Der Ansicht bin ich auch … Ja, der Fall ist klar … Danke, ich werde es ausrichten. Auf Wiederhören.»

Pettersson wandte sich an Takamäki. «Grüß dich, Kari. Der Innenminister gratuliert dir zur Lösung des Falls.»

Es war einige Minuten nach zwölf Uhr. Karhuvuori, Pettersson und der SUPO-Chef hatten Karpow-Sajurins Geständnis kurz vor der Besprechung zu lesen bekommen.

«Möchtest du einen Kaffee, Kari?», fragte Karhuvuori. Eine Thermoskanne und Tassen standen schon bereit.

«Nein danke», sagte Takamäki und setzte sich.

«Der Fall ist ja nun geklärt», stellte Pettersson triumphierend fest.

«Na ja, auf die Sache mit den Spielschulden würde ich nicht viel geben», meinte Takamäki.

«Wieso nicht?»

«Woher sollen wir wissen, ob die Schulden existiert haben?»

«Der Fingerabdruck stammt jedenfalls von Karpow, das hat unser Register bestätigt», erklärte der SUPO-Chef.

«Wir haben keinen Grund, das Geständnis anzuzweifeln. Es ist doch allgemein bekannt, dass Hassinen gern Poker gespielt hat. Ich war selbst ein paarmal dabei», sagte Pettersson.

«Ging es um hohe Einsätze?», fragte Takamäki.

«Nein, das war eher ein Gentlemanspiel zum Zeitvertreib. Wir haben nur ein paar Hunderter gesetzt.» Pettersson wirkte verlegen. «Aber Hassinen war eine Spielernatur, und es würde mich überhaupt nicht wundern, wenn er auch um größere Summen gespielt hätte.»

«Mit russischen Gangstern?», fragte Takamäki skeptisch.

Karhuvuori mischte sich ein. «Karpow ist tot. Hassinen ist tot. Grönlund ist tot. Die drei können wir nicht mehr fragen, und das Mädchen redet nicht.» Er überflog das Geständnis noch einmal. «Alle Fakten in diesem Dokument sind korrekt. Sogar Vainios Name. Und auch Vainio ist höchstwahrscheinlich tot.»

«Die sonstigen Informationen deuten aber auf ein andersgeartetes Motiv hin. Michailow hat doch von Problemen mit den Russen gesprochen, in die das Mädchen geraten war. Rund um Arendon scheint es zu gären. Außerdem gibt es da noch weitere Vorgänge», sagte Takamäki und warf dem SUPO-Chef einen Blick zu.

«Hat Michailow in diesem Zusammenhang von Arendon gesprochen?», fragte Pettersson.

«Nein», musste Takamäki zugeben.

«Haben wir irgendeinen Beweis dafür, dass die Probleme des Mädchens mit Arendon und dem Mord an Hassinen zusammenhängen?»

«Der Zusammenhang ist wichtig für das Motiv», sagte Takamäki.

«Schön, aber welche Beweise hast du?» Pettersson ließ nicht locker.

«Michailows Aussage.»

«Du hast doch gerade gesagt, er hätte Arendon nicht erwähnt.»

«Nicht direkt, aber …»

«Glaubst du, dass Michailow über Arendon und diese hypothetische Bestechungsgeschichte sprechen würde – oder dass er überhaupt etwas darüber weiß?», fuhr Pettersson fort.

«Ich weiß nicht, was er weiß», erwiderte Takamäki.

«Und trotzdem stützt du deine Hypothese auf ihn.»

«Bergroth hat dasselbe gesagt», versuchte Takamäki sich zu verteidigen.

«Ein russischer Geheimdienstler und ein Gangster sind unsere Hauptinformationsquellen? Auf ihre Aussagen verlässt du dich?»

«Die beiden scheinen zu wissen, wovon sie reden.»

«Scheinen?» Pettersson hob die Augenbrauen. «Eine ehrliche Antwort, bitte. Worum handelt es sich: um Tatsachen oder um Vermutungen?»

Takamäki schwieg.

«Das dachte ich mir. Schau dir die Fakten an, Kari. Der Mörder ist tot, aber wir haben sein schriftliches Geständnis. Seine Helfershelfer erzählen ungefähr dasselbe. Damit ist der Fall geklärt. Bau keine Luftschlösser, sondern halte dich an die Tatsachen», sagte Pettersson ernst. «Überhaupt, was glaubst du denn aus Russland noch zu erfahren?»

Takamäki zuckte die Achseln. «Bergroth hatte jedenfalls allen Grund, die Wahrheit zu sagen. Er wollte sich die Polizei vom Hals schaffen.»

Pettersson lachte auf. «Eben, und zu dem Zweck hat er euch alles Mögliche aufgetischt. Außerdem steht er jetzt unter Verdacht, Vainio ermordet zu haben. Meiner Ansicht nach ist der Fall klar. Karpow-Sajurin hat die Morde begangen. Vainio, Ström und Maserati sollten die Leiche beseitigen. Das Motiv war privater Natur.»

«Das habe ich dir ja gleich gesagt, Kari», pflichtete Karhuvuori dem Polizeipräsidenten bei. «In Finnland wird wegen Bagatellen gemordet. Schneide die losen Enden ab und schließ die Akte.»

«Das war's dann», ergänzte der Polizeipräsident.

Der SUPO-Chef, der den Wortwechsel aufmerksam verfolgt hatte, mischte sich in das Gespräch. «Die Sicherheitspolizei interessiert sich für das Material, das in Grönlunds Haus gefunden wurde. Wenn Teile dieses Materials in fremde Hände gelangt sind, dürfte es das Beste sein, dass wir die Sache klären. Bei Erpressungsversuchen dieser Art sind die Ermittlungen bei uns sicher am besten aufgehoben.»

«Der Innenminister ist der gleichen Ansicht, und ich ebenfalls», sagte Pettersson. «Das ist zweifellos ein Fall für die SUPO, und er muss unbedingt von dem Mordfall abgetrennt werden. Zumal sich ja nun gezeigt hat, dass er mit dem Mord nicht in Verbindung steht.»

«Und der Bestechungsverdacht gegen Arendon?», fragte Takamäki.

«Das Dezernat für Wirtschaftskriminalität setzt die Ermittlungen fort», sagte Pettersson. «Allerdings meint man dort, dass der Fall auf wackligen Beinen steht. Arendon hat Beratungshonorare an Grönlund gezahlt, aber es gibt keine handfesten Beweise dafür, dass das Geld über ihn an die Russen gezahlt wurde.»

«Wurde es ja auch nicht. Was die Russen gekriegt haben, sind Huren und sonstige Luxusbewirtung», empörte sich Takamäki.

«Genau das ist der springende Punkt», sagte Pettersson. «Was bei Beamten Bestechung wäre, ist im Geschäftsleben unter Umständen nicht als solche zu werten. Dort ist eine, sagen wir mal, großzügige Gastfreundschaft erlaubt. Gefälligkeiten dieser Art fallen meines Erachtens in den akzeptablen Bereich. Außerdem habe ich mit den Anwälten der Arendon-Manager gesprochen. Sie sagen, ihre Mandanten hätten nicht gewusst, in welchem Ambiente Grönlund die Verhandlungen führte. Aber der Fall muss natürlich untersucht werden, nachdem er nun einmal publik geworden ist.» Bei diesen Worten sah er Takamäki scharf an. «Kari, bei dem riskanten Spiel, das du dir geleistet hast, kannst du froh sein, dass der Fall sich so schnell geklärt hat.»

«Riskantes Spiel?»

«Gestern wollte der Innenminister den Fall an die Zentralkripo weiterleiten. Das Ministerium ist mit einigen deiner Aktionen alles andere als zufrieden. Du hast dich offenbar mit der Generalstaatsanwaltschaft und mit der Drogenfahndung angelegt. Und als du dann auch noch ohne jeden ersichtlichen Grund die Razzia bei Arendon öffentlich bekannt gemacht hast, war deine Versetzung nach Lappland fast schon beschlossene Sache», sagte Pettersson und sah den SUPO-Chef an. «Offenbar war auch die Sicherheitspolizei über manche deiner öffentlichen Kommentare nicht besonders glücklich.»

Der Präsident der Sicherheitspolizei zuckte die Achseln.

«Kari, du kannst nicht in der Gegend herumballern wie ein Sheriff im Wilden Westen. Du musst die Gesamtheit in Betracht ziehen», fuhr Pettersson fort. «Dieser Fall ist abgeschlossen. Wenn dir das nicht schmeckt, lassen wir den Schlussbericht von jemand anderem schreiben. Die Polizei hat effektiv gearbeitet, die Bürger bekommen ein positives Bild von der Tätigkeit der Helsinkier Polizei. Das ist gute PR für das gesamte Polizeiwesen. Die gestrige Schießerei ist natürlich bedauerlich, aber so geht es an der Basis heutzutage eben zu. Hast du etwas Neues von Nykänen gehört?»

«Der letzten Information nach wird er überleben», sagte Takamäki.

«Gut», nickte Pettersson. «Alsdann. Machen wir heute Nachmittag eine Pressekonferenz? Passt es um drei?»

«Mir ja», sagte Karhuvuori. Takamäki schwieg.

«Ich werde auch teilnehmen, aber du sollst die erste Geige spielen, Kari. Du hast innerhalb von drei Tagen einen komplizierten Mordfall aufgeklärt. Das wird sich bestimmt auch auf unser Budget auswirken», sagte der Polizeipräsident, stand auf und streckte Takamäki lächelnd die Hand hin. Takamäki drückte sie.

Er ging als Erster hinaus. Der SUPO-Chef eilte ihm nach und hielt ihn auf dem Gang an. Obwohl niemand in der Nähe war, sprach er leise: «Kari, nimm es nicht zu schwer. Und mach um Himmels willen keine Dummheiten. Wir beide kennen die Wahrheit, aber manchmal ist es besser, nicht die ganze Wahrheit an die Öffentlichkeit dringen zu lassen. Oder die Wahrheit so darzustellen, dass sie vor Gericht Bestand hat.»

Takamäki schwieg.

«Es ist nun mal nicht opportun, dass ein Politiker oder ein hoher Beamter in Kuppelei und Erpressung verwickelt war», fuhr der SUPO-Chef fort. «Und im Moment wäre es auch mehr als unpassend, wenn ein Spionagefall an die Öffentlichkeit käme, bei dem der Generalsekretär des Parlaments möglicherweise geheime EU-Informationen den Russen zugespielt hat. Dadurch würde im Ausland und auch bei unseren Bürgern ein falsches Bild entstehen.»

Takamäki hörte ihm ungläubig zu. So etwas hatte er bei der Kriminalpolizei noch nie erlebt, aber der Fall war ja auch von Anfang an außergewöhnlich gewesen.

«Es geht hier um wichtige Dinge. Auch der Schutz der

High Technology liegt im Interesse unseres Landes. Arendon hat auf dem völlig unterentwickelten russischen EDV-Markt überaus wichtiges Terrain erobert. Aus der Firma kann eines Tages ein neues Ost-Nokia werden. Die Razzia war eine Riesendummheit, aber sie lässt sich ausbügeln. Es geht hier auch um die finnisch-russischen Beziehungen. Arendon braucht besonderen Schutz.»

«Und bekommt ihn als Gegenleistung für Parteispenden?»

«Ach, das sind doch Peanuts. So kleine Beträge haben keine Wirkung, außerdem sind Wahlkampfspenden völlig legal. Das ist typisches, kleinliches Kripo-Denken. Versuch die großen Zusammenhänge zu sehen.»

«Das Interesse des Landes?»

Der SUPO-Chef nickte. «Meistens liegen die Dinge eben nicht so einfach. Wenn sie wichtig sind, muss man sie zurechtbiegen, bis sie einfach genug sind.»

«Euch kommt es doch auch zupass, dass der Einbruch ins Dienstzimmer des Generalsekretärs nicht bekannt wird.»

«Keine Sorge, die Sache wird nicht begraben. Wir stellen eine interne Ermittlung an.»

«Auf höchster Geheimhaltungsstufe, nehme ich an», bemerkte Takamäki spöttisch.

«Das Wesentliche ist doch, dass Karpow der Mörder war. Das ist ja wohl unstrittig?»

Takamäki zuckte die Achseln. «Ja.»

«Und er hat bekommen, was er verdient hat», sagte der Chef. «Östlich der Grenze wird mit harten Bandagen gekämpft. Für jemanden, der diese Hintergründe ans Licht bringt, hätte man dort sicher keine Sympathie. Was diese Bombendrohungen betrifft, hast du ein riskantes Spiel gespielt. Du solltest auch an deine Familie denken.»

«Das Interesse des Landes ist wichtiger als ein Kriminalkommissar?», fragte Takamäki.

«Du sagst es.»

«Soll das eine Drohung sein?»

«Nein. Lediglich eine Feststellung. Wenn nötig, wirst du geopfert; du bist nur ein kleiner Fisch. Denk an deine Familie. Öffentliches Aufsehen hilft dir nicht, falls du dergleichen im Sinn haben solltest. Die Dinge werden genau so aussehen, wie Pettersson sie gerade dargestellt hat. So ist es nun mal, egal was Kriminalkommissar Takamäki tut», sagte der Chef. «Ich selbst bin auch nichts weiter als eine Spielfigur. Vielleicht etwas wichtiger als ein Kriminalkommissar, aber unersetzlich ist niemand. Der Einzelne kann immer geopfert werden. Deshalb funktioniert das System.»

Takamäki sah ihn aufmerksam an, sagte aber nichts. Die Wahrheit war also nur ein Spielstein, den man nach Bedarf verschob, um die Macht aufrechtzuerhalten. Im Interesse des Landes.

«Hast du verstanden?», fragte der Chef nachdrücklich.

Takamäki nickte.

«Die eigentliche Schuldige in diesem Fall ist sowieso das Mädchen. Huren sollen ihre Freier nicht erpressen. Sie sollen die Beine breit machen und den Mund halten», schnaubte der Chef und klopfte Takamäki auf die Schulter. «Hättest du Interesse, Niskanens Job zu übernehmen?»

«Nein», antwortete Takamäki. «Aus irgendeinem Grund finde ich Schlägereien unter Betrunkenen viel interessanter.»

# 35 | Zwei Monate und sieben Tage später

Der Mann zündete sich die dritte Zigarette an. Seit zwanzig Minuten wartete er vor dem Grand Hotel Europe in Sankt Petersburg. Man hatte ihn für halb zwölf bestellt, und jetzt war es schon fast Mittag. Das störte ihn allerdings nicht, denn er wurde auch für die Wartezeit bezahlt.

Er lehnte sich an die Tür des schwarzen Mercedes der 500er Klasse. Als Chauffeur durfte er im Wagen nicht rauchen. In den letzten zwei Monaten hatte er sich einen Vollbart stehenlassen. Da er zudem nun eine Brille trug und sich die Haare schwarz gefärbt hatte, hätte ihn nicht einmal seine eigene Mutter wiedererkannt – zumindest nicht von weitem. Gennadi Karpow nannte sich nun Wladimir Kozlow.

Der Mercedes stand bereits seit dem Morgen vor dem Haupteingang des Hotels in der Michailowskaja Uliza – Karpow hatte zwei Stunden freigehabt, nachdem er ihn dort abgestellt hatte. Die elegant gekleideten Portiers kannten den Wagen; andernfalls hätten sie ihn längst abschleppen lassen.

Die prächtige Barockfassade des Hotels ragte etwa zwanzig Meter hoch. Auf der Michailowskaja, die zum Nevskij Prospekt führte, herrschte reger Verkehr.

Während der Nacht hatte es geschneit, doch der Schnee hatte sich im Lauf des Vormittags in Matsch verwandelt. Die meisten Passanten trugen Winterschuhe oder Stiefel. Aus dem Hotel kamen jedoch auch Geschäftsleute in Halbschuhen. Deshalb war der Bürgersteig vor dem Hotel freigeschaufelt.

Karpow war als Chauffeur und Leibwächter angeheuert

worden. Unter der Achsel trug er eine Glock-Pistole österreichischer Herstellung. Diesmal schien es jedoch hauptsächlich darum zu gehen, den Gastgeber und seinen ausländischen Gast zu chauffieren. Gefährliche Situationen waren nicht zu erwarten.

Ein Portier im Zylinder öffnete die prachtvolle Holztür des Hotels, und zwei Männer im Anzug kamen heraus. Karpow erkannte sie, trat die Zigarette aus und eilte zur anderen Seite des Wagens, um die Tür aufzuhalten. Der ausländische Gast setzte sich auf die rechte Seite der Rückbank, der Gastgeber auf die linke. Karpow schlug die Türen zu und stieg ein.

Er warf einen Blick in den Rückspiegel. Im Fond schien alles in Ordnung zu sein. Der Gastgeber nannte die Adresse eines Restaurants. Karpow nickte und ließ den Motor an. Den Blitz nahm er noch wahr, doch das Explosionsgeräusch hörte er nicht mehr. Das Auto wurde einen Meter in die Luft gehoben, drehte sich auf die Seite und ging in Flammen auf. Alle drei Insassen waren sofort tot.

Die Wucht der Autobombe ließ die Fenster im Erdgeschoss des Hotels zerspringen. Der Portier hielt sich das Bein, in das ein Metallsplitter eine tiefe Wunde gerissen hatte. Auf dem Bürgersteig lagen Passanten, die von der Druckwelle umgeworfen worden waren. Die Alarmanlagen der Autos heulten.

Der Sicherheitschef des Hotels rannte mit einem Feuerlöscher herbei und richtete dessen Strahl auf den brennenden Mercedes. Aber vom Benzin gespeist, schlugen die Flammen vier Meter hoch. Dicker schwarzer Rauch stieg auf.

Drei Stunden später verließ Takamäki den Sitzungssaal im dritten Stock des Justizgebäudes in Pasila. Das Urteil gegen Ström und Maserati war gerade verkündet worden: sechs

Jahre wegen Beihilfe zum Mord. Gegen Karpow war keine Anklage erhoben worden, da er nach Auskunft der russischen Behörden beim Fluchtversuch vor zwei Monaten ums Leben gekommen war. Was Vainio betraf, war der Fall noch immer offen. Er war bisher nicht gefunden worden – weder lebend noch tot.

Davon abgesehen war die Akte nun geschlossen. Das Gericht war zu der Auffassung gelangt, das Motiv für die beiden Morde könne zwar nicht mit letzter Sicherheit festgestellt werden, doch Spielschulden seien eine plausible Erklärung. Im Prozess war ein Zeuge aufgetreten, der aussagte, Hassinen habe häufig gepokert, mitunter auch um hohe Summen.

Der Saal leerte sich. Auf dem Korridor stürzte sich eine Reportermeute auf Oberstaatsanwältin Roosa Kemppinen. «Die Generalstaatsanwaltschaft ist mit dem Urteil zufrieden und wird nicht in Berufung gehen», erklärte sie.

Sanna Römpötti von der Zeitung *Helsingin Sanomat* entdeckte Takamäki.

«Wie lautet dein Kommentar zu dem Urteil?»

«Ich habe dazu wirklich nichts zu sagen», versetzte Takamäki und ging mit langen Schritten zur Treppe. Römpötti schloss sich den anderen Journalisten an, die Roosa Kemppinen umringten.

Der Kommissar ging die Treppe hinunter ins Foyer des Justizgebäudes. An der Tür stand eine schwarzgekleidete Frau, die ihm zunickte. «Hallo, Schwuchtelbulle», lächelte Laura Hassinen.

«Tag», erwiderte Takamäki und registrierte den goldenen Schmuck, mit dem die Frau behängt war. An Geld schien es ihr nicht zu mangeln.

Nachdem Karpow-Sajurins Geständnis vorgelegen hatte,

war Laura Hassinen aus der Untersuchungshaft entlassen worden. Im Prinzip hätte sie wegen Erpressung angeklagt werden können, aber das Belastungsmaterial war an die SUPO weitergeleitet und dort offenbar begraben worden. Auch die Arendon-Ermittlungen kamen nicht voran. Takamäki hatte Gerüchte gehört, die Angelegenheit werde nicht einmal aktiv untersucht, weil Wichtigeres anliege. Er selbst hatte mit beiden Fällen nichts mehr zu tun.

«Wie geht's?», fragte er Laura Hassinen.

«Ganz gut. Hör dir die Drei-Uhr-Nachrichten im Radio an. Das Spiel steht jetzt unentschieden.»

«Was für ein Spiel?»

«Tu nicht so blöd», sagte Laura. «Du weißt so gut wie ich, dass Karpow nicht das letzte Glied in der Kette war. Strömberg wusste sehr wohl, was die Russen vorhatten. Das Arschloch hat ihnen sogar geholfen. Die Arendon-Leute haben Grönlund aufgespürt, und Strömberg hat sich persönlich mit meinem Vater in Verbindung gesetzt und ihm Druck gemacht wie ein verdammter Staatsanwalt. Gefickt hat er mich übrigens auch. Er hatte einen lachhaft kleinen Schwanz, falls es dich interessiert. Na, jedenfalls war ihm das Russlandgeschäft wichtiger als alles andere. Da durfte nichts in die Quere kommen.»

«Und das erzählst du mir jetzt! Warum nicht früher?»

«Sag mir einen vernünftigen Grund, weshalb.»

«Wenn du das in einer offiziellen Vernehmung zu Protokoll gibst, kriegen wir Strömberg hinter Gitter.»

«Nee, kriegt ihr nicht. Wie gesagt, hör dir die Nachrichten an», sagte Laura und ging zur Tür. «Und versucht mal, die Fingerabdrücke von dem Chauffeur zu kriegen. Da könntet ihr eine nette Überraschung erleben», setzte sie noch hinzu, bevor sich die Glastür hinter ihr schloss.

«Was für ein Chauffeur?», rief Takamäki ihr nach.

Laura Hassinen hatte die Frage noch gehört. Sie drehte sich um, formte ihre Finger wie eine Pistole und machte eine Bewegung, als würde sie abdrücken.

Takamäki lief ihr nach, doch sie stieg bereits in den Fond eines roten Mercedes, der vor dem Justizgebäude stand. Als der Wagen anfuhr, sah Takamäki, wie sie Stig Bergroth küsste.

Der Gangsterboss war auf freiem Fuß, denn es gab keine Beweise dafür, dass er Vainio tatsächlich umgebracht hatte. Angeblich hatte er seinen Tätigkeitsbereich erweitert: Suhonen hatte von seinen Informanten erfahren, dass Bergroth Sexvideos besaß, mit denen er irgendeinen hohen Politiker erpresste. Offenbar waren einige von Laura Hassinens Videos also immer noch im Umlauf. Suhonen, von Martens und Takamäki hatten sich darüber unterhalten und waren zu dem Ergebnis gekommen, dass die Sache die Kriminalpolizei nichts anging.

Takamäki sah auf seine Uhr: 14.50 Uhr. Er eilte ins benachbarte Polizeipräsidium.

Kurz vor drei rief er Nykänen, der seit einer Woche wieder im Dienst war, in sein Dienstzimmer und berichtete ihm kurz von der Begegnung mit Laura Hassinen. Dann schaltete er das Radio ein.

Die Musik brach ab, das Zeitzeichen und die Kennmelodie der Nachrichten ertönten. Der Sprecher begann: «Jon Strömberg, der Geschäftsführer des finnischen Arendon-Konzerns, ist heute in Sankt Petersburg einer Autobombe zum Opfer gefallen. Bei der Explosion sind außerdem der Direktor des wichtigsten russischen Geschäftspartners von Arendon und sein Chauffeur ums Leben gekommen. Die in der Limousine des russischen Unternehmensleiters versteckte Bombe explodierte vor drei Stunden vor dem Grand Hotel Europe im Zentrum von Sankt Petersburg. Bisher ist nicht bekannt, wer für den Anschlag verantwortlich ist. Die Sankt Petersburger Miliz hat sofortige Ermittlungen eingeleitet.»

Der Nachrichtensprecher ging zum nächsten Thema über, und Takamäki schnalzte mit der Zunge. «Alle Achtung, ein knallhartes Mädchen.»

«Was glaubst du, wie lange sie noch zu leben hat?», fragte Nykänen mit heiserer Stimme.